壁井ユカコ

空への助走

福《ふく》蜂《ほう》工業高校運動部

集英社

目次

CONTENTS

空への助走

福《ふく》蜂《ほう》工業高校運動部

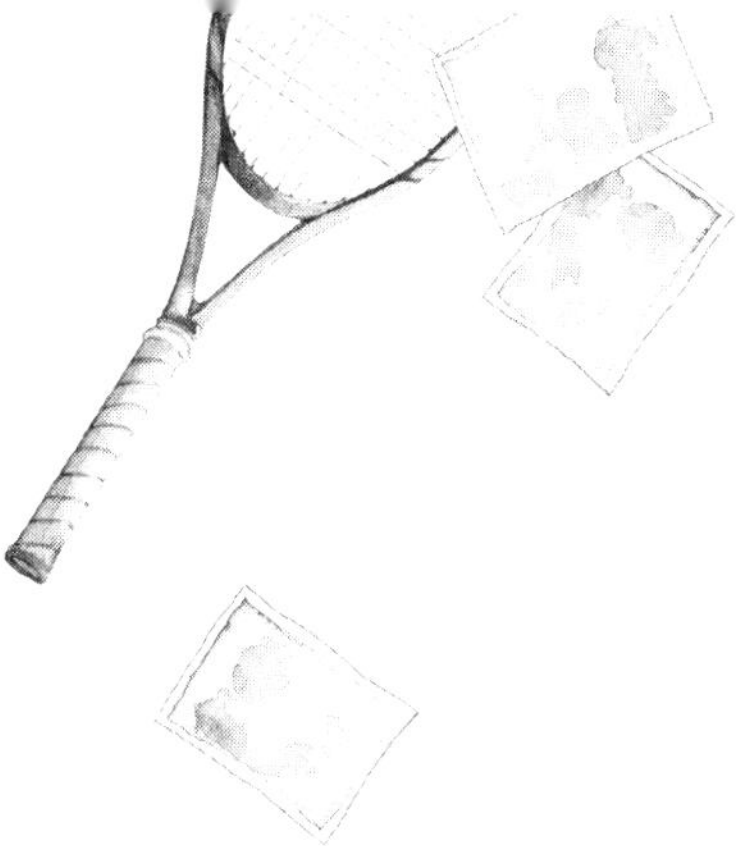

強《きょう》者《しゃ》の同盟

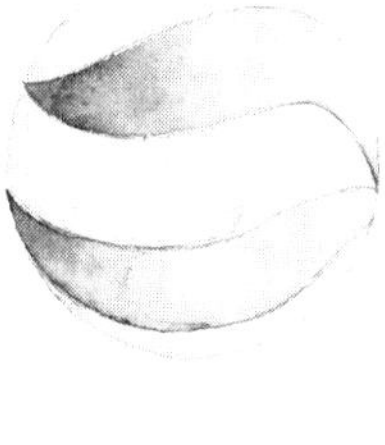

1

「えーと、ストロベリースペシャル……を、ひとつ」

「はいっ、春季限定メニューのストロベリーホイップ&トリプルベリーソース&バニラアイススペシャルおひとつでよろしいですか？　四百円になりまーす」

サンバイザーをかぶった店員に笑顔で訂正を入れられ、「ああそれです」と高杉《たかすぎ》は赤面して俯《うつむ》きつつ小銭を支払った。先に注文してカウンターの脇で待っている女子グループがくすくす笑う声が聞こえてきて顔が引きつる。そもそも男一人でクレープ屋の行列に並んでいる時点でいたたまらなさの極致だというのに——。

高杉潤五《じゅんご》、高校二年。男子バレー部。身長一八八センチ。ショッピングビルのアトリウムに新装オープンして日が浅いので余計に注目度の高いクレープ屋の店頭で「ストロベリーホイップ××××」を注文する姿はあきらかに浮いていた。身長一八八センチは行列の天井を完全に突き抜けている。

「潤五ー。まだー？」

と、後方から明るい、ただし男の声が投げかけられ、

「おとなしく待っとけっちゅーんじゃ。女子かっ」

内心ほっとしつつ振り返って怒鳴り声を投げ返した。仲間で来ていると周囲にアピールできればいいたたまらなさはだいぶ軽減される。

ガラス張りの壁際に座ったり寄りかかったりして待っている仲間が笑い声で応《こた》えた。エナメル素材の角張ったスポーツバッグをそれぞれ足もとに置いた男子高校生が十人ばかり。硬派な書体で『福蜂《ふくほう》工業高校』とプリントされた赤のバッグで揃えているのが二年で、まだバッグを注文していない一年のそれは各々が中学時代に使っていたやつだから不揃いだ。

薄いピンクと濃いピンクのストライプの紙に包まれた円錐形の商品をようやく受け取り、逃げるように店頭を離れたとき、ちょうど行列の最後尾についた集団があった。

自分たちと同じく運動部帰り然とした雰囲気の女子高校生グループだった。チェック柄のスカートから伸びる脚がいずれもほどよい小麦色に焼けているところから屋外スポーツであることが知れる。なにかしらのマスコットがぶら下がったラケットバッグをめいめい担いでいる。

集団の中に見知った顔を見つけ、反射的に高杉はぎくりとした。

「赤緒《あかお》……」

口の中で呟《つぶや》いたとき、相手のほうも高杉の姿に気づいて目をみはった。しかしそれ以上のリアクションはなく、すぐに笑顔に戻って友人たちの会話の輪に加わった。高杉も特にリアクションせず目を背け、甲高い声で喋《しゃべ》っている女子の集団の脇を抜ける。

「潤五」

と、すれ違ったところで呼びとめられたので驚いた。同じ市内の高校なので登下校時に行きあうことはないでもないが、声をかけられるのはひさしぶりだった。

振り返ると赤緒が列の中から抜けてきた。

「帰るとこやろ？　話あるでちょっと待ってて。ほら、来週のお花見のやつ、メール来てるやろ？」

「ん、ああ。わかった」

努めて何気ない態度で頷《うなず》く高杉の手もとと、壁際で笑いながらだべっている男子の集団とに赤緒の視線が交互に送られた。

「あっこれ、パシリとかやないぞ。誤解すんなや」

傍目《はため》にそう見えるのか——赤緒が目で語ったことを高杉は慌てて訂正した。あずさー？　だれー？　と赤緒の仲間がこっちに注目していたので「ほ、ほんならあとでな」とそそくさと離れた。恰好《かっこう》悪いことしてると思われたんだろうか……？　物言いたげな視線を背中に感じてそっと振り返ったが、赤緒は仲間が呼ぶ声に明るい声で応えて向こうを向いていた。ラケットバッグの陰になって赤緒の顔はもう見えなかった。高く結ばれたポニーテールが軽やかに揺れるのだけがちらりと見えた。

アトリウムを囲む全面ガラス張りの壁際にちょっとした座れるスペースがあり、自分の仲間がそこで待っていた。仲間に合流し、そのど真ん中に座っている男にクレープを差しだした。

「ほら、統《すばる》。これでいいんやったな。ストロベリースペシャルなんとか」

「そーこれこれ。ストロベリースペシャルなんとかベリースペシャル」

三村《みむら》統がぱあっと顔を輝かせ、座ったまま無邪気に手を伸ばしてきた。一秒たりとも持っていたくなかったそのピンクピンクしい物体を高杉は一抹の惜しさもなく三村に引き渡す。本気で食うのかと半信半疑なところがあったのだが、三村は満面の笑みでごってりと頂点に載ったホイップクリームにかぶりついた。

高杉から賭けを持ちかけて負けただけのことだ。おれが負けたらおまえが行きたがってたあそこのクレープ奢《おご》ってやると言って、練習終わりにバスケの1 on 1を。ゴールリングが目についたから、まあノリで……っていう軽い感じを装ったが、バレーで勝てないからバスケで負かしたかったっていう心理があったのはたしかだった。

で、負けた。カッコわりぃ。接戦で躱《かわ》されたから、惜しかったけど。

「ストロベリーホイップ&トリプルベリーソース&バニラアイススペシャルやなかったか……おまえも覚える気ねぇな……。自分で買うんがハズいでってまでやらせんでもいいのに」

高杉と同様に信じられないものを見る目をしつつ、越智光臣《おちみつおみ》が横から三村に苦言を呈した。

「いーって、越智。おれが言いだしたんやで」

高杉が遮《さえぎ》ると三村本人が「ほやほや。クレープ賭かってえんかったら誰が受けるかっての。負けるかもしれんのに。あ、潤五そこで壁んなっといて」と悪びれずに追従してくる。人前で堂々とこれを食うのは体裁が悪いっていう高二男子として常識的な感覚は一応あるようだ。同じ高二男子としてその嗜好《しこう》にはまったく共感しがたいが。

集団だからまだでかい顔をしていられるものの、他の部員にしても決して居心地がいいものではないようだ。見事に女子グループとカップルしかいない行列を直視できずにそわそわしている。クレープに夢中になっている三村の前に高杉は仕方なく立ってやった。自分で言うのも微妙だが壁の役割としてはうってつけだ。

物心ついたときから中学時代まで、いろんなことで高杉は〝一番〟だった。小学校の出席番号は誕生日順だったが四月生まれだから一番だったし、背の順で並ぶと大きいほうから一番だったし、かけっこでも一番速かったし、力もあったから喧嘩も一番強かった。中学のバレー部でもずっとエースで、チームの一番だった。一番モテたかどうか……はなんともいえないが、気のおけない関係の女友だちはいた。

ところが高校に入ったら、〝絶対に勝てない奴〟が同じ学校にいた。そいつが目の前で乳脂肪と砂糖の塊《かたまり》かっくらってるこいつだ。おまえ今はよくても引退した途端太っても知らねえぞ。

「潤五先輩、あれって尋慶《じんけい》女子のテニス部っすよね。今話してましたけど知りあいですか？　ぶっちゃけ彼女っすか？」

三村の弟分である一年の戸倉工兵《とくらこうへい》が興奮気味に訊《き》いてきた。「まじすか!?　すげぇ！」と食いついてきた一年一同を高杉は「ちゃうわ」と一蹴《いっしゅう》した。「ただの同中《おなちゅう》の同《おな》クラで仲よかった奴やって」女子とひと言ふた言話しただけでイコール彼女のわけあるか。

四月の第一日曜となる七日。実は入学式は明日の八日なので厳密にいえば一年はまだ入部していない、どころか福蜂生ですらない。しかし全員地元の中学のバレー部出身で、春休み中から志願して高校の練習に加わっている。新年度が正式にスタートする前に今年の部の空気ができあがっているというのは福蜂バレー部としては恒例のことだ。

「尋慶女《じけじょ》と仲いいっちゅうだけで羨《うらや》ましいっすよー」

「どれやって？」

「ほらあれ、ポニーテールの。赤いラケットバッグの」

「ひっで（すごく）かわいないすかあの子!?」

「ほうけ？　ようわからんけどな」などと高杉は白々しくまわりの興奮をはぐらかす。

「なに言ってんすか、ひっでかわいいですって。尋慶女テニス部レベル高ぇって有名っすよ」言われなくても尋慶女子テニス部のレベルが高いことなんて知ってる。ちなみにどっちもだ——県内での実力も、女子のレベルも。

「ほやけどなんかプライド高いって聞いたことありますよー。モテる意識あるでお高くとまってるんやって」

「潤五先輩みたいなゴリ顔が相手にされるわけないっちゅうことか」

「やかましいわ。誰がゴリ顔じゃ」

内輪でわいわいと盛りあがるわりには尋慶女のグループにこっちから声をかけようとする猛者《もさ》は皆無だったりする。話題にされていることに気づいて尋慶女の何人かが振り返るともじもじして声を潜める有様だ。草食丸だしが逆に恥ずかしいわおまえらは、と高杉はやれやれとあきれる。

まあ中学のときからストイックに部活一本の生活をしてきた奴らばかりなので致し方ない。なにより〝大将〟がこういうことに関して生粋の草食だしな……ホイップクリームに塗りたくられたいちごがごろっと転げ落ちそうになって「おっとっと」とかやってる三村をジト目で見やった。このゆるんだ甘党に高校でエースを譲ったのが自分が中学でチャラけてたからだなんて思われるのは、なんか納得いかない。

と、そのとき背後から脇の下にするりと手が差し入れられ、

「じゅーんごっ」

はじけた声とともに腕を組まれた。思わず声をあげて跳びあがるところだったが部の連中が揃ってざわりとしたのでかろうじて心臓だけが跳びあがるのにとどめた。

横から首を突きだしてきた赤緒が手にしたクレープをこっちに差し向け、

「半分食べてくれんか？　食べ切れそうにないんやー」

「は？　一人で食えや」

赤緒の腕から腕を抜きながら素早く部の連中の反応を窺《うかが》う。全員硬直しているだけである。

「だって思ってたよりおっきかったんやもんー。おなかいっぱいになってまう。のぉー、お願い」

三村に買ってやったのと同じ、生のいちごにごってりのホイップクリームにたっぷりの赤いソースにぎっしりのバニラアイスという取りあわせのクレープがひと口だけ小さくかじられている。できるか、と高杉が顔を引いたら赤緒がジャンプして無理に口もとに突きつけてきたので顎《あご》にクリームが突っ込んだ。

「おまっ……」

「あ、ごめーん。潤五背ぇ高いで感覚わからんくてー」

鈴が鳴るようにころころと笑う。おまえなに企んでんだと高杉は戦慄《せんりつ》すらして顔を引きつらせた。顎についたクリームを手で拭《ぬぐ》うしかなく歯軋《はぎし》りして赤緒を睨《にら》む。

「あーこいつ、今言ってた……」

赤緒の頭を指さして仲間に言いかけると、「こいつってなんやの」と赤緒が頬を膨らませ、自ら名乗った。

「尋慶女子二年の赤緒梓《あずさ》です。こんにちはー」

基本的に万年生白《なまじろ》いバレー部に比べたら女子の赤緒のほうがよっぽど健康的な色に焼けていて、迫力すらともなっている。草食一同が肉食系キラキラオーラに圧倒されてなんかもう一歩も前にでられないって感じで「ち、ちっす」とばらばらと会釈《えしやく》する。

赤緒が三村に目をやって〝ほくそ笑み〟を浮かべたのに、高杉だけが気づいた。壁際に座ったまま三村もぽかんとした顔で「ああ……。ちわー」と小さく頭を下げた。あ……三村がリアクシヨンに困ってる。それはちょっと一瞬、気分がよかった。

潤五先輩すげぇっす！　潤五、おまえがそんな奴だったとは……等々、各々に物言いたげな仲間たちの視線を浴びつつ、赤緒を追い立てて一緒にその場を離れた。

高杉も赤緒も部活帰りだが世間的には春休みの最後の日曜なので、私服で街に遊びに来ている中高生の中を抜けてビルをでることになった。若者をターゲットにしたテナントが低層階に入っている、福井駅近くの複合ビルだ。自分たちの年代が学校帰りや休日に時間を潰すことができる数少ないスポットの一つである。

学校がある日は夜まで練習なのでコンビニとミスド以外で買い食いして帰れるのは休日の夕方しかない。尋慶女子のテニス部も強豪で練習は厳しいはずだから境遇は同じだろう。

福井駅前は都会だと思っていた。ＪＲの他にも路面電車の福武《ふくぶ》線とえちぜん鉄道というローカル線が連絡するターミナルだし、西武デパートだってあるし、福井県の県庁所在地だから実際に県で一番栄えている駅前なのだ。

去年、全国大会に常連で出場しているほどの強豪校に入り、東京で行われる大会にも初めて同行して、北陸の田舎の県の一番などまったくたいしたことがなかったことを知った。全国大会で惜敗し、福井に帰ってきたら、それまで賑やかに見えていた駅前が恥ずかしいほどしょぼく見えた。

自宅の方向は同じだが赤緒は電車通学、高杉は自転車通学だ。若干遠いのだが部活で遅くなったときにも自転車のほうが時間を気にしなくていい。ビーズかなにかキラキラしたもので〝ＡＺ

USA・A〟とデコられたラケットバッグを赤緒から引き取って自転車の前の籠《かご》に突っ込んだ。自分のエナメルバッグは肩にかけたまま、自転車を押して赤緒と並んで歩道を歩く。

三月に降ったドカ雪の痕跡も道から消え去り、天気がいい日は気温があがる季節になってきた。

「ほら。まじで食い切れんのやったら食ったるで。もったないやろ」

片手でハンドルを押しつつ片手を差しだすと、サドルを挟んで向こう側を歩く赤緒がこっちを振り仰いだ。きょとんとしてまばたきをするのを見て「あっ……」と焦った。百パーセント演技だったのかよ。

「くっ食えるんやったら別に」

取り下げようとしたら赤緒が「あっ、ほんならあとひと口」と手にしたクレープにぱくんとかじりついた。口の中をいっぱいにしてもごもごした声で「これでおなかいっぱいやわ。はい」と渡してくるので、ちょっと呆気《あっけ》にとられて「……おう」と受け取った。クレープの生地にできた歯型に沿って、赤いベリーソースと似た色をしたリップがうっすらとついていた。

あえて無雑作に、残ったぶんの半分ばかりに一気にかぶりついて口の中に押し込んだ。甘酸っぱいベリー的な要素を押しのけて単に甘いだけのホイップクリームの塊が主張してきた。おえ……。甘いものがまったく駄目ということはなく、あんぱんとかは普通に食うが、三村ほど異常な舌の作りはしていない。

「気分よかったやろ？　かわいい女友だちと仲いいとこ見せれて」

などと、自分で言うなってことを言い放って赤緒が鼻を高くした。

「いいわけねえやろ。気まずなったわ。うちは男子校なんやぞ。免疫ある奴なんか多ないんやで、おれが浮くわ」

いや、正確には福蜂工業高校は共学である。しかし工業高校という性格上ほとんど男子校のようなものだ。女子の入学者は全体のたった一割。それもばっさり分類するなら純粋に工業系に興味がある変わり者女子か、勉強嫌いのギャル系かのどっちかというのが現実だ。

これに対して男子は工業系か、ヤンキーか、部活に人生懸けてる奴——という三種類に分類される。福蜂工業は県内では運動部の強豪校として有名なのだ。

尋慶女子高校は偏差値も高いお嬢様校だ。県内の高校の中では制服もダントツにかわいいと評判だ。その尋慶女子の中でもレベルが高いと言われる硬式テニス部の、その中にあっても、赤緒梓のレベルは高い……と、中学時代からのよしみの贔屓《ひいき》目を抜きにしても、思う。高く結ったポニーテールが輪郭をきゅっと引きあげていて、そのせいでどっちかというときつい顔立ちに見えるが、丸みのある口角が笑った形にあがっていて愛嬌《あいきょう》がある。場をワントーン明るくするような華がある。いや褒めすぎか。

……で、それを自覚して武器にしていることがわかってる女なんかと、高杉としてはつきあいたいとか思えるわけないわけで。赤緒とは〝中学で仲がよかった〟以上の関係ではない。

「てかちゃんが愚痴ってたわ。今年のお花見の出席率悪いって。潤五来るやろ？　部活ある子もでれるようにって今年は集合時間遅なるようにしたんやし」

「あー、ほやな。今んとこ」

間接キスになっていることを赤緒がぜんぜん気にしてないふうなので高杉も気にしないようにして会話に応じた。赤緒が「てかちゃん」と呼ぶのは寺川《てらかわ》という、これも同じ中学出身の女子で、赤緒とは高校は違うが今でも親友関係が続いている。高杉が知っている赤緒の近況のほとんどは寺川が情報源である（別に訊いてもいないのに勝手にメールで教えてくるのだ）。

中学時代からなにかとイベントを企画するのが寺川で、去年のこの時期にも寺川が幹事になり中学時代の仲間で花見に行った。大学生やおとなの花見のように酒は飲めないから、屋台を冷やかして買い食いして歩くだけのものだが。足羽川《あすわがわ》の桜並木は高校からもほど近い。

高校に入って部活が忙しくなったので去年は高杉は欠席した。中学を卒業してまだ一ヶ月という時期で、高校よりも中学の仲間で集まるほうが気楽な気持ちもわかるが、その頃には高杉はもう高校のバレー部の仲間といるほうが気がおけなくなっていたというのもあった。

「今年は高校のクラスで行く予定あるって言ってる子ぉらが多いみたい。潤五は去年すぐ高校の友だちと馴染《なじ》んだ感じやったけど」

「まあほやな。クラスやなくて部活のほうやけどな。おれらの代は統がいたで、一年みんなあっちゅう間に仲良なったし」

「進英《しんえい》中の三村統……って、中学んときから有名人やろ」

気のせいか、赤緒の声になにか棘《とげ》がまじった。

「背は潤五のほうがいっかい（大きい）んでないの？　潤五に買ってこさせといて、自分は座って食べるって……なんやの？」

「ほやであれはパシリやないって。あいつそういうことする奴やないんやって。ひっでいい奴なんや。ほやし背はまだ追いつかれてえんけど、あいつ信じられんくらい跳ぶんやぞ。あのスパイク近くで見たら絶対すげぇのわかるって。統が入ったで去年からうちは県内で負けたことないんやぞ」

こちらを見あげる赤緒の目が、それこそ信じられないものでも見るように見開かれた。ついフォローの言葉を重ねてしまった自分が気まずくなって高杉は口ごもった。

「なんでそんなことぺらぺら言えんの？　潤五のほうが負けてるってことやろ？　ほんでいいんか？」

「バレーはチームで試合するんやで、チーム内で勝ちとか負けとかいうもんやないやろ」

「ほやったら違う高校行けばよかったんでないの？」

「あのなあ。おれは別に統一人と競ってるわけじゃ……」

「同じ高校行って、一番譲って、ほんでそんなふうに簡単にライバル持ちあげて……プライドないんか。中学んときの潤五からは考えられん。なんか……牙《きば》抜かれたみたいやな」

明確に非難を帯びた赤緒の声が、ずしりと心臓に刺さった。

赤緒にも中学時代に軟式テニスの県大会で敗北を喫した、ライバルと呼べる存在がいたことは高杉も知っている。そのライバルは高校で硬式テニスに転向した。赤緒はライバルとは違う高校に進み、同じく硬式に転向した——ライバルと再戦するためだったのかまではっきり聞いたことはない。

赤緒の性格を考えると軟式でダブルスをやっているよりは硬式のシングルスのほうが向いているる気もするし、軟式ができれば硬式もだいたい同じようにやれるんじゃないかと素人の高杉からしたら思ってしまう。しかしボールの性質やラケットが変われば握り方も打ち方も変えねばならないらしく、実際のところ転向には相当の苦労をともなうものらしい。中学からの硬式経験者もいる中で、赤緒はすぐには結果をだせずにいた。しかし高一の九月の新人戦ではシングルスで県三位に入るまでに力をつけ、中学時代のライバルにもリベンジを果たした。

例によって寺川から試合結果を教えられ、高杉はメールで「聞いたぞ。三位おめでとさん」と簡単に祝う言葉を送った。淡泊だったかもしれないが、まあ他人がはしゃぐのも変かなと思ったし。赤緒から返ってきたメールも「ありがと。三位じゃまだまだやけど」と淡泊だった。

その頃から赤緒が自分を見る目に不満が現れはじめたように感じている。

高杉のほうは一年時、公式戦では一度もスタメンで起用されることがなかった。仕方ないだろうって言いたい気持ちはある。個人戦のあるテニスと違ってバレーはチーム戦のみなのだ。チーム戦である以上レギュラーの枠があり、ポジションの枠がある。高身長のおかげもあって一年からベンチ入りしただけでも監督に認めてもらえていると思っている。——三村は一年時から当たり前のようにスタメンだが。

「……ほやでって……別にさっきみたいなことで優位に立ったってなんも嬉しないんじゃ。もうすんなや、ああいう余計なアピールは」

リアクションに困った三村を見て一瞬だけ優越感を抱いた自分が、直後に惨《みじ》めになった。とはいえバスケで勝とうとしたのとたいして変わらないかもしれない。自分だって赤緒を責められる立場ではない。

福蜂工業男子バレー部は全国大会最多出場を誇り、県王者の座に君臨し続ける強豪チームだ。県内の中学から経験者が集まってくるので当然レギュラー争いも厳しい。ただ、全国大会では最高で二回戦までしか勝ちあがったことがない。福井は小さな県だ。県予選の参加チーム数は大都市に比べたらひと桁少ない。県のトップといえども全国にでていけば下から数えたほうが早いくらいになる。全国上位のチームが立つことができるセンターコートは遠い夢だ。

車道を分断して敷かれた線路の上を二輛編成の路面電車が走ってきた。車道の真ん中に小高く造られている停留所にはもう学生の列ができている。なんだかんだで朝と夕方には混雑する路線だ。

赤緒の家まで二ケツして送ってやることも一応できるのだが、言いだすのをためらい、

「ほんならここでな。花見の返事は寺川にしとくで。これ忘れんなや」

と前籠からラケットバッグを摑んで赤緒の目線にぶら下げた。

ラケットバッグの向こうで低い声が聞こえた。

「……梓の仲間は強い子ぉらだけでいい。負け組は梓には釣りあわん」

絶句した高杉の手から赤緒がラケットバッグをむしり取り、肩にかけて身をひるがえした。ポニーテールが目の前ではずんだかと思うとあっという間に遠ざかる。強豪テニス部員は伊達《だて》ではない筋肉がついた小麦色の脚が力強くアスファルトを蹴り、停留所へと跳ぶように駆けていった。

2

高杉の携帯電話に保存されている写真を中学時代まで遡《さかのぼ》ると、大半を占める部活の風景とか家の猫の写真とかの中に「南中《なんちゅう》ニュース!!」という新聞の紙面を撮った画像がちらほらとまじっている。月一回、校舎の一階と二階のあいだの踊り場にある掲示板に貼りだされていた壁新聞だ。学校内外での南和《なんわ》中生の様々な活動を紹介する新聞だが、記事とともに載っている写真が好評で、自分や友人の写真があると携帯で撮っていくのが南和中生の楽しみになっていた。発行者の欄には学校新聞係の教師の名前の他に「写真協力・はっち」という一行を毎号見ることができた。

夏休みを控えた中学三年の七月――。

その朝新しく貼りだされていた壁新聞のトップを飾っていたのは「県中《けんちゅう》直前！　軟式テニス

個人戦女王、赤緒梓（３－３）・佐藤佳乃《さとうよしの》（３－１）」という見だしと、凛々《りり》しい顔でラケットを振るう赤緒ペアの写真だった。隣にその二分の一の枠で高杉もいた。空中でスパイクを決める瞬間の写真に「昨年準優勝、男子バレー部主将・高杉潤五（３－３）」という見だしが添えられている。写真のよしあしなどわかるほうではないが、いずれもスポーツ新聞とかに載っているプロの写真さながらに動きのある瞬間を見事に捉えていた。

　朝練を終えて教室に向かう途中だった。照れくさい心地になりつつ、まわりに人目がないのを一応確認してから、自分の写真の部分だけをパシャリとカメラで収めた。

　部活用のエナメルバッグを担ぎなおし、二段飛ばしで軽快に教室に向かいはじめたときである。

「まっ待たんかぁー！」

　階上で響いた芸のない怒号に顔をあげると、階段の手すりを跳び越えて何者かが降ってきた。ひるがえったスカートから女子生徒だと知れた瞬間にはスカートの下に穿《は》いた短パンが目の前に迫る。顔面にヒップアタックを食らわされ高杉はくぐもった声をあげてのけぞった。

　危うく階段を踏み外しかけ、女子もろとも転げ落ちるところだったが、間一髪で伸ばした右手が手すりに届いた。ぐんっと腕を引っ張られつつ二人分の体重を支えて踏みとどまった。

　小柄な女子が木の股にしがみつくコアラよろしく高杉の顔面にしがみついていた。

「あわっ、たかじゅん、ごめっ」

　しどろもどろに女子が言ったとき、怒号の主が階上からどたどたと駆けおりてきた。

「待たんか、初田《はつた》……！」

　片手で頭を押さえた男性教師が「おっ……三年の高杉か」とすこし上で立ちどまった。

初田稚以子《ちいこ》――はっちが高杉の肩から飛びおりてさっと背後にまわった。小柄なその姿は高杉コアラというより猫の子みたいな扱いではっちの首根っこを持って階段を上りだした。教師がの陰に完全に隠れる形になる。

「初田、カメラを渡しなさい」

高杉に遠慮したふうながら教師が凄《すご》みをきかせる。筒状の望遠レンズがついた、持ち主の体躯《たいく》には不釣りあいにでかくて厳《いか》ついカメラがはっちの首に提げられている。カメラを大事そうに抱え込んで震えている小さな肩に高杉はちらりと目をやり、事情は呑み込めないながらも教師に向きなおった。低い段に立っていても高杉の目線は教師とほとんど変わらない。

「先生ー。はっちのカメラはガッコ公認のはずやろ？　没収ってどういうことや」

「と、撮ったもんを確認させせろと言ってるだけや。カメラを没収するとは言ってえん。そこどかんか、高杉……」

「なんかまずいもんでも写ってるんか？」

高杉が同じ段に足をかけると「い、いや、ほーいうわけやないけど……」と教師が怯《ひる》んであとずさった。

「はっちのこれって、デジカメやなくてフィルムカメラっちゅうんやろ？　フィルム全部現像せんと中身わからんのやなかったか。フィルム丸ごと取りあげるっちゅうんはいくら先生でも横暴やないんか」

足をかけた段に乗り、教師よりも高い目線から覆いかぶさるようにして声を低くする。中背よりやや低い教師はせいぜい一六〇センチ台半ば。対する高杉は中三にして一八〇センチ台半ばの身長に達し、声も太かった。

「行こっせ、はっち。ホームルームはじまるぞ」

のけぞって横にずれたが、はっとしたように顔色を変えて高杉の二の腕を摑んできた。「こ、こらっ、待てっちゅう……」

「おおっと」

と高杉は大げさによろめいてみせた。ぎくりとした教師を階段の一段高く、目線にして頭一つぶん以上高くから睨み下ろし、

「先生ー。おれ県中前なんや。教師に力ずくで引きとめられて階段踏み外して怪我《けが》したなんちゅうことになったら、おれも困るしガッコも困るんでないんか？　北信越行ける可能性あるんってうちとソフテニくらいやろ。先生も責任取らんとあかんくなるぞ」

教師が慌てて手を放した。ふんと高杉は小バカにした笑いを浮かべ、身を硬くして佇《たたず》んでいるはっちの背中を押して促した。

二階を過ぎ、三年の教室がある三階の廊下が見えてきてから、

「なに撮ってたんや？」

と訊いた。猫背になってまだカメラを抱え込んだまま、こもった声ではっちが答えた。

「二階から、校庭のほう撮ってた」

「ほんでなんで追っかけられるはめになったんや」

高杉が眉をひそめると、

「風で、たまたま……先生の……かつらが……。ほ、ほやけどシャッター切ってえんかったよ」

「ぶっ」と高杉は噴きだした。もし撮れてたとしたらそりゃたしかにスクープだ。笑いだした高杉を見あげてはっちも強張《こわば》っていた顔をやわらげ、「へへへ」とはにかみ笑いを作った。

この小さい、どっちかというとおどおどした女子が学校新聞の写真係だ。学校新聞は保健体育

の担当教師が半分趣味みたいなもので制作しているのだが（それゆえ運動部の記事の割合が多い）、はっちは写真の腕を買われて重用されている。去年の県中――県中学校夏季総合競技大会で赤緒が一組の佐藤佳乃とのペアで優勝したときの写真で、はっちは市の賞まで獲《と》っている。

「あ、壁新聞見たわ。あの写真って冬季大会んときのやろ？　毎回よう見にきてくれるなあ」

「うん。見るんも好きやし。たかじゅんも赤緒ちゃんもすごいで、いつも見惚《みと》れてまう。わたしは体育からっきしやで。足遅いし、ボール使うんも全部下手《へた》やし」

「いや……さっきはかなり身軽やったぞ」

ヒップアタックを食らったのを思いだして高杉は鼻をさすった。軽かったからダメージはなかったが。

「カメラ奪《と》られるって思って、必死やったで……」

朴訥《ぼくとつ》な感じがほほえましく、はっちを見ていると高杉もついなごむ。猫背でもっさりした印象の身体《からだ》つきに加えて、もっさりした髪型がまさしくコアラを思わせる。愛嬌はあるが鈍《どん》くさい感じ。

けれどこのはっちが、驚くほど躍動感のある写真を撮るのだ。

「おれははっちがすげぇと思うけどなあ。なんちゅうか……ありがとな、いつもカッコよく撮ってくれて。おれらが自分で撮るんと、はっちが撮ってくれるんはなんかぜんぜんちゃうんやなあ。フィルムカメラっちゅうやつのせいなんか？」

はっちの首から幅の広いストラップで提がっているでかいカメラは、ちょっとカメラがわかる者なら二度見するほど高価なものらしい。カメラのボディ自体もでかいがつけているレンズがでかくて長い。こんなものを四六時中提げていれば猫背にもなろう。

教師に対してはあえて知ったようなことを言ったが、実はただのはっちからの聞きかじりである。高杉自身はフィルムカメラというものを使ったことがない。個人的な写真なんて携帯の機能で事足りる。何十枚か撮ったらフィルムを入れ替えなきゃいけないとか、その場でチェックして不要な写真を消去したりもできないとか、メールで簡単に送ることもできないとか、不便なことばっかりじゃないかと思う。

「お父さんのお下がりなんや」

「ああ、なんか親父さんがプロなんやったっけ。すげぇげな」

「デジカメと違うで、やたらシャッター切るだけじゃあかんぞ、自分がなにをフィルムに収めたいんかをよう考えるんやって、お父さんが」

だからなのだろう――はっちが撮る自分だったり赤緒だったりの姿には、真剣に目を見開き、シャッターに指を添えて〝その一瞬〟を捉えようとしているはっちの視線が感じられるように思うのだ。自分や赤緒を「すごい」と思ってくれるはっちの視点が、シャッターを切った瞬間に一緒に焼きつけられている。自分のプレーをはっちの視点で見せられるから、なんだかむずむずする。

三年三組の教室に入ると、ホームルーム二分前にもかかわらず教卓のまわりに集まってひときわ目立つ笑い声をあげている男女混合のグループがいた。その真ん中で教卓の上に座って足をぶらぶらさせているのが赤緒だ。赤緒の親友の寺川もいる。

「あっ潤五。はっちもー。おはよー」

「壁新聞見たよーはっち」

「潤五も見た?」

「おー。今見てきたわ」

気さくに声をかけられて高杉も気さくに応じ、最後列中央の自分の席に向かう。廊下側前寄りの自席についたはっちに赤緒が教卓から明るい声を投げた。

「はっちー。梓の写真今回も超よかったよー」

「ひ、被写体がいいでやよ。赤緒ちゃんが美人でかっこいいで」

はっちが顔を赤らめて謙遜《けんそん》すると、

「そりゃそうやわ。ほやけどはっちが撮ってくれる梓が、梓は一番好きやよー」

いけしゃあしゃあと言い放つのが赤緒という女である。

「潤五の写真もよかったよ。梓と佳乃《よっしー》の次に」

「へいへい。ほーですか」

つきあってられないのでぞんざいな相づちを打ちつつ、荷物を席に置いて高杉も赤緒たちに合流した。高杉を入れて男子が三人に女子が四人、男女七人のグループだ。

髪を明るい茶色に染めている寺川を筆頭に、赤緒を取り巻く女子はいわゆる派手系。男子は高杉と同じようにそれぞれ運動部で活躍している。サッカー部と水泳部、それにバレー部の高杉というトリオだ。四月に同じクラスになってからなんとなくつるんでいる男仲間と、赤緒のグループが自然と合体してクラスで一番所帯がでかいグループが形成された。

「梓は六月も載ってたもんの。梓んとこの写真だけ撮ってく男子、他のクラスでけっこういるみたいやよ」

「えっほやけどそれキモない？　変なことに使われてたら嫌やー」

寺川ら女子勢が声を高くし、男子勢から「変なことってなんですかー。そこんとこ詳しくー」

と合いの手が入る。寺川が赤緒を守るように抱きついて笑いまじりの悲鳴をあげる。赤緒が余裕の笑みでそれを受け流す。もともと声質がでかい七人の遠慮のない話し声が教室中に響く。自席について本を読んだり小声で喋ったりしていた他のクラスメイトが迷惑そうに眉をひそめていたが、グループの誰も意に介さない。

「梓はぜんぜん気にせんよー。慣れてるもん。大会のときかって、はっちのよりすごいカメラ持って撮りにくる男の人いるし。わざわざ梓たちのコートの後ろまわってきて撮ってるんやよ」

それには寺川たちから本気の悲鳴があがった。男子勢も顔色を変えた。「ほれってどう考えてもスコートん中撮ってるんやろ!?」

「まじけ……キモいな」

高杉も顔をしかめたとき、ぼそっと毒づく声が聞こえてきた。

「自分がモテる自慢してるだけやないの？」

窓際の席で雑誌を囲んでいた女子の三人組だった。高杉たちがそっちを見るとすぐに目を逸《そ》らしたが、あきらかに聞こえるように言った嫌味だった。赤緒のグループと対照的に普段は存在感のないグループだ。

「ぜんぜん載らん人もいるのに、無神経やがの。不公平やし」

それを聞いて廊下側の席ではっちがぱっと顔をあげた。

高杉が舌打ちして窓際を睨み、男仲間が「うっせーブス。僻《ひが》むなや」と悪態をついた。一瞬気《け》色《しき》ばんだ空気を、

「やめねってー」

と、赤緒がとりなした。

「いーっていーって。梓ぜんぜん気にせんよー。陰口なんて言われ慣れてるもん。梓かわいいでー、女子に嫌われるんやよねー」

なかなかに強烈な台詞《せりふ》が窓際三人組を唖然《あぜん》とさせた。

目を細めて小さな嘲笑を残すと、赤緒はくるりと仲間内に向きなおり、取るに足りない陰口など気にしたふうもなくきゃらきゃらしたテンションで喋りはじめた。「ほれよりてかちゃん、夏休みにプール行く前に水着買いいこっさ。芝政《しばまさ》のプール行くんやったらスク水じゃダサすぎるしー。梓がみんなのも選んだげるでのー」

「……はっちをフォローしたんやろ。さっきの」

休み時間、廊下の窓辺に赤緒と並んで寄りかかり、行き交う生徒たちを何気なく眺めながら言った。暑いので校舎の窓は全開にされており、窓の下からも生徒たちのざわめきが這いあがってくる。赤緒はブラウスの襟を大きくあけて下敷きで風を送り込みつつグミキャンディーを口の中でくちゃくちゃ転がしていた。勝ち組女子にしか許されない夏場のスタイルって感じである。ブラ見えるだろ……おまえいい加減にしろよという気分で高杉はそっちを見ないようにする。二人の前を通り過ぎる男子生徒の中にはさりげなさを装って横目を向けていく者がいる。バレてんだよ、がっつり見てんの。

「んー？　フォローっていうか、はっちが誤解したみたいやで」

いちご味のグミの匂いを下敷きでこっちに送ってよこしながら赤緒が白々しい返事をした。

さっきの陰口ははっちの写真が偏っているという非難も含んでいたのだろう。はっちがそれを聞いて顔色を変えたのを見て、赤緒は自分のほうに敵意の矛先を向けなおしたのだ。しかしあんな発言でわざわざ顰蹙《ひんしゅく》を買わなくてもいいと思うが。

「はっちもプールに誘えばいいんでないんか？」

「えー。誘わんよー。梓たちと一緒で、しかも水着やよ？　はっちがみすぼらしなってかわいそうやろ」

優しいところがあるのかと思えばえげつない毒を吐いてけらけら笑う。高杉は閉口するしかない。

「……女子に嫌われるっつったら寺川たちもってことにならんのけ。気ぃあうでつるんでる友だちやろ」

「なんもわかってえんなー潤五は」

バカにするようにばっさり断じられた。

「てかちゃんたちも梓が好きやで一緒にいるわけやないと思うよ。強い子ぉらで結んでる同盟なの。暗黙のな。弱い子と組んでもしゃあないやろ。強い子は強い子と組んで、もっと強いグループ作ってんの」

甘いいちごの匂いの風に乗って、なんだか怖い台詞が聞こえてきた。

「おれらのこともそうなんやろな」

男子間ではグループを作るという感覚は薄いものの、高杉たちの事実上のグループはクラスで一番強い。強い男子グループを味方につけることが、赤緒のグループのステータスになる。

「ほやよ。ほやけど潤五たちも同じやろ？　潤五かって梓のことなんか嫌いやのに、梓といると地位あがるで一緒にいるんやろ？」

嫌いとまでは言わないが……「まーな。おまえみたいな鼻につく女ごめんやな」

「梓かってごめんやわー。自分の記事全部ケータイに残してるような自意識過剰は好みやないもんー」

「げっ……おまえおれのケータイ見たんか!? ちゅうかなんで暗証番号知って……」

不意を突かれてとっさにポケットの上から携帯を押さえると「背番号と誕生日の組みあわせなんて単純のにしてるでやろ」と赤緒は飄々《ひょうひょう》として笑った。そんなに単純でもないと思ってたのに……くそ、暗証番号すぐ変えとこう。

「……ほやけど、おれといると地位があがる」

舌打ちをしてから、真顔に戻って赤緒の台詞をそのまま返す。

「ほやよ」

赤緒があっさり、したたかに頷き、舌の上に載った赤いグミをぺろりと見せた。

「ほやで潤五と梓が〝一番〟でいるうちは、〝同盟関係〟っちゅうことやね」

＊

赤緒が一回戦で負けた——？
夏休みに入ってまもなくはじまった県大会。男子バレーは地区予選で勝ち残った十六校が参加し、一日目に一回戦・二回戦、二日目に準決勝・三位決定戦・決勝が行われる。上位三校が北信越大会の出場権を得る。高杉が主将として率いる南和中男子バレー部は去年も準優勝で北信越大会に進出している県内の強豪の一角だ。一日目を順当に勝ちあがってベスト4に残り、二日目も準決勝をストレートで突破して、午後から行われる決勝に繋げるところまで来ていた。

準決勝が終わってチームの荷物置き場に戻ってくると、寺川からのそのメールが携帯に残されていたのだった。

軟式テニスも同じ日程で二日間にわたり開催されている。一日目がダブルス三組による団体戦、二日目がダブルスの個人戦という日程だったはずだ。昨日の結果は聞いていなかった。南和中では赤緒と佐藤のペアが突出していて他のペアはそれほど強くもないので団体戦で上まで勝ちあがることは望めない。赤緒の本命はやはり個人戦だ。赤緒ペアは二年のときから個人戦女王に君臨している。後衛でゲームメイクとラリーに徹する佐藤のバックアップを受け、前衛の赤緒が得点を決めまくるスタイルだ。ネットプレーでの赤緒の中学生女子とは思えない度胸のよさや、打点の高いスマッシュの決定力は県内では他の選手の追随を許さない。

その本命でまさか一回戦敗退とは——ちょっと信じられず、昼飯のあいだに寺川に真偽を確認するメールを送った。

〝なんで嘘言わなあかんの！　負けは負け！　梓とよっしー一回戦負け！〟

なんか逆ギレした返信が十秒もしないうちに返ってきた。

〝潤五、梓のことなぐさめてあげねや？　梓落ち込んでるで気ぃ遣うんやざ。傷つけんようにの？〟

などという高難度の注文をつけられた。

なぐさめるったって……。赤緒にメールを書こうとしたが、気を遣うってどのレベルだよ、と考えたら一文字も浮かばないまま手がとまってしまった。

だいたいこっちは勝ち残っていて、これから決勝を控えているのだ。そんなタイミングで他人のことで思い悩ませるなんて寺川のほうこそ気遣いがないんじゃないか。

ここまでの試合は勝って当然と言っていい相手ばかりだった。南和中にとって真の敵は、決勝の相手となる進英中ただ一校——進英中とは去年の夏も冬も決勝であたって敗北を喫している。進英中に頭を押さえられているせいで南和中はずっと二位に甘んじているのである。

その進英中を率いる主将で絶対的エースが、三村統だ。

今年こそ三村に土をつけてやる。

赤緒にメールするのはあとまわしにした。進英中に勝って優勝の報告をするときについでにちょっとフォローを入れてやればいいんじゃないか。もし逆の立場だったとしても赤緒だってまずは自分の試合に集中することを優先するはずだ。それぞれの立場で〝一番〟を張ってこその、赤緒が言う強い者の同盟だろうし。

……じゃあ、どっちかが勝者でどっちかが敗者になったとき、その同盟関係は維持されるんだろうか……？　同盟の前提が崩れることがあったら……どうなるんだっけ……？

「来年こそは必ず優勝しろや。おまえらやったら絶対できる。来年の進英中には三村はえん（いない）のやで、おまえらの代は幸運なんやぞ」

高杉の中学最後の県大会は結局準優勝で終わった。進英中には今年も——三年間一度も勝てなかった。どこかしら、やっぱり二位だったか、という気持ちがあったようにも思う。

敗退後に高杉が贈った言葉を後輩たちは素直に激励と受けとめ、涙ぐみながら全員で気炎をあげていた。しかし高杉は自分自身の台詞に、何故《なぜ》なのか若干冷めていた。

二位通過にしろ八月上旬に行われる北信越大会の出場権は獲得したのでまだ高杉も引退するわけではない。学校に引きあげてきて顧問と北信越大会に向けての話をすこししてから、夕方遅めに一人で帰路についた。

あー……赤緒にメール、まだ送ってなかったな……。試合が終わってからメールしようと思ったまま送り損ねていた。今から送ってもいいのだが、二位をわざわざ報告するのもなんかぬるく傷を舐めあうみたいになってヤじゃないか？

エナメルバッグのポケットに入れた携帯に手を伸ばしつつも迷っていたとき、グラウンドの脇の林を駆けていく人影が目に入った。もっさりした体型の小柄な女子は、

「はっち？」

高杉があげた声を聞きつけてはっちが一度立ちどまった。今日も首から提げている厳ついカメラを両手でしっかりと持ち、夏休みだというのに制服姿だ。

「あっ、たかじゅん。準優勝おめでと！　今日行けんかったけど北信越は行くでっ」

離れたところから慌ただしくお祝いを言っただけで、それよりこんなとこでなにやってるんだと高杉が問いかける間もなくどこかへ駆けていった。

今日は軟式テニスの大会会場に行っていたんだろうとすぐに思いあたった。昨日今日と県内各地で試合が行われていて、軟式テニスの会場と男子バレーの会場とは離れていたから、一日で両方行くのは難しかったのだろう。

ということは……赤緒が負けるところも、見てたのか……？

手に提げていたエナメルバッグを袈裟懸《けさが》けにし、はっちが駆けていった方向に高杉も小走りで足を向けた。あっちにあるものっていったら――。

校舎から見るとグラウンドをぐるりとまわった向こう側に、フェンスでグラウンドと仕切られたテニスコートがある。予想どおりそのフェンスの外にはっちの後ろ姿を見つけた。

「はっ……」声をかけようとしたとき、スパンッという鋭い音がフェンスの内側で響いた。

声を呑み込み、静かに歩いて近づいてはっちの横に立った。高杉の気配に気づいてもはっちは特に驚いた様子はなくフェンスのほうに視線を据えていた。高杉も黙ったままフェンスの向こうに目をやった。

二面あるテニスコートの一面に赤緒の姿があった。試合と同じ、白地に赤のラインが入ったノースリーブのシャツとスコートというユニフォームに身を包み、右手にラケットを持っている。足もとにはボールがぶちまけられていた。

かがんでボールを拾っては高く放りあげ、赤緒らしい大きなフォームのオーバーヘッドサーブで向こうのコートに向かって打ち込む。スパンッという音が断続的にコートに響く。試合を終えたあとでわざわざ練習しに学校に戻ってきたのか……？　しかし爽快なはずのボールの音が、今はなにか澱《よど》んだ音に聞こえてきた。

真夏の夕陽に炙《あぶ》られたコートはあたかも燃えるような赤銅《しやくどう》色に染まっていた。赤緒のためにデザインされたかのような大胆かつ爽やかな色合いのユニフォームもまた薄い赤味を帯びていた。赤く燃える海の真ん中に赤緒が一人佇み、休みも入れずひたすらラケットを振るっている。

あんなのは練習でもなんでもなく単にがむしゃらに打ち込んでるだけだ。認めたくない結果を前にして、とにかく頭も身体も空っぽになるまで振り絞らずにはいられないとでもいうように。

声をかけられる雰囲気ではなく、赤緒の背中を見つめたまま高杉は抑えた声で隣に話しかけた。

「一回戦負けやってな……。まさかと思ったわ。急にすげぇ奴が入ってきたチームでもあったんけ」

県内で赤緒ペアを負かすペアがでてくるとは思ってもいなかった。赤緒ペアはこれまで圧倒的な実力で君臨する絶対女王だったのだ。となると県外の強豪から転校生が来たとか、今年の一年にすごいルーキーが入ってきたとか、あるいはその両方で急に強いペアが生まれたとか、それくらいしか考えられない。

「ううん。春までは一度も負けんかったペアにボロ負けしたんや」

ぽつりとしたはっちの答えを聞いて驚いた。

「赤緒ちゃんとおんなじ前衛の子で、去年まで平凡やったのに今年ひっで力伸ばしてきた子がいて。赤緒ちゃんたちのほうが格下みたいに振りまわされてた」

そんなはっちの語り口調がどこか冷淡に聞こえ、高杉はうっすらと寒気を感じて隣に視線を送った。寺川のように友人の敗戦を感情露《あら》わに嘆いている感じとは違った。あくまでカメラのレンズ越しの取材対象として見ていただけなのだろうかと思ったら、はっちがすこし怖くなった。

突然、がこんっという濁った音が夕空に突き抜けた。

それまで一心不乱に振るっていたラケットを赤緒がいきなりコートに投げつけたのだ。がごん、がごんとランダムにコートを跳ねるラケットに高杉が目をみはったとき、赤緒がくずおれるように座り込み、コートに両手をついた。

喉の隙間から絞りだすような細い嗚咽《おえつ》が聞こえた。肩が小刻みに震えていた。拳を握り、どん、とコートを叩いた。どん、どん、と、何度も拳を振りあげては、怒りをぶちまけるようにコートに叩きつける。細い嗚咽が次第に強く、動物が唸《うな》るような声になる。

明るくてプライドが高くてお調子者で、鼻につくくらい女王様気取りの赤緒の、こんな惨めな姿を見ることになるとは思わなかった。赤緒の姿がただ衝撃で、高杉は立ち尽くして見つめていることしかできなかった。

落ち込んでるから傷つけないようになぐさめろって……無理だろ……。寺川のメールを思いだしたが、あんな赤緒にかける言葉があるわけがない。自分の試合が終わってから報告がてら声をかけようなんていう程度にしか考えていなかった自分に、なにが言えるっていうんだ……。

パシャッと、隣でシャッター音がしたのでぎょっとした。

信じがたい思いで隣を見るとはっちがカメラを構えて赤緒に向けていた。

「な、なにやってんや、やめろって……」

小声で制してレンズの前に手をだしたが「邪魔せんで」と至極真面目な顔でぴしゃりと言い切られた。赤緒の姿に視線を据えたままはっちが高杉の手を振り払って身をひるがえした。コートサイドのほうまでフェンス沿いを走っていき、別の角度から再び赤緒にカメラを向けた。

泣きじゃくりながら拳でコートを叩き続ける赤緒の姿にも、なにかに憑かれたかのように目をぎらぎらさせせすらしてシャッターを切り続けるはっちの姿にも、高杉はただただ唖然とするだけだった。

*

夏休み後半に仲間で行く計画をしていたプールを、高杉は北信越大会の疲れがでたとかなんとか理由をつけて欠席した。赤緒も含めて予定どおりみんなでプールに行ったらしかった。

〝だっさいのー潤五。夏風邪ひくんってなんていうか知ってるー？　かわいそうな潤五に梓のセ

クシーショットあげる。ネットに流したらあかんよー〞

とかいう軽薄なメールとともに、中学生が着るにはちょっと露出度が高すぎやしないかという水着姿でピースサインを決めている赤緒の写真が送りつけられてきた。夏休み前と変わらないように見える、自信に充ち満ちた笑顔だった。

誰が流すかよ……。携帯の中に保存したのをまた見られてなにか言われるのも嫌なので保存なんかしてやるまいと思った。しかし二日後くらいに思いなおし、メールが過去に押しやられないうちに写真を別の場所に保存しておいた。今まで自分の写真は保存することがあっても、赤緒の写真を保存しようなんて思ったことはなかったのに。

県中の敗戦を引きずらず本当に復活した笑顔なのか、それとも強がりなのか、どっちなのか……気になる。

男子バレー部のほうは北信越大会に出場したが、全国大会までは行けなかった。他の部よりは多少引退は延びたものの、高杉たちの代もその大会を最後に下の代へとバトンタッチした。

夏休みがあけて二学期初日。

朝練を終えてぎりぎりの時間に体育館側から校舎に入って教室に走るというのが日常になっていたので、登校する生徒の姿が一番多い時間に普通に昇降口で上履きに履き替えて教室に向かうというルートにどうも違和感があった。新しい学校に転校でもしてきたみたいな、帰属意識の薄さみたいなものを抱えて廊下を歩いていると、

「潤ー五っ。おはよっ」

と、きゃらきゃらした声とともに背中を叩かれた。

「おう……おはよ」

「なんか潤五見んのひさしぶりやと思ったら、休み中いっぺんも会ってえんかったんでない？」

「ああ、ほうぃやほやったか」

「なんやその言い方。冷たいんでないのー？」

赤緒が肩をくっつけるように横に並んできた。愛用の赤い水玉のリュックサックを背負っているが、なにか足りないように見えると思ったらラケットケースを持っていないからだ。

「ラケット持たんで学校来んの、なんか変な感じやわー。なにしに来たんやろって感じー」

「勉強しに来たんやろ」

「なんやもう急に偉そーに受験生っぽいこと言いだして。潤五かって荷物少ないとなんか忘れもんしてきた気ぃせん？」

赤緒がぺらぺら話す声に一学期とべつだん変わらない態度で応じながら、県中のことをなにか言ったほうがいいのかと頭の半分で迷っている。しかし赤緒からも男子バレー部の県中や北信越での結果を話題にしてこない以上こっちからも切りだすきっかけがない。

赤緒の様子は以前と同じように見えた。自分に自信がある女子特有のテンションできゃらきゃらとよく喋った。しかし県中の敗戦後に見たあの姿を高杉はどうしても重ねてしまう。北信越大会で負けて帰ってきたあと、夏休みの残りにやることもなくなって（って受験勉強しなきゃいけないんだが）家でぼうっとしていると、ふと気づくといつも赤緒のことを考えていた。

いや、グループではあるがそれ以上ではないという関係でずっとやってきて、今さらそういう空気をだすのもなんか、無理だろ？　少なくとも今のグループの中じゃ。卒業するまであと最低半年は。いやいや卒業したらつきあえるとか考えてるわけじゃなくて。……って待て、おれなに急に慌ててんの？

「潤五？　もぉー潤五！　梓の話聞いてえんの？」

視界の横から赤緒が顔を差し込んできた。頰をぷくっと膨らませて上目遣いに見あげられてもそういう仕草がかわいいってわかってやってるのを知ってると、やっぱり別に……なんとも思わねーよな……。いつもどおり鼻につくだけでドキッともしない。なんだ、前と同じでいられるじゃないか……とほっとしつつも、結局なんとも思わないことに微妙に拍子抜けしているという矛盾した感情を抱いている自分がいる。

「ほらあっち見ねやー。掲示板に人集まってるで、壁新聞でたんでないの？　きっと男バレの北信越の記事がトップやわ」

高杉の肩に摑まってつま先立ちで額に手をかざした赤緒の（だからおまえのそういう仕草が狙ってるっつうんだよ）視線をなぞると、教室へと向かう生徒たちが階段の踊り場で足をとめていた。

人だかりの最前列をちょうど離れたグループがいた。同じクラスの女子三人だ。こちらに気づいて三人組が「あ」という顔をし、意味ありげに視線を交わしあった。

なにやら含み笑いを残して階段を上っていく三人組を高杉は顔をしかめて見送り、掲示板のほうに目を戻した。

最前列がいなくなったので、高杉の目線からなら他の生徒たちの頭越しに余裕で掲示板を見ることができた。大判の模造紙が掲示板の高いところに貼られていた。夏休み中に制作していたのか、やはり壁新聞の新しい号だ。赤緒の予想どおりトップで扱われているのは男子バレー部の県大会突破および北信越大会の記事――しかし高杉が強烈に目を吸い寄せられたのは、その隣の、自分たちの記事の半分の扱いで載っている記事のほうだった。

「……はっち……」

掠《かす》れた声で呟いた。

軟式テニス部の敗退を伝える見だしとともに、赤緒のアップの写真が大きく載っていた。あのときはっちが夢中で撮っていた――不細工なほどに顔を歪《ゆが》め、涙をぐしゃぐしゃに垂れ流し、食いしばった歯を剝《む》き、鼻水まで垂らして、一人、夕暮れのコートに這いつくばっている赤緒が――。

「……なに……これ……」

高杉に遅れて掲示板を視界に捉えた赤緒が呟いた。と、唐突に身をひるがえして駆けだしたので「赤緒!?」と高杉は驚いて振り返った。スカートなのも構わず男子顔負けの一段飛ばしで赤緒の姿はあっという間に階段の上に消えていった。

あとを追って高杉も三階に着いたとき、赤緒は３－３の教室の戸口で立ちどまっていた。

「あか……」

赤緒の後ろに立って教室の中に目をやり、高杉は言葉を切った。

寺川たち赤緒グループの女子三人と高杉の仲間の男子二人が、教室の後ろの壁にはっちを追い詰めて取り囲んでいた。いつものようにカメラを胸の前でしっかり持ったはっちが自分より背の高い五人を目を丸くして見あげている。

「どういうつもりやの。今まで梓に目ぇかけてもらっといて、あんな写真載せるなんて」

寺川が中心になってはっちに詰め寄る。

「あ、壁新聞のこと……?」

なんの話をされているのか今悟ったようなはっちのリアクションに寺川たちが気色ばむ。クラスの〝声がでかい〟グループ五人に取り囲まれながら、驚いたことに、はっちはたいして萎縮していなかった。それどころか嬉しそうに顔を輝かせすらして言いだした。

「あの写真ひっでよう撮れたで、みんなに見て欲しいって――」

男の一人が壁を蹴りつけた。すぐ脇で轟音《ごうおん》を立てられてはっちがさすがに凍りついた。

「あっ……梓」

戸口に立っている赤緒に寺川たちが気づき、なんとなく気まずそうな顔になってはっちの包囲網をゆるめた。「新聞見てもた……？」

無言のまま赤緒が教室に踏み入った。寺川たちがあけた場所に赤緒が入り、はっちの正面に立つ。「赤緒ちゃん、おはよう……」未だいまいちなにを責められているのか理解していない顔ではっちが笑いかけたが、

「ゴシップ記者でも気取ってるんか？」

冷ややかな赤緒の声に、ふにゃんとゆるんだ顔が固まった。「ほやほや。ちょっと写真うまいでって調子乗ってんでないの？」寺川たちがまわりから加勢する。そこまで言われてはっちもやっと自分が吊るしあげられている事態を理解したようだった。さっと顔から血の気が引いた。

「えっ……？　ちっ違うよ、待って赤緒ちゃん、わたしはみんなに……」

「人の変顔隠し撮りして笑いものにするなんて最低な趣味やな。キモいわ」

弁明しようとしたはっちを赤緒が辛辣《しんらつ》な口調で遮る。ところがはっちも意外な頑固さで譲ろうとせず、しどろもどろになりつつも言い募る。

「ちっ違うよ、ぜっぜんぜん変やないよ、いい写真やよ。負けたときにあんなふうにいっぱい悔しがれるんは、赤緒ちゃんがひっでテニス頑張ってたでやよ。モテる自慢したいとか、ほんだけでやれることやないよ。わたしそれをみんなに……」

「誰がいつそんなこと頼んだの!?」

突然激昂《げっこう》した赤緒の裏返った声が教室に響いた。

「人が見られたないもん学校中に晒《さら》して、ほんで面白いの!?」

はっちが目を丸くして口をつぐんだ。

静まり返った教室に自分の声がまだ反響する中、赤緒がふいと顔を背けた。「梓……」という寺川たちの気遣わしげな声にも応えず、戸口で立ち尽くしている高杉のほうに早足で歩いてくる。

「……潤五。あれ剝《は》がしたいで、手伝ってくれる?」

顔を伏せて小さな声で言い、廊下へでていった。

「あ、ああ……」

赤緒に続く前に高杉は一度教室を振り返った。はっちは石になったように固まっていた。蒼《あお》ざめて強張った顔で赤緒がいた場所を見つめたまま、けれど、まだなにか言いたそうに唇が動いた。ほやけど……いい写真やよ……。


予鈴が鳴ったので踊り場の掲示板の前で足をとめていた生徒たちは捌《は》けていた。いつも新聞を貼っているのがはっちなのか、それとも新聞担当の教師なのか他の誰かなのかは知らないが、その誰かが貼るときには椅子か脚立《きゃたつ》に乗って留めたのであろう画鋲《がびょう》に、高杉は背伸びをすれば手が届く。

画鋲を外すとき、間近で赤緒の泣き顔をもう一度見ることになった。

だよな、はっち……。心の中で同意の呟きを漏らす。あの場ではっちを庇《かば》えなかった自分の度胸のなさに、後ろめたさを覚えながら。……おれもこの写真、いいと思うよ。これまではっちが撮ってきた赤緒の写真のどれよりも、おれは一番これがいいと思った。

赤緒が自分で変顔と言ったとおり、正直本当にひどい顔だった。自他ともに認める赤緒の整った顔が見る影もないほど不細工になり果てていた。けれど……今まで知っていた赤緒のいろいろな顔の中で、高杉が一番惹《ひ》きつけられた顔だった。

やべぇ……やっぱり、気になる。心臓がきゅっと、今まで鳴ったことのない音を立てた。

剝がした壁新聞を破いて捨てた。教室に戻ったときには赤緒は何事もなかったようにいつものテンションに戻っていて、ほっとした寺川たちが赤緒のまわりに集まってきた。ところがはっちがなにか話しかけようとすると、赤緒は寺川たちとことさらどうでもいい話題で盛りあがって露骨に無視した。

はっちはその後も赤緒の怒りを解こうと何度も話を試みたが、そのたびにシカトされた。メールも全部無視していたらしかった。赤緒が一人をシカトするような行為をすれば寺川たちも当然同調する。赤緒のグループが作る空気に萎縮してそれ以外のクラスメイトもどうしてもはっちを敬遠するようになる。笑顔を作って話しかけていたはっちだが、そうやって毎度シカトされるたび表情が凍りつくようになり、次第に元気がなくなっていった。二学期が進むにつれはっちからも赤緒に近づかなくなった。

クラスメイトの一人をシカトするという、高杉が知る限り赤緒が中学時代にした唯一の、公然としたイジメだった。

ペアを組んでいた佐藤は違う高校に進学して軟式テニスを続けているというが、赤緒は硬式テニスの強豪である尋慶女子に進学した。そして九月の新人戦で三位に食い込んだ際の、その三位決定戦の相手というのが、一年前の夏に中学絶対女王が思わぬ土をつけられたライバルだった。あんなふうに感情を晒けだして悔し泣きするほどの力が、赤緒を敗者のままで終わらせなかったのだろう。

一方で高杉が決勝で進英中に負けたときはどうだっただろう？――赤緒のような、どこにもぶつけられない悔しさと怒りをコートにぶつけるしかないほどの激しい感情はわいてこなかった。二位でも北信越大会の枠には入れるしと、ある程度満足していた自分が、今思えば確実にいた。

〝来年の進英中には三村はえんのやで、おまえらの代は幸運なんやぞ〟――あんな台詞を吐けた時点で、三村に勝てるわけがないという負け犬根性が根っこに染みついていたのだろう。

3

「潤五。ちょっと話したいことあるで、昼にでも来てくれんか」

監督の畑《はた》に呼ばれたのはクレープ屋に行った日曜の三日後、入学式も始業式も終わって新学期が本格的に滑りだした水曜だった。畑は福蜂工業の教員であり、男子バレー部の監督に就いて七年目になる四十歳手前の男で、二十数年前に自身も福蜂の選手として全国大会出場経験がある。

昼休み、部員が自主的にやっている昼練をパスして職員室を訪ねると、畑は高杉を連れて自分の担当教科の準備室に移動した。

「座っていいぞ」

と言われ、あいていた椅子を畑のデスクの脇に引いてきて座った。畑が自分の椅子を横にまわして高杉と向かいあった。

「おまえをセンターにコンバートさせようと思ってる」

咳払いを一つして畑がそう切りだした。

わざわざ二人きりになれる場所に移動した時点で楽しい話ではないんだろうと察して構えていたから、高杉は大きなリアクションはしなかった。

高校バレーのエースポジションといえばレフト（ウイングスパイカー）だ。バレーの試合で前衛のサイドや後衛のど真ん中から一番派手にスパイクを打っている選手がだいたいウイングスパイカーだと思ってもらえばいい。いわゆる点取り屋だ。高杉も中学時代ずっとウイングスパイカーとしてチームのエースを張っていた。しかし福蜂に入ってからは、公式戦でウイングスパイカーとしてコートに送り込まれたことはまだ一度もない。

センター（ミドルブロッカー）は敵のスパイクを防御するブロッカーの要《かなめ》となるポジションで、攻撃においては主にネット際で速攻（クイック）を打つスパイカーである。サイドから打つウイングスパイカーの囮《おとり》としての役割も大きい。

ウイングスパイカーと同様に長身の選手が担い、ネット際で跳ぶ回数はウイングスパイカーと変わらなくとも、ウイングスパイカーが見た目に派手な得点を重ねていく陰で、ミドルブロッカーは多くは直接的にはスコアブックに現れない働きをしている。ミドルブロッカーをエースにしているチームもないことはないし、速攻が有効に機能することがウイングスパイカーの決定率にも掛かってくるのだから戦術上その役割は極めて重要だ。しかし表向きにはやはり地味なポジションであることは否めない。選手の性格的にも真面目で献身的にチーム全体のために働ける選手が向いていると一般的に言われている。

　高杉と同じ二年のウイングスパイカーには、そのポジションを外されることなどまずあり得ない絶対的エース——三村統がいる。

「今はまだ三年に統のまわりを固めてもらってるけど、二年中心のチーム作りもこれから見据えてかんとあかん。それにあたっておまえにはセンターを任したい。他にも何人かポジション替え考えてるけど、おまえもそのつもりでいてくれ」

　自分に拒否権はあるんだろうか？　畑は決して甘くはないものの独裁的な監督ではないから、選手の希望を聞き入れて考えなおしてくれるかもしれない。そんなことも頭をよぎった。

　しかし一拍沈黙したあと高杉は「……わかりました」と答えた。

　大柄な身体を椅子に押し込んだ畑が腕組みをし、薄いリアクションの裏側の本心を読み取ろうとするように高杉の目を見つめてくる。高杉は畑の目を見つめ返した。目を逸らしたら、不満があると思われそうだから。

「……潤五。おまえは中学でずっとエースをやってきたな」

「はい」

　畑は県内の中学の大会にも足を運んでいる。福蜂は公立高校だから推薦枠があるわけではないし、直接的に選手を引き抜いたりといったことはできないが、有望な中学生には気さくに話しかけてくれ、アドバイスもくれる。高杉は中学のバレー部の顧問を通じて畑から福蜂に来ないかと声をかけてもらった。三年の夏の決勝で三村の進英中に負けたあとにも話しかけてくれた。とにかく目立つ三村だけでなく、高杉のことも畑はちゃんと見ていてくれたんだと嬉しかった。

「今さらおまえに言う必要もないことやろけど、センターはエースやない」

ずきんと心臓が痛んだ。目の奥が一瞬熱くなった。表情に表れないように奥歯に力を入れた。中学での高杉の活躍を知っていながら、残酷な宣告をするんだな……。膝の上で静かに拳を握りしめた。

「センターはチームの壁や。味方の攻撃を通すための銃眼《じゆうがん》や。チームを守る楯《たて》や。おまえに、それになって欲しい」

*

ネットの上から鋭い角度で打ち込まれたスパイクが床板をぶち破りそうな音を立てて対面コートに突き刺さった。ボールが急回転しながら跳ねあがり、対面コートに入っていたレシーバーがあんなもんは受けたくないという顔でボールを追って頭上を仰いだ。

「も一本来い！」

今スパイクを打った三村が凄みのある声で三年のセッターに指示した。バックステップでコート後方まで下がりながら、右手の人差し指を立てる。セッターにだしてもらうトスのサインなのだが、高く掲げた指先が、チームの〝一番〟を自ら表しているかのように高杉には見える。額に汗の玉が光っているが表情は力強く、〝1〟を要求する姿が堂に入っている。

タタッという軽やかな助走から、一転してドンッと両足で強く床を踏みつけ、空中へと身体を跳ねあげた。たっけぇ……！　背丈はまだ高杉のほうがあるのに三村のほうが遥かに跳ぶ。空中で弓なりに反った長身痩軀《そうく》が寸秒、重力から解放されてふわっと滞空する。弓を引き絞るように引いた右腕がしなると同時に、手の先に向かってエネルギーが駆けのぼる。

空中に浮いたボールがエネルギーをぶち込まれ、何倍もの質量の塊になってネット上から撃ちだされた。今度はレシーバーが真正面で受けたものの、強くはじかれたボールが天井まで跳ねあがった。

と、ガコ……と軋《きし》む音が聞こえたきりなにも落ちてこなくなった。「おえーっ」とまわりの部員たちからどよめきがあがった。

身体をくの字に折って着地した三村が天井を仰ぎみて「うげっ、すんませんっ」とぎょっとするなり、背に纏《まと》ったマントのように尾を引いていた凄みのオーラが引っ込んだ。

青と黄色の配色が鮮やかなミカサのボールが天井の梁《はり》の隙間にちょうどよく嵌《は》まり込んでいた。

「あーあ。ボール安ないんやぞ。知らんうちに一個ずつ減ってってるし」

「あれ取れるんけ？」

練習の緊張感がどこへやらみんなで上を見てやいやい言いはじめる。

「すんませんーおれのせいです。当てて落としまっす」

三村が別のボールを持ってきて真下で構えた。天井に視線を据えて一瞬鋭い顔つきになり、ネコタジキデン、とかいう謎の呪文を唱えて、アンダーハンドで高いサーブを打った。

「あほかー。天井サーブで当たるわけが――」野次《やじ》りながらみんなが仰ぎみた先で、見事、天井に嵌まったボールにサーブが命中した。「おっナイス、統」「まじか。すげぇ」と賞賛の声があがったものの――。

一球目を奥に押し込んだあげく二球目も嵌まり込んだ。

「おお。奇跡」

目を輝かせて自画自賛した三村を「二次災害起きただけやろがっ」といっせいに三年がどついた。

「もいっぺんチャレンジ」

「やめろ統。おまえはもう手ぇだすなや」

「むしろ三つ目嵌めたなってきてるやろおまえ」

妙に意欲満々でもう一本天井サーブを打とうとしてボールを奪い取られる三村には、あの恐るべき威力のスパイクを打つときの凄みはすでに微塵もない。ただの部内のひょうきん者だ。

こんな奴が……と、どうしてもときどき思う。こんな奴なのに……。

どの部員が打つよりも、三村が打つスパイクは音が重い。全身をバネにしてボールを撃ちだすエネルギーに変えてくる。違いを思い知らされる。中学時代に対戦していたときよりも、同じチームになって間近で毎日見るようになってからのほうが、ボディブローを毎日打ち込まれるかのように身に刻まれる。

〝三村のチーム〟としてこれからの福蜂は強固になっていくのだろうと、否応《いやおう》なしに納得させられる。

そのときに、自分のポジションは——コートの中のポジションであり、そしてチームの中のポジションは——どこにあるんだろう？

「おれ、上から当てて落としてみます」

わいわいやっている輪に入れないまま高杉はきびすを返して壁際の梯子《はしご》に向かった。二階の高さの壁に沿って手すりつきのギャラリー（通路）がぐるりと造られている。ボールを二つばかり片手に抱え、梯子を使ってギャラリーの上に登った。真下からよりも横方向から当てたほうが落とせるんじゃないかという思惑だ。

……ネコタジキデン、って猫田直伝かよ（天井サーブの発明者だ。直伝のわけねえし。昔の人だ）。今さら気づいてあほらしくなっていたら、

「潤五、おれがやるで練習戻れや」

と、越智が高杉のあとから梯子を登ってきた。短パンやハーフパンツに膝サポーターといった練習着姿の部員たちの中で一人だけ長ズボンのジャージを穿いている越智は男子マネージャーだ。越智が上から指示し、一年の部員がボール籠をギャラリーの真下に押してくる。

「ほんなら任すわ」

持っていたボールを越智に投げ渡そうとして、ふと思いなおし、手が届く距離まで近づいて手渡した。

「先生から聞いてるんやろ」

ボールを受け取りながら越智が高杉の顔を見あげた。一瞬きょとんとしたがすぐ察したようで、

「……ああ。ポジション替えの話な」と軽く目を伏せて頷いた。

畑と話した日からまた三日たち、土曜の今日は朝からどっぷり練習漬けだ。越智は畑の信頼も篤《あつ》い。ポジション替えを告げた部員の様子を畑から訊かれていても不思議はない。そして越智が聞いたということは、

「統に話したんけ」

「ん、ああ。ちらっとだけな」

「なんか言ってたけ、統」

「いや……特には」

ふうん、と相づちを打って越智の手にもう一つのボールを押しつけ、二人がぎりぎり並んで通れる幅のギャラリーをすれ違った。

「……潤五。勝つためやぞ。統になんか思うんはやめろや」

越智の声が背中にかかった。生真面目に諭す声には、同情と共感がいくらか含まれていた。今では三村の女房役でありチームの裏方として献身する越智も、一年時には高杉たちと同じく選手として入部した。しかし伸び悩み、怪我もあってマネージャーに転向したクチだ。

「……統の態度次第やな」

それだけ言って高杉は梯子をおりはじめた。ちょうど下の扉から畑が入ってきたところで、気づいた部員から順に挨拶があがった。

越智には感づかれてるんだろう——他の連中がみんなそうであるほどには、高杉は三村を好きじゃない。

自分たちの代やその下の代は、三村率いる進英中の無敗伝説を知って福蜂に入ってきている。一年の戸倉なんかは特に三村への憧れが強く、弟子を名乗りかねない勢いでその背中を追いかけている。三村のプレーを真似し、三村からなんでも吸収しようとすることに躊躇《ちゅうちょ》がない。

だが、高杉には素直にそれができない。

戸倉のように一つでも歳が下だったらなにも考えず純粋に目標にし得ただろうし、一つでも上だったら、まあたぶんかわいがっただろうと思う。

〝絶対に勝てない奴〟と同じ学年に生まれたっていう、自分ではどうにもできないことが、バレーをはじめたそのときから、そしてバレーを続けている限りこの先もずっと自分の人生にはつきまとい続けるのだ。

「今日の残りは一年も入れて紅白戦をやる」

部員を集めて畑が言った。

一年が入った現在の部員数は三学年で総勢二十名ちょっとになる。交代要員込みで三チーム作ってちょうどいい人数だ。コートに入る二チーム以外の一チームが審判や線審につき、順番にゲームをまわしていく。

「ほんで早めに切りあげて花見行くぞ。今日くらいに行っとかんと、足羽川の桜もそろそろ終わってまうでな。ジュース代くらいはおれの財布からだしてやるで。そのかわりおれに一本だけビール飲む許可をくれ」

強面《こわもて》で下手なウインクなんかしてみせる畑に部員一同から歓声が起こった。畑もまんざらでもないノリで手をあげて応えたあと歓声を静めるジェスチャーをし、

「今やったら屋台もでてるやろ。今日の勝ち点一位チームには一人一品食いもん買ってやる。残り時間集中して腹すかせろや」

「監督まじで？　屋台にあるもんなんでもいい？　クレープとかチョコバナナとかでもいい？」

一番前にいた三村が真っ先に餌《えさ》に食いついた。おまえ一週間前にクレープ食ったばっかかなのにまだ食いたいのか……。全員の頭の上から三村が半身がでるほど跳びはねるのを一番後方で見やりながら高杉はげんなりする。半年に一度くらいは食ってもいい気分になるが実際食ったらあと三年は食わなくていいと思う、というのが高杉の中のクレープの位置づけだ。

「ほんなら一応出欠取るんで、行けん人は帰りまでにおれにひと言ってきてください」

越智がてきぱきと事務能力を発揮する。花見といえば、中学の面子《メンツ》での花見も今日の夕方じゃなかったかとそのときになって高杉は思いだした。遅れるかもしれないが一応参加という言い方で寺川には返信しておいたが、今の今まで完全に意識から抜け落ちていた。

しかし越智に欠席を申しでている部員は今のところいないようだった。うちの部って全員仲良すぎじゃないのかとつくづく思う。本当に一人も他の予定とか約束とかないのか？　なにもないとしてもせっかく早くあがれるなら帰って寝たいと思う奴くらいいてもいいのに。

日曜の赤緒との別れ際を思い返すとどうにも気が重かった。赤緒の話だと今年は集まりが悪いらしいから、赤緒や寺川と膝を突きあわせてしっぽりした感じでディープな話なんかすることになるのかと思うとますます億劫《おっくう》になる。エースポジションからコンバートされるっていう話を赤緒が知ったら……。

〝負け組は梓には釣りあわん〟

……寺川には断りのメールを入れておこう。やっぱり部活で行けなくなったと言っても嘘ではないし。

「一時半やな……ほんなら五時半までや」

畑がステージの上の壁を振り仰いだ。ボールよけの鉄の柵が嵌まった丸時計は一時三十分過ぎを示している。

「二年で一チーム、一・三年まぜて二チーム作る。三チーム総当たりで九セット。二セット先取しても三セット目もやる。ポジションとキャプテンはおれから指示するけど、ローテは任せるで各チームで作戦立ててやれ。リベロは抜きや。全員打て」

やや和らいでいた声色が再び厳しくなり、部員間にも緊張感が戻った。花見前の余興のような紅白戦になったとはいえ、残り四時間全部試合をやるというのはこれっぽっちも楽な練習ではない。

「二年チーム、キャプテンは統。ポジションはレフト」

当然のようにまず畑の口から三村の名前がでた。

「センターは壱成《いっせい》と、潤五」

こっちを振り返った者が何人かいた。若干驚いた顔を見せたのは朝松《あさまつ》壱成一人で、他の連中はなにか深読みしたわけでもなさそうだったが。朝松は三村と同じ進英中でミドルブロッカーをやっていた奴だ。いわば三村とはずっと組んでいる。高杉がミドルブロッカーに転向するとなると今後は朝松とレギュラー争いをすることになる。

既成事実を作っておれを納得させるための今日の紅白戦、ってことか。二年中心のチームを見据えるにあたって新ポジションの感触を探ろうというまっとうな目的も無論あるんだろうが。

畑の意図は明白だったが、高杉はぴくりとも頬を動かさず「はい」と返事をした。

承知済みだっていう顔をするしかなかった。不満があるとか、傷ついてるとか、そんなことはいっさいないっていう顔を。自分の力では抗《あらが》えない何者かがでかい手のひらで心臓を押しつけてくるような、今感じているこの胸苦しさをここにいる仲間に知られることだけは、最後の悪足掻《わるあが》きみたいなものだが、絶対に許せなかった。

どうしたって三村の反応が気になった。だが三村のほうは高杉の心中などべつだん気にしたふうもなく、

「監督。こっちのセッターに掛川《かけがわ》ください」

と、いつもどおりの調子で唐突に畑に申しでた。集団の端っこにいた掛川本人が「ええ!?」と

仰天した声をあげた。

他の部員からも意外そうな視線が向けられ、どっちかというとおとなしいタチの掛川が挙動不審気味に赤面した。わかりやすく羨ましそうな顔をしたのは戸倉だ。掛川も戸倉と同じ一年。もちろん入部したばかりだ。中学でもポジションはセッターだったことは高杉も知っているがどんなタイプのセッターだったのかまでは知らない。そんなにいい選手だったのかと驚いた。

「まあいいやろ。二年は越智も入れんとどうせ足りんしな。掛川は二年チーム入れ」

畑の了承を得て掛川が「は、はいっ」と意気込み、手招きしている三村のところへと顔を強張らせながらも嬉しそうに駆け寄った。

三村が軽く頭を下げて掛川と顔を突きあわせ、なにかひと言ふた言話したあと、

「よっしゃ。二年&掛川チーム集合ー」

と手をあげて他のメンバーにも号令をかけた。

「クレープとチョコバナナとシェイクのためにぃーっ、頼むぞおまえらぁ!!」

円陣を組ませてわけわからん活を入れるキャプテン三村に「一人一品やなかったか」「シェイク増えてるげ」と笑いまじりのツッコミが入りつつ、掛川を含めた全員、「おおっ」と声をあわせて円陣の中心に拳を集めた。

円陣の中で三村と目があったのは、高杉にとっては不意打ちだった。

高二の四月現在で高杉は一八八センチ。三村は一八〇センチ台半ばだろう。一年前に入部したときは十センチ以上の差があったはずだが、高校生になってからはもうほとんど伸びなくなった高杉と逆に三村は高校から伸びはじめた。そばに立って比べる機会があるたびに差を縮められている。それでもまだ今のところは高杉のほうが目線が上にある。それを意識するように高杉はあ

えてすこし顎をあげて三村の顔を見返した。

なにを考えてるんだこいつはと、不思議でしょうがない。越智からどこまで話を聞いてるんだ？　三村はたいていバカをやっているが何気にクレバーだ。高杉が三村に多少なりともわだかまりを抱いていることを察していないほど鈍感な奴じゃないはずだ。

なにか言えよと焦《じ》れると同時に、なにか言われることを恐れている。もしこいつの口から同情的なことなんかを言われたら……。

「……ほんならおれは焼きそば大盛り狙って勝ち行くわ」

繕《つくろ》ったものをぶち壊される前に自分から軽口でごまかし、視線を外した。


六人制バレーボールにはローテーションというルールがある。コート上の戦術に終始必ず絡んでくる、バレーという競技ならではの特徴だ。

前衛三人と後衛三人、それぞれ左からレフト、センター、ライト。この六箇所を、自チームがサイドアウトを取る（相手チームからサーブ権を奪うこと）ごとにプレーヤーが時計まわりにまわっていく。サーブが打たれてプレーがはじまったら移動は自由なので、各々の持ち場に素早く移動できるようサーブ直前の六人の位置取りの連携も重要だ。ただし後衛になっている三ローテのあいだは前衛でブロックに跳ぶこと、前衛からスパイクすることができない。

これにより前衛の攻撃力が落ちるローテーションや、三村のように本来レフトから打つのを得意とするウイングスパイカーがライトから打たねばならないといったローテーションが、どんなチームにもどこかしらで必ず発生する。チームにとっては「弱点のローテ」、つまり早く切り抜けてまわしたいローテになるのだが——。

「バックライッ、こぉい！」

やたらよく通る三村の声がコート後方から突き抜けた。自らレセプション（サーブレシーブ）した三村がバックアタックに飛び込んでくる。三村が後衛ライト、高杉が前衛ライトのローテーションだ。掛川がライト側から来たやや難しいパスを落ち着いたハンドリングでまたライト側に折り返した。ネット前で高杉が速攻に入っていたが、ボールはまるで三村の声に引き寄せられたみたいにネットから離れて高くあがった。

一・三年Aチームのブロッカーは囮で跳ぶだけになった高杉につられることなく、三村の前にしっかり三枚ついた。そりゃそうだ。おれがなんでおまえより早く跳んでるかちょっとは考えろと言いたくなるくらい三村がのべつまくなしに煩《うるさ》いのだ。囮の意味がない。

ふわりと綺麗にあがったトスを高い打点で三村の右手が捉える。だが三枚ブロックが待ち構えている。捕まるか——とフォローに入ろうとした刹那、バズーカから撃ちだされたロケット弾のごとき破壊力でもってスパイクが三枚ブロックの壁にひびを入れ、ばちぃんという音をさせて相手コートの後方まで吹っ飛んでいった。

「うっしゃあ！」

自コートの中を走りまわって得点をアピールするのも、煩い。

ゲームがはじまってからずっと声だしてるし、ずっと動いてる。途中でへばることなんか気にしてないみたいに。

三村がトスを呼ぶ声には圧力すらあった。自分が打つっていう執着といってもいい。わざわざ掛川をセッターにもらったのは、まだ一年で従順な掛川なら自分の言いなりにトスをよこすと考えてのことだったのかと勘ぐってしまう。

「掛川。統につられんと、おまえが状況見て誰に打たすか決めろ」

チーム分けを決めた以外はあれこれ言わずに部員たちのやり方に任せていた畑がさすがに口を挟むくらいだった。

「先輩ー。全部おれが打つでおれにブロックついとけばいいですよ」

が、三村は畑の苦言に反省の色を見せるどころかネットの向こうの三年を煽《あお》る始末だ。一・三年Aチームには三年のレギュラーのミドルブロッカーとウイングスパイカーがいる。いずれも身長は一九〇前後だ。現福蜂の最強の壁であり楯である。「おめぇ統、生意気じゃー。ほんならもしおまえ以外が打ったら花見で奢らすぞ」軽口半分、本気半分っぽい声に三村はからから笑って「いいっすよー」と請《う》けあった。

今の得点で二年チームがサイドアウトを取り、ローテーションが一つまわる。後衛ライトに下がった高杉がサーブを打つ番だ。

「潤五。ジャンサ」

三村が投げてよこした声に高杉はすこし驚いて振り返った。「一本!」と屈託のない声援を受け、相手コート側から転がされてきたボールを拾ってエンドライン後方に立った。

ウイングスパイカーにジャンプサーバーが当然のように多いのに比べ、ミドルブロッカーにジャンプサーバーは実は少ない。海外の試合を見るとそうでもない印象なのだが、少なくとも高杉のまわりでは。しかし中学時代エースを担っていたからには高杉もジャンプサーブを持っている。言われてみればミドルブロッカーになったからといってもともと持っている武器を封印する理由はなにもない。

だったらせめてサーブは恰好つけてやろう。

攻撃時はネット前に詰めていることが多いミドルブロッカーでも、ジャンプサーブはウイングスパイカーの派手なスパイクと同じように好きな助走を取って打ち込むことができる。中学のときなんかは「ジャンサの前のカッコつけたルーチン」の研究を、海外の代表選手を真似たりしてサーブそのものの練習以上に熱心にやったものだ。

右手一本でボールを摑み、正面にまっすぐ突きだす。野球の予告ホームランっていう感じで、これが一番イカしてるという結論にたどり着いたのだ。

つと視線をあげると、結局まだ救出できていないミカサのボールが二つ（二つ目は二次災害のやつだ）、梁の上でなんだか気恥ずかしそうな顔を並べていた。

右手で逆回転をかけたトスを高く放りあげる。天井の小さな二つのボールに目の前のボールがかぶさって視界から消えた。助走を大きく取り、天井に一度吸い込まれて自由落下してくるボールを高い打点から打ち込んだ。よし、入った！　背筋にびりびりと快感が走るのを感じながらエンドラインを超えてコートの中に着地した。

コントロールは若干甘かった。相手チームのレシーバーの真正面。しかし威力のあるサーブがレシーバーをひっくり返らせ、ダイレクトでネットのこっち側に返ってきた。「チャンスボール！」相手に攻撃のチャンスをやることなく攻守が入れ替わる。ゆるく返ってきたボールの下に掛川が直接走り込んだ。

「バックライト！」

サーブの着地からそのまま助走に入りながら高杉は思わず鋭い声をあげ、自分自身にはっとした。

「真ん中ぁー！」

と、高杉の声を食うような大声で三村がトスを呼んでバックセンターから飛び込んできた。二人がバックアタックに入るという状況になり、前衛で速攻に跳んだ朝松にはつられなかったブロッカーが寸秒、次の動きに迷った。

掛川のトスはまた三村の声に引き寄せられるようにバックセンターにあがった。強い引力を感じ、高杉まで滞空中にふと隣を見ることになった。

自分の真横で三村の爆発的なスパイクが炸裂した。ノータッチだったらアウトだったかもしれないが、一瞬遅れて跳んだブロックの先に引っかかった。ブロックが触れてもボールは勢いを削《そ》がれず後方のギャラリーまで吹っ飛んでいき、バスケットのゴール板に激突した。

「っしゃ！　ナイッサ潤五！」

「ああ……悪ぃ、ついバックアタック入ってもて……」

「このローテんときこの攻撃使えるんは強ぇな」

はたきつけられたロータッチに応じながら言いかけた高杉に三村が食い気味に声をかぶせてきた。

「次もチャンスあったらやろっせ」

と嬉しそうに言われ、高杉はなんとなく狐《きつね》につままれたような心地で、「も一本！」という声に背中を押されてサービスゾーンに向かった。

三村は目立ちたがり屋だが、相手チームをふざけて煽ったり、味方のスパイカーを押しのけて自分が全部スパイクをもぎ取るようなワンマンな奴だっただろうかと、このゲームがはじまってから高杉はずっと違和感を抱いていた。たぶんチームの中で三村に一番好意的な目を持っていないのは自分だが、だからこそこいつを正当に評価する目だけは曇らせないようにしようと、たぶんチームの中で一番意識的に自戒しているのが自分でもある。ただの妬《ねた》みにならないように……自分自身を貶《おとし》めないように。

なに考えてるんだ、おまえ。なにか企んでるんだろ……？

全部自分が打つ宣言などというもので三枚ブロックを自ら引きつけておいて、いくら三村でも一人でブロッカー三人を相手にし続けられるわけがない。ワンタッチを取られて攻撃を切り返されるようになった。それでもシャットアウトを食らうことはまだ一度もないのは驚愕《きようがく》としか言いようがないが。

ローテーションが半周して高杉が前衛レフトにあがったところで、肩の後ろでこそっと掛川が言った。

「潤五先輩、次からあげます」

つい高杉はまばたきしてしまったが、相手コートにはリアクションを気づかれないよう何食わぬ顔でネットのほうを向いていた。

「レフト持ってこーーーい！」

三村が相変わらずやかましく自己主張してレフトにまわり込んでくる。ネット前でAクイックに跳んだ高杉に目の前のブロッカーが一瞬反応しかけたが、足を踏ん張るようにして跳ぶのをこらえ、サイドの三村を目で追った——と、その頭の真上に掛川のトスがあがり、高杉の右手にふわりと入った。まじでこっちかよ、とトスをもらった高杉自身が驚いた。

視界を遮るブロッカーの手のない状態で、ぎょっとしたまま動けなかったブロッカーの真後ろにボールを落とした。

「……ってこら、統ーーー!!　全部打っつっったやろげぇーーー!!」

相手チームのみならずコートの周囲で審判係についていた一・三年Bチームからも怒濤《どとう》のブーイングがあがった。まあ当然の抗議だなと高杉も異論はない。これには越智まであきれ顔をしていた。

「なに言ってんですか、こんなもん駆け引きでしょ、駆け引き」

三村は悪びれるどころか策が嵌まってさも愉快そうににやにやしているという厚顔無恥っぷりである。

「嘘はついてませんって」

「どの口が!?」

「約束どおり奢る気でやったんで。潤五と折半《せっぱん》で奢ります」

「ちょっと待て、巻き込むなや!?」

しれっと共犯にされて高杉は目を剝いた。

「おまえら私語いい加減にせえや！　花見やめんするぞ！」

畑の怒声が飛んできて全員慌てて真面目な顔を繕って口をつぐんだ（花見のために）。

サイドアウトを一往復挟んでサーブ権を取り返し、こっちのローテがまた一つまわって掛川が前衛にあがる。このローテまでは三村と高杉がまだ前衛で並ぶ。セッターが前衛にいるときは前衛で打てるスパイカーが二枚になるため普通なら弱いローテになる。

「潤五。さっきのダブルバックアタックみたいなん、前衛でもやろっせ」

三村が顔を寄せて耳打ちしてきた。ネット前で両手を軽くあげて構えながら高杉は訝《いぶか》しんでその耳もとに囁《ささや》き返した。

「時間差でなくてか？」

「次から潤五にもブロックついてくるやろ。ほやけどウイングと同じ助走で跳べば潤五やったらブロックの上から打てる。ブロック打ち抜くスパイカーが前衛に二人いるんは向こうの守備にとって単純に脅威や。おれと潤五が前衛んときが、一番強いローテになる」

ネットのほうを見据えて不敵な顔で三村が言い切った――その台詞に、全身の産毛がざわっと逆立った。

掛川に無言で視線をやる。掛川が肩を竦《すく》めて小さく笑った。

「ここまでは統先輩が囮でした」

そういうことだったんだろう。あれだけコート中で動きまわって声だしまくってる奴が一番の囮じゃなくてなんなんだ。味方も引っ張られたが、むしろ相手チームにとって目にも耳にも三村の存在感は煩くてしょうがなかったはずだ。全ローテで三村の動きを意識せずにいられないのは相当なストレスだ。

本職はリベロだが今日はセッター対角に入っている猿渡《さわたり》のフローターサーブでプレーが再開した。前衛センターの高杉の右に前衛ライトの三村がいるローテだが、レフトから主砲を放つ三村が素早く高杉の背後をまわって左に動く。

二人とも同じレフトのウイングスパイカーだったらコート上では〝対角〟に入ることになる。対角はローテーション上で必ず前衛と後衛に分かれる。しかしウイングスパイカーとミドルブロッカーであれば、前衛で並ぶローテが発生する。〝一番高いローテ〟を三村と組めるのだ。

高さの利が生きるのは、言うまでもなく攻撃時だけではない。

猿渡のサーブがネットの上端に軽く引っかかり、相手コートのネット際に落ちた。「ネットイン！」コートの内外からわあっと声があがった。前衛ミドルブロッカーが危うく突っ込んで拾ったが、この時点でミドルブロッカーの速攻はなくなる。「統、ライト！」指をさして三村に指示を飛ばすと「あいよ！」と威勢のいい応答があった。ライトに開いたウイングスパイカーにトスがあがり、高杉と三村の二枚でブロックにつく。

掛川も決して劣ってはいないが、やはり三年の正セッターのトスは綺麗だ。スパイカーの全身全霊の力でブロックの上から叩き込む、福蜂のバレーのスタイルを思う存分発揮できる。

だが、ぴたりと呼吸をあわせて跳んだ二枚ブロックのど真ん中！——三村の右手と高杉の左手にほぼ同時にあたり、スパイカーの真下に叩き落とされた。

着地しながら雄叫《おたけ》びのような声が無意識に喉から飛びだした。左手に受けた無形の手応えを形にして摑まえるように、拳をぎゅっと握りしめた。

ネットの前で「っしゃあ！」とつい三村と声を揃えて固い握手を交わしてから、我に返って微妙に気まずくなった。

「勝つぞ、潤五」

と言われて「そりゃ……」とごまかすように軽く瞳を揺らして答えかけたとき、

「全国で勝つぞ」

いつも明朗すぎるほど明朗な三村の声がワントーン低く、重みを増した。まっすぐに見つめてくる三村のまなざしを受けて高杉は絶句した。

「おれたちの代でセンターコート行くぞ。……絶対に」

普段表にだしている三村の軽薄なキャラクターとは違い、その言葉の裏には切実に勝利を欲する必死さがあった。

自分や赤緒と、三村も同じなのだ——いや、自分や赤緒以上にでかい舞台で、今まで何度も負けてきた奴なんだ。三村だって決して〝一番〟ではない。

「頼むな」

痛いほどの力を一度入れてから三村から手を放した。

やはり越智から話は全部聞いていたのだろうと確信した。でも、こういうことで多くを語らない奴なんだな……。

高杉が予想していたどんな言葉も三村は口にしなかった。ポジション争いに負けた高杉に気を遣ったり、なにか遠慮するようなことを言ったり、あまつさえ謝ってきたりしたら、高杉の心にはどこかしら三村を認めたくない感情がずっと残ったかもしれなかった。

余計ななぐさめやフォローをするかわりに、ただ行動で、コートの中で説得してきた。

おれは〝戦力〟としてここに、このチームにいる。三村に負けたんじゃない。勝つためにこいつの隣にポジションがある。

三村は高杉を敗者にしなかった。だからこそ、
勝てねぇなあ、こういうところは……。

という素直な気持ちが、今はなんのつかえもなく、すとんと胸に落ちてきた。

この一年間、自分の中でこれ以上拡がらないように、水位があがらないようにと一人で必死に足掻いてきたどす黒いタール状の水溜まりに一滴の透明な雫《しずく》が落ちて、王冠型の澄んだ波紋が広がっていった。

＊

その日の夕方から予定されていた中学の面子の花見は結局中止になったらしかった。高杉のドタキャンにより男子が全員不参加になり、そんなに少なくても盛りあがらないしつまらないからやめよう、と赤緒も言いだしたとのことだ。寺川からめちゃくちゃ文句のメールが来た。夜帰宅してから一応あらためて謝罪のメールをしておいた。

悪かったなとは思ったものの、卒業して一年以上たてばみんなそれぞれ高校でのつきあいができているし、わざわざ中学のグループで毎年集まるようなテンションでもなくなるのは仕方ないだろう。

〝梓の優勝のお祝い会やったのに〟

怒り顔の絵文字とともに返ってきたメールの内容にちょっと驚き、

〝優勝って？　なんのや？〟

と返信を送った。

寺川の返信によると四月の初めに春季ジュニア大会のU18があったらしい。だいたいどこも同じ時期に行われるインターハイ予選や新人戦でもない限りテニスの大会スケジュールなんて高杉は把握していないから、大会があったことすら初めて知った。四月の初めなんてごく最近じゃないか。先週会ったときに言ってくれればよかったのに、赤緒はそんな話はおくびにもださなかった。

一年の九月の新人戦では県三位に入り、二年の四月にはとうとう優勝——軟式から硬式への転向というハンデなど吹っ飛ばして上へ、上へと昇り詰めていく赤緒に、ただもうすげぇな、という感想しか浮かばない。

〝もー、サプライズでお祝いするつもりやったのに、わたしの計画どうしてくれるんや。せっかくはっちも呼んであったのに〟

こっちから返信する前に立て続けに送られてきたメールに二度驚かされた。

ずいぶんひさしぶりにその名前が話題に上った気がする。はっちこと初田稚以子は、赤緒とも寺川とも違う高校へ進学した。たしか佐藤佳乃と同じ高校だったはずだ。

メールで訊き返そうとして途中まで書いたものの、面倒になって電話をかけるとすぐに寺川がでた。

『今お風呂入るで服脱いだとこやったのにぃー』

「おまえのヌードになん興味ねぇわ。はっちって？　はっちと赤緒、仲直りしたんけ？」

『してえんで、ダブルサプライズで今日呼んで仲直りしてもらおうって計画やったの！　梓かって最後は意地になってただけやろし、うちらも長すぎやったなーとは思ってたし……。花見の連絡まわしててわたしも偶然知ったんやけど、はっちガッコ辞めて海外行ってまうんやって。ほやであのまんまお別れになるんは後味悪いやろ』

「ガッコ辞める？　海外って……なんやそれ!?」

4

四月二十七日、世間的にはゴールデンウィークの初日となる土曜日。平日の朝練に比べたら休日は部活の開始が遅いので、朝八時半に福井駅を発《た》つ特急列車に乗るはっちの見送りに行くことができた。

福井駅の改札前のコンコースで一年ちょっとぶりに会ったはっちは相変わらず小さくてコアラみたいにもっさりしていた。その小さい背中にのしかかるほどの巨大なリュックサックを背負い、それとは別に大ぶりのカメラバッグを大事そうに袈裟懸けにしていた。

「それ自分で棚にあげれんやろ。おれ中まで送ってくけ？」

文字どおりの意味で荷が勝っている。半ばあきれて申しでたが、はっちは「大丈夫大丈夫。近くの人に頼むで」と手をぱたぱたと振り、はにかみ笑いを浮かべた。

「わざわざ来てくれただけで嬉しいし。ありがとぉ……赤緒ちゃんも」

すこしおそるおそるといった、尻すぼみの声になって高杉の隣に顔を向けた。

高杉の陰に身体半分隠れた赤緒がぶすっと口を尖《とが》らせて顔を背けた。まだ強情張ってるのか……肩越しにそれを見やって高杉は溜め息をつき、

「赤緒。最後なんやぞ。ほんでいいんけ」

「あはは。最後とかは大げさやよー。とりあえず二年休学すんの許してもらっただけやで、二年したらいっぺんは帰ってくるし」

はっちが柔らかく笑って言った。

「ほやかって……二年後なんておれら卒業してるし」

二年後にはっちが福井に帰ってきたとして、福井に残っている同級生は少ないだろう。多くの者は高校を卒業したら地元を離れる。福蜂バレー部のOBたちもバレーの環境が整っている全国各地の大学へ進学しているし、まだ漠然とした希望ではあるが、高杉もそうしたいと考えている。

逆に言えば高校卒業まではだいたいみんな地元にいるものと思っていた。学校が違っても地元にいれば顔をあわせることはあるし、どうせ県内で若者が行く場所なんて限られている。会う機会はいくらでもあるだろうと気軽な感覚でいた。――その猶予が突然消失するなんて、想像もしていなかった。

はっちの父親がカメラマンで、新聞社に勤めているというのは聞いたことがあった。しかしずっと単身赴任で東京の支社に行っていたことは二週間前に寺川に聞いて初めて知った。はっちが父親のお下がりだというフィルムカメラにこだわりを持って使い続けていたのには、一緒に暮らせない父親への想いも何割かはあったのかもしれない。

その父親がフリーに転身して海外へ赴くというので、父親のもとでカメラの勉強をしつつ自分も世界をまわりたいと、はっちもついていくことにしたらしい。退学ではなくて休学に落ち着いたらしいが、それにしても思い切った決断だ。

「海外っつっても、どこ行くんや？」

「東京でお父さんと合流して、ちょっとのあいだ東京にいると思うけど、五月から中国行くんやって。あとのことはまだわからんけど、まずはアジアまわるんやと思う」

「わからんって……すげぇな」

けっこうあっけらかんとしたはっちの言い方に啞然とした。その種の冒険心は高杉にはないものだ。

小さい身体に、背負ったリュックサックに負けないほどの大きな夢が、今、いっぱいに詰まっていた。垢抜《あか》けない印象だった彼女がキラキラして見えた。

「赤緒ちゃんに会えたら、渡したいもんがあったんや」

はっちがカメラバッグを引き寄せて外ポケットからなにかを引きだした。

数枚の写真だった。

「春季ジュニアのなんやけど」

「春季ジュニアって、こないだのけ?」

高杉のほうが驚いて口を挟んだ。高杉が気にもしていなかった赤緒の試合のスケジュールをはっちはわざわざ調べて会場に足を運んでいたのか。

尋慶女子テニス部の統一感のあるユニフォームに身を包み、サンバイザーをきりりとかぶった赤緒の姿が写真の中に見えた。春先の試合だったからか、焼けてはいるが真夏よりはやや色の薄い脚が淡いクリーム色のスコートから伸びている。

「はっち、撮りに来てたの……?」

赤緒も驚いたように呟き、ひととき逡巡《しゅんじゅん》したものの、高杉の横にでてきて気まずそうな手つきで写真を受け取った。

「勝手に行ってもてごめんなさい……。優勝おめでとう。すごいよ。ひってすごいって思ったよ」

鍛えられた両脚をしっかりと開いて人工芝のコートを踏みしめ、集中した顔つきでラケットを構える姿。唇をすぼめて気を吐きながらオーバーヘッドサーブを放つ姿。構えの一つ一つ、プレーの一瞬一瞬で凛々しい表情を見せる赤緒が、どの写真にも捉えられていた。

手もとで一枚ずつ写真をめくる赤緒の顔をはっちが不安そうに窺っている。硬かった赤緒の表情がすこしずつほぐれていき、唇に微笑が浮かぶ。

「やっぱりはっちが撮ってくれる梓が一番美人やなあ……」

なんて、半分自画自賛の呟きがその唇から漏れた。

はっちが赤緒の号泣写真を壁新聞に載せて激怒された一件以来、高杉もひさしぶりにはっちが撮った赤緒の写真を見た。高校生になってから赤緒がテニスをしている姿を見るのは初めてだったが、中学時代以上に力強さと華やかさを備えたそのプレー姿は、間違いなく女王にふさわしかった。やはり赤緒には〝一番〟が似合う。

めくった写真を眺めては一番下に送るという作業を数枚続けたところで、赤緒がなにかに気づいて一度手をとめた。

「これ……春のと違う。新人戦や。はっち新人戦も来てたんか……？」

そこまでの写真とはたしかに違う会場のようだった。なにより四月のやわらかな陽射しとはその角度と強さが明確に違う。夏場のぎらつく陽射しの下で、サンバイザーの陰になっていても赤緒の顔が精悍《せいかん》な色に焼けているのがわかる。

九月の新人戦の三位決定戦だ——写っている対戦相手のユニフォームを見て高杉もピンと来た。次の写真はネット越しに対戦相手と握手を交わしている姿だった。両者譲らずゲームを奪りあい、タイブレークにもつれ込む長試合だったと聞いていた。激戦をもぎ取った赤緒の顔には満足しきったような、しかし礼節を忘れない抑えた笑みが乗っていた。

次の一枚をめくった瞬間、赤緒の指がびくりと固まった。

握手を終えて相手と互いに背を向け、コートを離れるところを写したものだった。

赤緒が立ちどまり、空を仰いで泣いていた。おそらく見ている人々も大勢いるだろうに、堪《こら》えきれなくなったように——ラケットを持った手をだらりと下げ、天に向かって雄叫びをあげるかのように口をいっぱいに開き、大粒の涙をぼろぼろと頬につたわせて大泣きしていた。中三の惨敗のときの写真と同じく見る影もないほど不細工な顔で、けれど今度は悔し涙ではない涙を流していた。

「あっ、誰にも見せてえんよ」

息を呑んで写真を凝視するだけの赤緒にはっちが慌てたように言った。

「ほやけどわたしはこれ、いい写真やと思う。ほんとはみんなに見て欲しい……」

上目遣いに赤緒の顔色を窺いながら、怖々と、けれど頑固にあのときと同じ主張を繰り返した。

「……ひどい顔やな」

吐き捨てるように赤緒が言った。

「ひっどい顔。最悪」

「いい写真やな」

二人の頭の上から高杉が呟くと赤緒が驚いた顔を向けてきた。はっちもはっとしたように顔をあげた。

胸にこみあげてくるものを感じながら高杉は写真を見下ろす。知らなかった——メールで軽くお祝いを言ったときには赤緒からも淡泊な返事が返ってきただけだったから。この写真を見なければ知ることはできなかっただろう——「こんなに、嬉しかったんやな……」

あのとき一人きりでコートにぶつけた感情を、自分だけの胸に刻みつけ、不屈《ふくつ》の根性で這いあがってきて、掴み取った一勝だ。

「おまえが一年間向きあってきたもんが、ここに詰まってる。いい写真やと思うぞ。この写真も、中三んときの写真も……」

目を見開いてこちらを見あげている赤緒の顔をちらりと見て、照れ笑いを浮かべつつ。

「仲間として、おれが誇りに思う赤緒梓や」

赤緒が顔を伏せて再び写真に目を落とした。

「……ひっどい顔や。ただの三位やのに、あほみたいに取り乱して」

とまた吐き捨てる。しかし笑うような息を小さく漏らし、

「ほやけど、最っ高に気持ちよかったんやー……。この顔と、あのときの顔と、繋がってるんやの……」

あの日のことを思いだして噛みしめるように呟いた。

「ほんっとはっちは頑固やのぉ。さすがに梓も負けたわ。……中学んとき…………ごめん」

ぽつりとした声とともに、写真を持った赤緒の指の上に、ぽつりと一つ涙が落ちた。

ずっと不安なまなざしで赤緒を見つめていたはっちが、ほっとしたようにくしゃっと表情を崩した。写真を持ったまま赤緒が両手をはっちの首にまわして抱きしめた。大きな荷物と赤緒のあいだに挟まれた小さいはっちが、泣き笑いの顔で首を振った。


巨大なリュックが若干危なっかしく、けれど意気揚々と改札を抜けて階段を上っていくのを見送った。赤緒も赤緒らしい華やかな笑顔で手を振っていた。目はすこし赤かったがもう泣いてもいなかった。

「病気せんようにだけ気ぃつけてな。はっち……飛びたて！」

と、明るい声を贈って赤緒自身もジャンプした。リュックの向こうから小さな手が現れて、ぐっと拳を握ってみせた。

「さて、練習遅れてまう。学校まで乗せてってや」

駅をでて高杉が自転車を引っ張ってくると、前みたいにラケットバッグを高杉に預ける気かと思った赤緒がそう言って自転車の後ろにまわった。

「いいけど……」

福蜂よりも尋慶女子のほうが駅から近い。乗ってくとあっという間に着いちまうんだけどな……。おりて一緒に歩いていく気でいたので一抹の名残惜しさを感じつつ、担いでいた自分のエナメルバッグを籠に入れた。サドルをまたいで「乗れや」と後ろに顎をしゃくる。赤緒がラケットバッグを背負ったままスカートをちょっと押さえて荷台に横座りした。高杉のワイシャツの背中を軽く摑んで「いいざー。出発ー」

なんで普通に胴に手をまわしてこないんだと、むず痒《がゆ》さが駆け抜ける。そうされたらされたでむず痒そうだが今さら遠慮してよそよそしくされるのも変な感じだ。

何事もないふりをして漕ぎだした。

ゴールデンウィークに突入し、人口が増えたわけではないのだが普段の休日よりも駅前が賑やかに感じた。五月も間近になった春の空は青く澄みわたっている。授業は休みなので無精して学ランを着てこなかったが今日はワイシャツだけでも十分な暖かさだった。薫る風と、後ろに乗せた一人分の重さを感じながらペダルを漕ぐ。

「今日ありがとな、潤五」

赤緒にしては珍しく殊勝な声が背中に聞こえた。

「別におれはなんも。功労者は寺川やろ」

寺川がたまたま情報を得なかったら誰も知らないままはっちは一人で旅立っていた。はっちを見送ることができてよかった。赤緒とはっちの関係が断絶したままにならずに済んだことを、今は心からよかったと思う。

「はっちが一番でっかい夢持ってたんやのぉ」

「ほやな……。おれよりはっちのほうがずっと度胸あるわ」

あの小さい身体に大きな夢と、それを叶えるエネルギーと、なににぶつかっても曲がらない信念と、勇気と……いったいどれだけのものが詰まっているのだろう。自分は自分の身体に見合うだけのものを持っているんだろうかと考えさせられる。はっちより四十センチもでかい図体《ずうたい》の中身は、開いてみたらすかすかなんじゃないだろうか。

「なあ……。さっきの写真やけど、おれがもらったらあかんか？」

前を向いてペダルを漕ぎながら、ちょっと口ごもりつつ切りだした。

「あっ人には絶対見せんし」

「人に見せんって……逆になににするんや」

胡乱《うろん》げに問われて「へっ変なことに使うわけじゃねえっちゅうの」と赤面して弁解する。「はい」と、赤緒が背後から例の写真を差しだしてきた。「いいんか？」と言いつつ片手運転で赤緒の手から写真を引き抜いた。

ぶつける先のない悔し涙を流すほどの敗北も、全身全霊でよろこばずにいられないほどの勝利も、思えば自分は今まで経験したことがなかった。もともと強い人間がそんなふうに必死になるのは恰好悪いという意識がどこかにあった。

人に見せないのと、自分の内に抱かないのとは別の話なんだろう。

もらった写真をおまもりにするつもりで、エナメルバッグのポケットの奥に差し込んだ。

「梓も潤五の写真もらったで、あいこやしの」

「へ？　写真？　おれの？　いつの？」

目を白黒させると、赤緒が高杉の腕越しにもう一枚、駅でははっちに見せられなかった写真を見せた。

「これ、足羽川……はっち、こんなとこまで来てたんか……？」

満開を迎えた夜の桜並木が写真の中できらびやかにライトアップされている——二週間前の土曜に福蜂バレー部で花見に行ったときだ。高杉のせいで中学のほうの花見は中止になったが、予定どおり行われていれば寺川のはからいでそこで赤緒とはっちは再会していたはずだった。約束がなくなったかわりに桜でも撮っていたのかもしれない。カメラを提げてぷらぷらと桜の下を歩いているはっちの姿が思い浮かんだ。

藍色の夜空に映える桜の下で、高杉、三村、それに戸倉が競いあうようにスパイクジャンプをして頭上の枝に手を伸ばしている、その一瞬のシャッターチャンスが切り取られていた。零《こぼ》れ落ちるほどのピンク色の房をつけた枝に高杉と三村の指先が同時に触れて枝を揺らしている。戸倉の手はまだちょっと届いていない。

「あーあ、花散らしてもて、あかんやろ」

「あーこれな……最初ふざけて枝さわろうとしてたら、なんかみんなで一番高い枝届いた奴が優勝って勝負んなって……」

四時間の紅白戦をこなしたあとで部員の大半がグロッキー状態で、みんな屋台を楽しみにしていたわりに今食い物が胃に入るかって顔色だったのに、あほなことではしゃぐ元気だけは残ってたっていうのにはあきれるしかない。

「ほんと男子、ふざけてるんか真剣なんかわからんな」

赤緒にもあきれ声で言われた。

まさしくふざけてるのか真剣なのか自分たちでもわからなくなっていた。というより、真剣にふざけていた。

高杉も三村も、一センチでも互いを凌《しの》ごうとマジな顔で歯を食いしばっている。1on1で負けたばっかりのくせに、我ながらなんで懲りずにまた三村と勝負なんかやっていたのやら……何回負けてもなんでやめないのか。

ただ、必死だったのは間違いないのに、こうして見ると自分がけっこう楽しそうなのが意外だった。

揺れた枝から散ったピンク色の花びらが光がはじけ飛ぶように周囲に降り注ぎ、自分たちの顔を明るく輝かせていた。一瞬を切り取った写真に、シャッターを切る前の時間までもが凝縮されている——被写体に向けられるはっちのまなざしがここにも写り込んでいる。

仲間だから、何回負けてもやめないんだろう。チームメイトだから。だから負けても何度でもまた挑戦できる。いつまでだって競いあえる。

「赤緒、あのな……。こないだ監督から話あってな……おれはエースポジションから移る。うちのエースは統やで」

慎重な口調で話しだした。物言いたげな赤緒の視線が背中の真ん中に刺さり、肩胛骨《けんこうこつ》が緊張する。

「統に負けて譲ったわけやない。ほうでなくて、おれたちはもっとでかいとこで勝とうとしてる。おれたちの代で、必ず全国のセンターコートに立つんや」三村の言葉の繰り返しだった。けれど、これはおれたちの言葉だ。三村一人の言葉にしたらむしろ駄目だ。「ほやでわかって欲しいんや。プライドのうなったわけやない。牙抜かれたってわけやのうて……」

「つまり、潤五は今も強い？」

確認するように背中に聞こえた低い声に「ああ」と頷きかけてから、言いなおした。

「いいや。もっと強ならなあかんと思う」

おれの強さは、これからはおれたちの強さになる。

あの紅白戦を経たからこそ今は思う。自分の武器が必要になると三村がわからせてくれたからこそ。

三村がチームの槍ならば、自分はチームの楯になろうと。壁になり、銃眼になろうと。

もちろん、自らも銃弾を持つ銃眼だ。

「梓たちの約束ドタキャンしといていろいろ気に入らんことはあるけど……わかった」

赤緒が手を伸ばしてきて高杉の手から写真を引き抜いた。「あ、おれの」ととっさに振り返ろうとした拍子にぐらっと自転車が傾き、赤緒があげた短い悲鳴が片耳に突き刺さった。ボタンがはじけ飛びそうになるほどワイシャツを強く引っ張られて高杉も慌てた。視界の端で赤緒の脚がばたつくのが見えたが、さすがの運動神経で赤緒は自力でバランスを取り戻し、結局やっぱり胴にしがみついてくることはなかった。

「もー、危ないやろ。前向いてや」

「す、すまん」一気に冷や汗びっしょりになった。そもそも二ケツ自体見咎《みとが》められたらやばいのに、コケて二人で怪我なんかしたら洒落《しゃれ》では済まない。

真面目に運転に集中しようとした矢先に、そらっととぼけたような赤緒の声が聞こえた。

「これは梓がもらったって言ったやろー」

「って、なんでおまえがおれの写真持って帰るんや?」

「はっちに感謝せんとね。今の潤五もちゃんとかっこいいって、教えてもらえたで」

「へっ……」

どういう意味!? とついまた首をねじって振り返った。赤緒が後ろから首を突きだし、リップでうっすらと濡れた唇に写真の角をあててにんまりと目を細めた。自分の魅力を自覚してる女子がやる、鼻持ちならない、強い者だけが許される仕草——強くあろうとする者の仕草。

人を食った笑みを浮かべて、

「同盟継続やね」

と片目をつぶってみせた。

背中を軽く摑んでいるだけの手を最初はよそよそしく感じたが、ふいにこれがちょうどいい距離感のように思えた。もたれあわない。しがみつきあわない。でも、互いが勝ち進んでいくところを近くでちゃんと見守っている。風を切って一緒に前へと進んでいく。

それぞれに目指す場所が今はあるから、〝強者の同盟〟でいることを選んだ。

空への助走

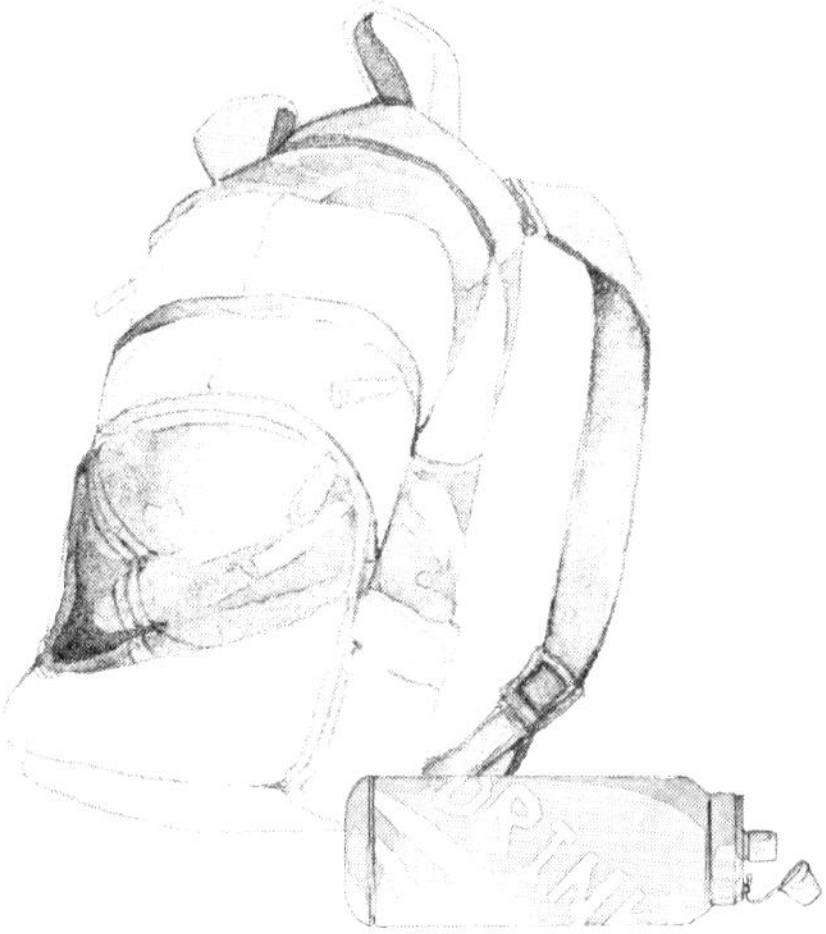

1

小学校で男子につけられたあだ名が「ブブ佳《か》」。たしかに太ってるほうだったけど走るのは速くて、運動会でクラスリレーのメンバーにだって選ばれた。そうしたら「走れるブブ佳・スーパーブブ佳」とかいうキャッチコピーがついた。男子たちが面白半分にからかっていたのは言うまでもないが、「これは称号なんやぞ」と言われたら怒れなくて放っておくしかなかった。

そのあだ名が収束するきっかけになったのは、五年生のときに出場した地域の小学生の陸上大会だった。今思い返せばあれがなんの大会だったのかすらよく理解していなかったのだが、とにかく学校の中で足の速い五、六年生が選抜されたんだったと思う。

その大会で男子が「走れるブブ佳・スーパーブブ佳」と囃《はや》しているのを耳にした別の小学校の六年生が言ったのだ。

「ブブカは走らんぞ？　ブブカっちゅうたら棒高跳《ぼうたかと》びで伝説作った〝鳥人〟のことやぞ」

棒高跳びという種目を知らない子もいたくらいだったからみんなぽかんとしていた。

「名前ほんとはなんちゅうんや？」

とその六年生に訊《き》かれ、

「荒島涼佳《あらしますずか》です」

と涼佳は答えた。

「えっまじで？　まじで荒島っちゅうんけ？」と六年生は驚いて言ってから、光がきらきらはじけるような笑顔で自分自身を指さした。「おれも荒島。荒島拓海《たくみ》。親戚とかやねえげな？　ぐーぜんやなー」

悪たれ小僧どもを黙らせてくれたその知らない六年生に——優しくて爽やかで、六年生にして背も高いほうできっとモテるんだろうなっていう顔立ちで、荒島拓海っていう名前もなんだか上から下まで素敵な雰囲気が漂う——その一つ年上の男の子に、もちろん涼佳は恋をした。

＊

「五位、明日岡《あすおか》高校！」

自分のユニフォームの胸にあるのと同じ校名を読みあげられて涼佳は急いでコースに入る。第3走者が２００ｍを通過した時点の順位で第4走者がインコースから並ぶのが４×４００ｍリレーだ。四位の場所に入ろうとしたU校の選手と接触してしまい、涼佳のほうがだいぶ質量があったため相手を撥《は》ねとばす形になった。

「あっごめん」

とっさに謝ったがぎょっとされた。ああ彼女、一年生だっけ。一位チームの3走がもう飛び込んできたのでレースに集中する。一位、二位、三位……と上位チームが次々にバトンを受け渡し、アンカーとなる4走がスタートしていく。

四位のU校にだいぶ距離をあけられて3走の莉子《りこ》が最後のストレートを走ってきた。

「莉子！　ラスト！」

涼佳は大きく手をあげ、声を励まして莉子を呼んだ。

莉子が息も絶え絶えといった感じでバトンゾーンにたどり着く。崩れかけながら莉子が必死で伸ばしたバトンを半ばむしり取り、１６８cm７０kgの大柄な身体《からだ》がコースへと飛びだした。

第１コーナーを過ぎると芝スタンドの目の前を走る。芝の上に設営した各校のテントの前で選手たちが自分のチームに声援を送っている。全天候型《タータン》のトラックに声援が跳ね返り、楕円形の競技場の上空へと吸い込まれる。

春季総体三日目。女子４×４００mリレー予選は今日の第１レースだ。トラックを一人一周、四人で１６００m（１マイル）走るからマイルリレーとも呼ばれる。六月初めの空は快晴。予想最高気温３０℃という日だったが、タータンの温度はこの時間はまだあがっていない。スパイクでタータンを強く捉え、まだ温まりきっていない空気を吹き飛ばして弾丸のようにひた走る。

U校のアンカーが第２コーナーをまわってバックストレートに入っていく。

五位か、と心の中で呟《つぶや》く。決勝進出がチームの目標だったが、もうまず無理だろう。予選の各組三着に入るのは絶望的だし、タイムで拾われる二校に入れる可能性も限りなく低い。個人種目《フラット》の４００mも準決勝までしか進めなかった。たぶん間違いなく、これが自分の高校最後のレースになる。

そうかあ……もう走らなくていいんだ……。頭に浮かんだ言葉の誘惑に、ふっと力が抜けそうになったときだった。

「すずかせんぱあーい！」

バックストレートを貫いて向こう端から声が届いた。

はっとして下を向きかけていた目線をあげた。第3コーナーの奥の芝スタンドにチームメイトたちが並んでいる。両手でラッパの形を作って声を限りに叫んでいるのは二年生の柳町《やなまち》渉《わたる》だ。すぐ怠ける柳町の尻を叩いていつも走らせてたのはわたしのほうだったのにね……。

「すずかせんぱーーーい！　ファイトーーー！」

声援を浴びながら第3コーナーをまわる。みんなの顔が視界の右側を過ぎる。わあんっ、とみんなの声がサイレンみたいな効果をともなって後方に置いていかれる。

ロングスプリント（400m）は陸上競技の中で一番きつい種目だって言われている。無酸素運動から有酸素運動に切り替わる境界線の距離に挑む種目だ。200mを過ぎてからは筋肉の中の酸素が枯渇して身体が悲鳴をあげはじめる。後半はもう、つらい、きつい、っていうぼやきばかりが頭の中をぐるぐるする。走るたび毎回死にそうになる。毎回二度とやりたくないって思う。

でも、ここからが「スーパーブブ佳」の本領発揮だ。

足の速さには自信があったが、中学生になるとやっぱり重めの体重がネックで、ショートスプリント（100mと200m）の才能がある選手には勝てなくなった。でも涼佳には人よりどっちかというと粘り強くて諦めない性格という武器があった。人よりどっちかというと、筋肉中の酸素を使い切ってから訪れる苦痛の時間に耐え抜いて走りきることができるタフな身体を持っていた。

第4コーナーをまわる。ホームストレートに入り、今度は右手のメインスタンドから声援が降りかかる。ラスト100m。身体中が痛い。視界が霞《かす》んでくる。懸命に腕を振ってピッチをあげる。1㎝でも足を前へ——身体を先へ——あのゴールラインにたどり着いたら楽になる、という思いにすがって——。

U校の背中がすこしずつ近づく。しかし後ろから迫り来る涼佳の圧力を感じたのかU校のアンカーも最後の力を振り絞ってスピードをあげた。

U校に続いて涼佳もゴールラインを駆け抜けるなり、二人ともくたくたと跪《ひざまず》いた。

一気に噴出した汗が身体中をとめどなく流れだした。

「あっ……ごめんのさっき、ぶつかってもて」

と、涼佳は喘《あえ》ぎながらU校の一年生を振り向いた。隣で跪いて同じように喘いでいた一年生が頭をあげ「いえこっちこそ、あの、すみません、あの、びっくりして、砲丸の、あっいえ」400mレースの直後なんて脳みそに酸素が足りてないのでそもそも思考ができない。しどろもどろになって首を振る。たしかフラットではショートスプリントの選手だったはず。身長は高めだけど細い子だ。U校の期待の星っていうところなのかな。

「砲丸投げの選手がなんでここにいるんかと思った?」

苦笑を浮かべて涼佳は訊いた。意地悪なことを言ってしまった……一年生が答えられずに顔をくしゃくしゃにした。「いいよいいよ、よう言われるで」

「涼佳ぁ」

一緒にリレーを走ったメンバーが集まってきた。順位を大きく落とした3走の莉子が泣いていて、他の二人が莉子を支えている。

「……みんな、ごめんのっ」

自分から涼佳はみんなに言った。終わってみると肩の荷がおりてほっとしていた。でもやっぱりもう一レースやりたかったという悔しさも、涙とともにこみあげてくる。「しょうがない」と目尻を下げて笑顔を作り、三人の仲間をまとめて抱きとめるように手を広げた。

三日間続いた大会の全日程の終了後、東京にいる拓海先輩に、出場した部員全員の記録や順位をメールで報告した。

〝リレーは一人の力やないで気にすんなや。フラットは残念やったな、あと一歩で決勝やったのにな。一年間部長おつかれさん〟

拓海先輩の次の部長を担うのはプレッシャーだったけど、その言葉で報われた。

〝渉は１ｍ６５？　ぎりぎり記録残っただけやげ。あいつ自己ベスト７０やったっけ？　もっとやれば跳べるよーになんのにな〟

走り高跳びに出た柳町の記録にだけは苦言を呈したいようだった。男子走り高跳びはバーの高さ１ｍ６５からのスタートだったので、最低ラインの高さを跳べただけだ。

小学校では陸上クラブに所属していて、棒高跳びの伝説的な選手のことまで知っていた拓海先輩は、中学では意外にも陸上部ではなかった。中学三年間はバスケ少年だったらしい。高校ではまた陸上をやりたいと思ったそうで陸上部に入った。陸上にこだわらずなんでもできる人なのだ。高校からあらためてはじめた陸上でも八種競技というこれまた拓海先輩らしいオールラウンドな種目をやっていた。短距離、長距離、跳躍、投擲《とうてき》を網羅した八つの競技を二日間にわたって行い、ポイントの合算で順位が決まるのが八種競技だ（女子は七種競技になる）。どの種目も拓海先輩はまんべんなく能力が高かったが、そんな中でも走り高跳びは自己ベスト１ｍ９５を持っている勝負種目だった。八種競技で北信越地区代表として全国高校総体《インターハイ》に出場した他、走り高跳び単体の種目でも県内上位の実力者だった。

今年から東京の国立大学の一年生。地元をでて独り暮らしをしている。福井からだと近ければ県内や金沢、遠くても関西の大学に行くケースが多いから東京の大学に進学するっていうだけでかっこいいのにその上国立である。スポーツ万能なだけでなく勉強もできるのだ。大学ではアイスホッケー部に入ったというのがまた拓海先輩らしいというか……でもオフシーズンは体力作りのために陸上もやってるんだって。

〝夏休みにこっち来るとき、なんかうまいもん食い行くか。食いたいもんあるけ?〟

〝えっ、大学案内してもらえるだけで十分です〟

〝ほんな堅く考えんでもいいやろ。せっかく来るんやし。福井にねぇもんいろいろあるぞーこっち。ほやほやすずに食わしてーって思ったラーメン屋あったんや。大学の近くなんやけどな、分厚いチャーシュー五枚載っててなー〟

〝ゼヒそれでお願いシマス〟ブタの絵文字をつけて即行で返信。

〝おっしゃ、まかしとけー〟力こぶの絵文字がついてきた。〝ほしたらラーメン屋で部長の打ちあげするか。その前にカキコーもがんばれや?　っておれが言わんでもすずなら大丈夫やろけどな〟

〝拓海先輩にがんばれって言ってもらえたらもっとがんばれます〟

〝ほうけ?　いくらでも言ってやるぞ。がんばれや、すず。がんばって来年こっちの大学来いや〟

　どんなことでも乗り越えられそうな力がわいてくる言葉。でも、言ってる拓海先輩にとってのその言葉の重さと、受け取る涼佳にとっての重さとがかけ離れていることも涼佳はよく知っている。

＊

六月に入ると放課後の図書室は受験を控えた三年生で埋まる。涼佳たちの町には小規模な塾はあっても予備校はない。多くの受験生は学校の補習や自主学習で受験を乗り切る。

「荒島先輩ってだいたい完璧なんやけど……若干鈍《にぶ》い……？」

自慢したくて見せたメールのやりとりにアキナがそんな感想をつけて、向かいの席から携帯電話を返してきた。

「涼佳、原宿のなんかほら、行列できるっていうパンケーキのお店にずーっと憧れてたんでないの。あそこ行きたいって言えばよかったのに。ラーメンなんて女子連れてくとこやないよ。千鶴《ちづる》に遠慮せんでもいいんでない？　あんな抜け駆けした子に筋通さんでも」

図書室の自習スペースには衝立《ついた》てで簡易に隔てられた大机が並んでいる。各席の衝立ては目線が隠れるくらいの高さなので、目をあげればアキナの陽に焼けた顔が衝立ての向こうに見える。声を潜めて涼佳は答える。

「千鶴ちゃんは陸部《りくぶ》やないんやし、抜け駆けっていうんでもないやろ。ほやし別に千鶴ちゃんに遠慮したわけやないって。拓海先輩とわたしが原宿で行列並んだかってバランス悪すぎて誰もカップルやとは思わんよー。王子とブタにしか見えんわ」

からっとした口調で涼佳が言うと、「涼佳ってば……」とアキナが物言いたげに眉を八の字にした。

涼佳とアキナは窓際の席を向かいあわせで確保していた。図書室は北校舎と南校舎を繋ぐ東校舎の二階にあり、東側の窓が校庭に面している。この席からだとボールよけのフェンス越しに校庭を眺めることができる。

「あ、やっと走りはじめた」

話を変えて涼佳は窓に顔を寄せた。「集合おそー」「ほんとや。うちら引退したでって弛《たる》んでるんでないの？」先輩の彼女を話の肴《さかな》にしていたかと思ったら、今度は校庭の後輩たちに口煩《くちうるさ》い姑《しゅうとめ》のごとく二人して文句をつけたりする。

練習着に着替えて三々五々校庭にやってきた陸上部員たちがようやく揃って走りはじめたところだった。

拓海先輩の学年の陸上部には奇跡的に実力者が揃い、八種競技で全国大会出場、走り高跳びと4×100mリレーでも北信越大会に出場した拓海先輩の他にも、男子を中心にいくつかの種目で好成績を残した。陸上に力を入れている強豪校には及ばずとも明日岡高校史には刻まれるちょっと強い時代を築いた。

けれどそこはいかんせん継続的に選手を育成しているわけではない平凡な学校——拓海先輩の代が卒業するとがくんと実力が落ち、部員も減ったので、常時部員数が多い野球部とサッカー部に挟まれて今現在の陸上部は肩身の狭い思いを強《し》いられている。

校庭全体を使えば一周400mのトラックを引くことができるが、普段は200mのトラックと50mの直線のレーンを引くのがせいぜいだ。それですら野球部・サッカー部のテリトリーと重なるので走っている最中にぶつかりそうになるといったこともある。涼佳が知る限り幸いにも重大な事故が起こったことはないようだが。

カキンッ

金属バットが白球を叩く音が高らかに響く。身の危険を感じるくらい間近で聞いていた音が、ここからだと窓ガラスに隔てられて遠く聞こえる。つい先週までは自分もどっぷりあっち側にいたのに、もう自分とは無関係な音になったんだな……と思ったら、なにかが胸にぎゅう、と沁みて、そこにぽっかりした部分があることに気づく。

「走りたいなあ……」

アキナがぽつりと呟いた声が、涼佳の背中もむずむずさせた。

マネージャーの一年生が石灰でレーンを引いていた。白いテープをくるくると広げていくように、陽の光にきらきら輝く白線が伸びていく様子が上からよく見える。スタートラインでクラウチングスタートの構えを取る選手たちの姿を涼佳はその場に思い描く。オンユアマーク——とりどりのカラーやデザインのユニフォームにゼッケンをつけた選手たちが跪き、スターティングブロックに足をかける。セット——頭を低くし、お尻をあげて静止する。セパレートタイプのユニフォームに包まれた引き締まったお尻が並ぶ中、人よりちょっとボリュームが大きい涼佳のお尻は存在感がある。荒島涼佳が何レーンかはすぐわかる——からかって言う人も中にはいるけれど、チームメイトたちはみんな応援しやすくていいと言ってくれる。人よりたくさん応援をもらえるなら、人よりたくさん力をだせるはずだって思うことにしている。

ピストルの音は聞こえなかった——スターティングブロックを蹴って全員横並びで飛びだした瞬間、光に融《と》けてみんな消えた。

「あっ……柳町ってば、今頃来てー」

スパイクシューズを左右の手に片方ずつぶら下げた柳町がてろてろした歩き方で現れた。

「また部室でジャンプ読んでたな……もう、月曜いっつもそうなんやで……」

スパイクを置いてみんなに遅れて走りはじめる。フィールド種目だからって走練習をしないわけじゃないし、ウォーミングアップはみんなと一緒にやる。しかし周回遅れをわざと狙ってのろのろ走るのが柳町の手口である。

図書室から明るい校庭の様子はよく見えるが、校庭から校舎の窓の中はそこまで見えないはずだ。しかしトラックをまわって校舎に向かって走ってくる形になったところで、涼佳の眼光を感じ取ったかのように柳町が顔をあげた。柳町って視力はいいほうだったっけ？　涼佳のシルエットを窓の中に認識したようだ。

「む。こっち見た」

涼佳は顔を厳《いか》めしくし、トラックのまわり方と同じ左まわりに手をまわしてみせた。

〝柳町、真面目に走れー！〟――実際には向こう側にいない自分の声が向こう側で聞こえた気がした。

柳町が顔をくしゃっとさせて嬉しそうに笑った。

「何故《なぜ》笑う……」

「あいつマゾなんでねぇの」アキナが頬杖をついて毒を吐く。「涼佳に柔道の関節技極《き》められて、どっか壊れたかってくらいひゃっひゃひゃひゃっひゃ笑ってたことあったよね。あれ絶対脳からなんかの快感物質でてエクスタシー入ってたって」

「ぜんぜんこたえんのやで……なんかもうゾンビみたい」

「涼佳がかまわんほうがこたえるんでないの？」

くすりとアキナが笑った。

「ほんなことより聞いてや涼佳ー。部活やめてからもう1kgも太ってもた。ご飯減らさんと、おんなじだけ食べてたら絶対あかんわー」

狭い距離でぼやきあう二人の声が、どこにも逃げ場がないまま図書室にこもる。

こうして離れたところから眺めて初めて実感する。明るい太陽の光が直接降り注ぐあの場所が三年間自分の真ん中にあったこと。野球部の野太いかけ声に負けじと張りあげた自分の声が、隣で打ちあがる白球と同じように空に吸い込まれて、落ちてくるまでなんだか時間がかかったこと。それだけ空が高かったこと。あの場所で毎日声を嗄《か》らして、汗を流して駆けまわったこと。

ウォームアップシューズの底を引きずるようにしてだらしなく走っていた柳町がスピードをあげ、走り高跳びの助走を思わせるリズミカルなピッチで走りはじめた。


金属バットがボールを打つ音もいつしか耳に入らなくなるくらい集中していた。下校を促す放送が流れはじめ、気づくと夕方六時になっていた。図書室に残っていた生徒たちが荷物を片づけて席を立ちはじめる。部活の終了時刻も原則六時だ。

アキナは用があって途中で帰ったので一人で帰ろうとしたとき、一つ向こうの机でちょうど席を立った女子生徒と目があった。

「千鶴ちゃん……」

小柄な千鶴は座っていると衝立ての向こうに完全に頭が隠れてしまうので目に入らなかったようだ。アキナとの会話をまさか聞かれてはいなかったと思うが、後ろめたさについ口ごもった涼佳に「涼佳ちゃんも来てたんやぁ。気ぃつかんかったよ」と千鶴のほうから笑顔を見せた。

「もう陸上部引退したんや？　拓海先輩は去年の今頃ってまだ部活やってえんかった？」

「ああ、ほやね。拓海先輩は北信越とインハイまで残ったで。今年はうちら全滅やったで、先週の県大会が最後になったんや」

「ほういうことなんやぁ。わたしほういう事情あんまりわかってえんかったよ」

鞄を持って千鶴から気易《きやす》く近づいてきたので、なりゆきで一緒に図書室をでた。

「ほしたら涼佳ちゃんもこれからは受験生やね」

「うん。アキナはカテキョつけるって言ってたけど、わたしは図書館通いするつもり」

「カキコーとかは行かんの？」

「行くざ行くざ、夏休みはの」夏休みだけは電車で福井市の予備校に通って夏期講習を受ける子はけっこういる。

「涼佳ちゃんってもう志望決めてるの？」

「一応……W大のスポーツ科学部が第一志望」自分自身が競技を本格的に続けることはないと思っているが、スポーツはするのも見るのも、あるいは選手をサポートするのも好きだ。スポーツにずっと関われるような勉強をしたいという希望はだいぶ前から持っていた。

「わあ、W大かあ。ほんなら東京行くんやあ」

「まあのー。あ、ほやけどキャンパスは埼玉みたい」

「埼玉って東京みたいなもんでないの。親は反対してえんの？」

「うん。お父さんもいいって言ってるよ」

「いいなあ。わたしは絶対許してもらえんよー。行かしてもらえて金沢かなぁ」

「ほーなんやあ……」

親身に聞いているような相づちを打ちつつ、千鶴が関東方面に進学する可能性はないんだ、ということに安堵《あんど》感と拍子抜けを半々に抱いていた。

千鶴は拓海先輩の彼女だ。一年生のバレンタインに千鶴から告白して拓海先輩がＯＫしたという話は陸上部女子ネットワークを音速で駆け巡って涼佳の耳にも入った。話したことはそれまで一度もなかったが、名前を聞けば顔はわかる子だった――涼佳とは正反対と言っていい容姿の女の子だった。ちょっと叩いたら折れそうなくらい華奢《きやしや》で、透けるような肌の白さはどう見積もっても屋外の運動部ではあり得ない。つやつやのストレートの長い髪は陽に焼けて傷んでもいない。

千鶴とはクラスも委員会も同じになったことはない。〝部活の先輩の彼女〟と〝彼氏の部活の後輩〟。それが唯一の接点だ。

「おりろっちゃーおえー」

「いいやろー来週のジャンプ先読ましたるさけー」

昇降口から外にでたとき、校門のほうでふざけあっている声が聞こえてきた。

「あほか、来週のジャンプ当番もともとおれやろが」

陸上部二年生の佐々木と、そしてもう一人は柳町だ。柳町が佐々木の自転車を摑んで後輪に乗ろうとしていて、サドルにまたがった佐々木が柳町を蹴りのけようとしているのだった。

「こらー。二ケツ禁止ー」

それを見咎《みとが》めて涼佳は怒鳴り声をあげた。

「ほれみろ、怒られたやろが、元部長に」

しっしと邪険に追い払われて柳町が「ちぇー」と自転車から離れた。

「おれのチャリパクられたんです。昨日福井までチャリで行ったときー。一時間漕いで行ったんですよ？　ほんで帰りしゃあないで電車で帰ってこんとあかんくなるし、パクった奴まじふざけんなっちゅう」

「言い訳なんかもしれんけど、二ケツの言い訳には一コもならんでの」

こっちに向かってぶうたれてくるので涼佳はあきれて突き放す。

「だいたい大会終わったでって次の休みになに遊び行ってるんやの。気ぃ緩みすぎやろ。チャリないんやったらせめて走って帰ってくるくらいの根性ないんか」

「えー無理無理。何㎞あると思ってんですか」

嫌そうに即答しやがった。本当にこいつは陸上部なんだろうか。

「一緒に帰っていーすか？」

「いいけど……同じ方向やったっけ？」

柳町の家は学校からわりと近いらしいが、本人曰《いわ》くチャリならちょうどいいけど歩きだとちょっと遠い、とのことだ。「ちょっと遠い」くらいなら、陸上部の足であれば行き帰り走るのにこそちょうどいい距離じゃないかと思うのに……そういう自己鍛錬をしようという気はないようだ。ちなみに佐々木は涼佳ががみがみ言いはじめたときに「お疲れっしたー」とすーっと自転車を漕ぎだして退散していた。

「んー。うーん。気分次第？」

などと柳町は意味がわからないことをむにゃむにゃ言って、涼佳の隣に視線をやった。

「……あ、ほんなら、千鶴ちゃん」

所在がなさそうにしていた千鶴に涼佳が言うと、「ん。ほんならね」と千鶴が頷《うなず》き、柳町に目だけで会釈《えしやく》して歩きだした。千鶴はバス通学だ。涼佳は駅まで徒歩で、そこから電車で通学している。

「ほういえば涼佳ちゃん、志望はっきり決まってるんやったら、夏休みのオープンキャンパス行ったりするの？」

と、思いだしたように千鶴が振り返って言った。

「あっオーキャンね、八月の下旬にあるで行くよー。ほんでねっ、拓海先輩があっちで迎えに来てくれるって……」

つい前のめりにすらなって涼佳は自慢げに答えたが、千鶴が目を見開いたので我に返って尻すぼみになった。

「へえ……ほーなんやあ……。あっちで二人で会うんや？」

「あ、あはは、まあ二人でっていっても陸部のただの先輩後輩やし、千鶴ちゃんも知ってると思うけど、苗字同じやで妹みたいに思ってもらってるだけで……」

「知ってるよ。ほやけど……妹やないよね」

足を速めて去っていく千鶴の細い背中を涼佳は愛想笑いを貼りつけたまま絶句して見送った。

柳町が短い口笛を吹いて「こえー……」と呟いた。涼佳が睨《にら》みつけるとおどけて下唇を突きだし、「おれらも帰りますか」と千鶴が消えた校門の先に顎《あご》をしゃくった。

明日高こと福井県立明日岡高校は、福井県坂井市の丸岡駅とあわら市の芦原《あわら》温泉駅の両方から、ほどよく遠いという立地にある。丸岡にはもう一校、サッカーの強豪校があるが、明日高には特に際立った部活はない。北陸本線の各駅停車は登下校の時間帯でも一時間に一本か二本。学校前にはバス停もあるものの、そのバス停を通るバスが朝夕一本ずつという程度の本数しかない。北陸本線で南へ行くと県庁所在地であり、県内では一番の都会である福井市中心部にでる。北へ突き進むと日本海だ。

学校の前はなだらかにカーブする下り坂になっている。ガードレールの向こうには田植えが終わった田んぼが広がり、暮れはじめた空を映して青緑色に光っている。

校門にとどまって喋《しゃべ》っていた部活生たちもばいばい、ほんなら、と別れを口にしてすこしずつばらけていく。野球部の黒い肩かけの大きなバッグ。バレー部の斜めがけのエナメルバッグ。吹奏楽部の楽器ケース――それぞれの荷物を担いだ制服姿が、グループ単位で、あるいは一人で、坂道を下っていく。

陸上部はリュックの愛好者が多い。柳町も黒にライムグリーンのラインが入ったアシックスのリュックを背負っている。

「さっきの先輩ってなんかー、涼佳先輩のことバリバリ意識してますよねー」

身体を一度揺らしてリュックを背負いなおし、肩からずり落ちたストラップを引きあげながらマイペースな口調で柳町が言った。

「涼佳先輩も災難っすよねー。あんなふうにけっこーかわいくて彼氏いる女子に彼氏えん涼佳先輩が妬《ねた》まれるんじゃ踏んだり蹴ったりっすもんね」

口調はだるだるに伸びきってるのに言うことは妙に的を射ている。よく言ってくれたとばかりに涼佳は力をこめて頷く。

「ほーなんやって。拓海先輩の彼女は自分なんやで、わたしなんか気にせんでどっしり構えてればいいのに。拓海先輩がわたしのこと思いだすきっかけってチャーシューやでの？　拓海先輩ん中でわたしってチャーシューと同類なんやよ？」

ぶっと柳町が噴きだしたので「笑うな」と涼佳はリュックにパンチを入れる。柳町が坂道を一歩つんのめって「っとと、ちょ、腰折れるって。力加減せいや」と文句を言う。授業の道具はろくに入ってなさそうだが汗だくの練習着が入ったリュックのずっしりした重みが手に残った。

「ほやけど遠恋《えんれん》なって三ヶ月でしょ。そろそろ自然消滅してたりしてー……ほしたら涼佳先輩にもチャンスあるんでないんすか？……とか、思ってません？……とかいって」

またパンチされることを警戒してか、予防線を張った言い方をしながら柳町がハードルをまたぐみたいな要領で一歩横によけた。しかし涼佳がなにもしなかったので目をぱちくりさせた。

「あはは。あほ、考えてえんってほんなこと。釣りあわんもん」

笑い飛ばして涼佳は前を向いた。

低くなった西陽が坂の上に長い影を落としていた。この季節はまだ陽があるうちに家路につける。柳町の細い影は棒みたいによりひょろ長く、涼佳の影は引き延ばされてもなんだかずんぐりしている。制服のスカートから伸びる太い脚の影は地面から生えた二本の大根みたいだ。

小学生みたいにからかうアホ男子は今では周囲にいなくなったが、今も昔も涼佳が「ブブ佳」であることに変わりはない。

拓海先輩と再会したのは高校の陸上部だ。足だけは速かった涼佳は中学でも陸上部に入っていたが、中学時代はバスケ少年だった拓海先輩とは一度も会えなかったのだ。小学校の陸上大会で一度だけ会った、同じ苗字の一つ下の女の子のことを拓海先輩は覚えていてくれて、「おー、同じ高校来たんか。偶然やなー」と、六年生のときと変わらない爽やかさで笑った。他の女子部員は苗字呼びなのに涼佳のことは「すず、すず」と呼んでくれて、妹みたいにかわいがってくれた。

でも、それだけだ。苗字が同じっていうきっかけのおかげで拓海先輩の印象に残って、みんなよりたくさんかわいがってもらえた。それくらいはわかってるしわきまえている。

「まあ涼佳先輩がそう思ってるんやったらいいですけどね……。荒島先輩、あの彼女とつきあって株落としましたよねー。なんだかんだ脳筋《のうきん》っすよね荒島先輩も。あれかー、野球選手がだいたい女子アナにコロぶようなもんですかね」

「人のことまであれこれ言わんの。柳町かって去年は拓海先輩のお世話になったやろ」

「いやー？　そんな世話んなってえんですけど」

「こら。恩知らずなこと言って……。拓海先輩、こないだの総体の結果も気にかけてくれてたんやよ。うちの陸部はぜんぜん強ないけど、すぐ上の先輩に荒島拓海がいたっていうんはひっで幸運なんやよ？　去年拓海先輩から吸収できることいっぱいあったはずやのに……願ってもないお手本が身近にいたんやよ？　拓海先輩かって柳町に期待してるんやよ。もっと跳べるようになるのにって言ってたんやよ？　期待に応《こた》えようとか思わんの？」

「やー、人の期待は別に、どーでも……ハイジャンは好きですよーおれ。走んのはきついで嫌いやけど」

はあ。ぬかに釘って感じだと、手応えのない反応に溜め息がでる。言うに事欠いて陸上部員が走るの嫌いって堂々と。

「好きなことやってるだけで記録伸びたら苦労せんよ。みんなでやる基礎練とか筋トレとかも疎《おろそ》かにせんとちゃんとやったら、もっと記録伸びるんやよ。あと柳町、菓子パンとかスナックとかばっかり食べてるやろ。もっとしっかりしたもん食べて拓海先輩みたいに身体も作って……」

「おっと、涼佳先輩のがみがみモード入ったー」

ついついお説教口調になって詰め寄る涼佳にのけぞりつつ柳町が茶々を入れた。

「サッカー部の仲いい奴にも今日言われましたよ。陸部急に静かになったと思ったら、あのいつも怒ってる部長引退したでかーって」

「怒らしてたんは柳町やろっ。他の子ぉらにはそんな怒ってえんよ。言われんでもみんなちゃんとやってたもん」いつも怒ってるだなんて印象を他の部に持たれてたなんてちょっとショックだ。

「ほやほや。おれが涼佳先輩に一番怒られた」

怒られてるのにこたえたふうもなく柳町が笑う。笑うと両目が細い三日月形になり、大きめの造作の口もとから白い歯がこぼれる。

「笑うとこやないっちゅうの……。部長やってた一年間ほんっと柳町のこと一番考えてた気ぃする。大会近なったとき夢ん中で怒ってたこともあったわ、柳町ーって」

「まじすか。おれも夢に涼佳先輩でてきましたよ。プロレスラーのカッコした涼佳先輩に追っかけられて寝技キメられて鼻血でた夢。夢ん中でも会うなんて、もうおれら相思相愛やでつきあってもたらいいんやないすか。あっおれプロレス好きなんで女子レスラーでもぜんぜん行けますよ？」

「はいはい、彼氏えん先輩慰めてくれてんの？　わたしかって誰でもいいわけやないですー」

ぬるくなったオレンジジュースみたいにつるつる流れる柳町の笑い声がぷつりと、ストローの先に舌が吸いついたみたいに途切れた。すぐに「ほらほーですよねー涼佳先輩にも選ぶ権利ありますよねー」とまた笑った。「おれと荒島先輩じゃレベル違いすぎですしねー」

「拓海先輩にちょっとでも近づく努力したこともないやろ、柳町は」

「近づいたらつきあってくれるんですか？」

返す言葉を一瞬失い、まじまじと柳町の顔を見た。拓海先輩よりはだいぶ低いが涼佳の目線よりは高いところにある顔がうろたえたように引く。

涼佳のほうから視線を外し、自嘲《じちょう》気味に笑った。

「やる気になってくれるんは歓迎やけど、報酬がわたしじゃ努力のコスパ悪すぎやろ」

「はは……うまいこと言いますねー」

と柳町も笑った。

「あーところで今度の日曜また福井にチャリ捜し行こうと思ってんやけど、ついでになんか食いにとか、どうですかね？　涼佳先輩には世話になりましたんでー、部長お疲れさま会みたいな感じで。まあコスパ考えたら奢《おご》れんのミスドくらいやけど」

「福井ぃー？　わたし勉強せんとあかんし福井まではつきあえんよ。ミスドは食べたいけど」

突然転換した話題に首をかしげつつ涼佳が答えると、

「あーーー。ほらほーですよねー先輩受験生やしー」

と柳町がひっくり返った声をだした。「あっ、ほんならおれ」部活用とはまた違うナイキのシューズのつま先が落ち着かなげに、どこか踊るようなステップを踏んで向きを変えた。「家あっちやで、このへんでっ……お疲れさんでしたっ」

涼佳が「え？　うん」としか言えないでいるうちに柳町がきびすを返し、地面を蹴って駆けだした——今来た方向に。

部活であんなに一生懸命走るの見たことないっていうくらいの全力疾走で、下ってきたときと逆になだらかな登り坂になった田んぼ沿いの道を前傾姿勢で駆けあがっていく。後方を歩いていた明日高生の女の子たちが風を起こすような勢いですれ違っていった柳町に「わ、速《はや》……」と驚いていた。黒いリュックがカーブミラーに小さく映り、消えていった。

あっちって……柳町の家ってやっぱり駅の方向とは違うんじゃ……？

「…………」

くるりと背を向けて涼佳は駅へと足を向けなおした。左肩にかけた鞄をしっかり脇に挟んで、持ち手を固く摑み、足を速く回転させて。

つきあう、なんて二回も言うからなにかと思った……。二回目はつい意味を深読みしてしまった。真に受けたみたいに思われなかったよね……。

いつもがみがみ口煩い先輩だったと思われこそすれ、自分がそういう対象になるわけがない。ミスドくらい部活の仲間と普通に行くだろうし、お疲れさま会って柳町自身も言ってたし。実際柳町は人一倍涼佳の世話になっているからぜひともねぎらっていただきたく——。

「くっそーーーーっ!!　手強《てごえ》えーーーーっ!!」

などという叫び声が遠くで響いてぎょっとした。

坂の上を振り返ると、カーブの向こうに一度消えた柳町が転がるようにして再び姿を現した。下り坂でつんのめって急ブレーキをかけ、両膝に手を置いてしばし肩で息をする。背負ったリュックが頭側に迫《せ》りあがる。涼佳は目を丸くして思わず胸の前で鞄を抱えた。

リュックをはねのけて柳町が頭をあげ、

「対策立てて、出直してくるんでーーーーっ!!」

坂の上で仁王立ちして叫んだ拍子に両方の肩からリュックがずり落ちた。癇癪《かんしゃく》を起こしたみたいにリュックをカーブの向こうに向かって投げつけ、自ら投げたそれを追いかけて今度こそ走り去っていった。

＊

男子に告白されてもた、かもしれない、んですけど、どうすればいいと思いますか……。というメールを拓海先輩にあてて試しに書いてみた。もちろん送るつもりなんて最初からなくて全部消した。かわりに夜アキナに電話した。

『誰に!?　明日高!?　何年!?　陸部!?』

耳に噛みつかれるんじゃないかという勢いでアキナが食いついてきたので携帯を耳から離し、

「う、うちの二年生。陸部……。言っとくけど〝かも〟やでね？　はっきり告《コク》られたわけやないし……」

『柳町やろ!?』

「なんでわかったの!?」

『陸部の二年やろ？　佐々木杉野佐藤柳町の四択やったら柳町やろ』

アキナがベッドに寝転んだのだろう、雑音が入って一度音声が途切れる。涼佳はベッドの上でブタのぬいぐるみを抱えてハンバーガーのクッションに背中を預けた。

部屋の中には食べ物またはブタがモチーフの小物がけっこうあるが、これは誕生日ごとに友人がくれたものが溜まっていった結果であって自分で買ったものではない。それ以外はまあだいたい普通の女子高校生の部屋だと思う。勉強机の横の壁に雑誌の切り抜きを貼ったコルクボードが掛かっているのも普通っぽい光景だ――アイドルとか俳優とかの切り抜きではなく、陸上雑誌の切り抜きだけど。高校生の注目選手として拓海先輩が取りあげられたときの記事や北信越大会の記事の切り抜きだ。

『なるほどのー……。涼佳が悪いわ、それ』

帰り道でのやりとりをひととおり聞き終えてアキナが言い切った。

「えっ、わたしが悪いんか？」

ちょっと不満げに涼佳は訊き返す。

『柳町がかわいそうやったの。今回はあいつに同情するわ。あいつ勇気振り絞って告ろうとしたんでないの。今日言おうって決めてたんでないの？』

「いつから？　いつ決めたんや？」

『知らんって。ほやけどあいつ、けっこう前から涼佳のことは好きやったと思うよ。好きな子にかまってほしいでふざけるっちゅう典型的なアホ男子の行動でないの』

「嘘や!?　だってわたしなんかモテたことないしっ」

『モテようとしたことないでやろ』

ずばっと厳しい言葉が返ってきた。

「ダ……ダイエットすればいいってこと？」

『違うって……涼佳運動は得意なんやし、不健康に太ってるわけやないやろ。別にモデルみたいにかわいくて細ないと彼氏できんわけやないんやし。十分かわいいって、涼佳は。頑張り屋やし面倒見いいし、性格かって明るいし、いいとこいっぱいあるがの。自分で自分のこと笑いもんにするんが涼佳の一番悪いとこやよ。柳町のこと見直したよ、わたしは。アホやし根性なしやし、頼もしさっちゅうんは荒島先輩の爪の先もないけど、見る目だけはあるなって』

「アキナ……」

『わたしなんか、って言うんは、もう禁止な』

忌憚《きたん》のない言葉が、厳しくもあたたかく胸に落ちる。三年間一緒に歯を食いしばって走り、泣いたりよろこびあったり、取り繕《つくろ》う余裕なんてなくて、本音を晒《さら》してぶつかってきたからこそ、今こんなふうになんでも言いあえる親友がいる。

『のーのーほんでわたしの話もちょっと聞いてー。進路のことでだいちゃんと嚙みあわんくて、最近ギスギスしててー……』

「そんなことになってたの？　聞く聞くって。こっちの話ばっかしてごめんー」

入部した頃はアキナも荒島先輩かっこいいって言っていた、というか部の女子の大半が言ってた。けれどそのうちにクラス内とか他の部とかで相手を見つけてつきあう子がではじめた。アキナも今は他校の陸上部のだいちゃんとつきあっている。記録会や大会で何度か会ううちに仲良くなって交際がはじまった。そういうことがリアルにあるのか！　と陸部の女子も男子も一緒になって一時期盛りあがったものだ。

千鶴も友だちに恋愛相談したりしてるんだろうかと、ふと考える。遠距離恋愛中の彼氏と会えなくて寂しいとか、その彼氏の部活の女どもが小姑みたいで鬱陶《うっとう》しいんだよねーとか、千鶴も誰かに愚痴をこぼしたりしてるんだろうか。

2

その週はずっと柳町と会わなかった。火曜日も図書室には行ったが、窓際の席が先に取られていたから別の席に座った。実はほっとした。月曜みたいに柳町が校庭からこっちを見あげたらどんな顔をしたらいいかシミュレーションできなかったし、柳町がどんな顔をするのかもシミュレーションできなかったし。

水曜日と木曜日はあいにくの雨になった。

金曜日、雨があがって、まだ水溜まりが残る校庭に運動部員たちが三日ぶりに駆けだしてきた。柳町も佐々木と連れだって現れた。例によってスパイクを左右の手にぷらぷらとぶら下げ、よくも悪くも気負いというものがなさそうな笑顔で佐々木と喋っている。うひゃうひゃと笑う声がここまで聞こえる。月曜日のことをなにか引きずっている様子はとりあえず窺《うかが》えなかった。

グラウンドの隅にスパイクを置いた柳町がふと図書室の窓を振り仰いだ。〝出直し〟宣言のことを思いだして涼佳はどきっとした。あえてしかめ面《つら》をし、月曜と同じように真面目に走りなさいっていうジェスチャーをしようとした。

ところが柳町のほうからすぐに顔を背けて佐々木になにか冗談っぽいことを言い、並んでジョグをはじめた。

……スルーされた？　ちょっとしたショックと、〝出直し〟とはなんだったんだというもやもやとで、あげかけた手のやり場を失ったまま腹立たしい気持ちになった。もう見るもんかと窓側に問題集や参考書を積みあげ、さらにその上にどんと鞄を乗せて校庭から視界を遮《さえぎ》った。思ったより大きい音がしたのでまわりの生徒の注目を浴びてしまい、衝立ての陰に頭を下げた。

「涼佳、お先に」

囁《ささや》き声に顔をあげると、帰り支度をしたアキナが衝立ての向こうで立ちあがっていた。

「あ、うん。カテキョの日やったっけ」

「真面目にやってるみたいやよ」

とアキナはくすっと笑って窓のほうに目配せしていった。

アキナの姿を見送りがてら壁の時計に目をやると五時半になっていた。正味で二時間少々の部活時間のうち、だいたい前半の一時間が全体でのウォーミングアップで走ったり各種ドリルをやったりして、後半の一時間がブロック別や種目別に分かれての練習になる。六時まで残り時間三十分……一番疲れて、お腹も減ってくるんだけど、みんなの集中力が一番乗ってくる頃でもある。この季節なら陽が翳《かげ》って汗を乾かす涼しい風が吹きはじめる。

本の山の上に載せていた鞄をどけて外を見下ろした。

陸上部以上に走ってばっかりのサッカー部もこの時間にはロードワークから戻ってきて、ビブスをつけてゲーム形式の練習をしている。野球部の外野が大きく膨らんで他部のテリトリーまで張りだしている。両部の勢力に圧《お》されつつ、弱小陸上部の姿がぱらぱらとある。

「どこが真面目にやってるんや……？」

と口の中で毒づいた。

用具室からの出し入れがしやすいトラックの手前側に走り高跳びのマットと、バーを掛ける二本のスタンドが設置されている。トラック種目の部員たちが真面目に走っているのを尻目に柳町がマットの上に仰向《あおむ》けに寝そべっていた。あきれたことに顔の前に携帯を掲げて眺めている。完全に自分の部屋のベッドでくつろいでる状態だ。

「一人なんをいいことにー……」

拓海先輩が引退して以降、高跳びを選択している部員は柳町一人だ。幅跳びのほうには一年生の女子が入ったのだが高跳びには今のところ一年生はいない。人とあわせなくていいので柳町のマイペースさに拍車がかかっている現状である。

今メールを送りつけたら飛び起きるだろうかと、本気で文面を考えていると、柳町が急に勢いよく起きあがった。

マットの上で脚をたたんだ体勢からうさぎ跳びで下に飛びおり、スパイクに履き替えたかわりに脱いで置いてあったウォーミングアップ用のシューズの中に携帯を投げ入れた（2、3mあったと思うがうまく入った）。練習再開する気になったようで落ちていたバーをスタンドに掛け、助走のスタート位置へと駆けていく。

高すぎない……？　一瞬しか見比べられなかったが、柳町の背丈よりバーのほうがかなり高かった。ここからでは正確な高さはわからないが、1m80か……1m90くらいあるかも……？

高校男子であれば自分の身長くらいの高さなら練習すればけっこう跳べるようになるという。身長よりも10cm、20cm高いバーを越えるという目標がその先に現れる。柳町は自己ベスト1m70で、身長も一番最近聞いたところで170そこそこだったはず。

積んでいた本の山もどかして涼佳は窓側に身を乗りだした。柳町が自分で印をつけた位置からはやばやと助走をスタートした。

「背面跳《はいめん》び」の助走は一般に直線助走からスタートし、最後の五歩前後でカーブを切って曲線を描き、マットから遠いほうの足で踏み切って跳びあがる。空中で身体をアーチ形に反らし、「背面跳び」の名のとおり背中でバーを越える。お尻がバーを越えたところで身体をくの字に折ることで足が抜けて、背中からマットに落ちるというものだ。

柳町の場合は右足踏み切りなので、マットに向かって左側から走りだし、右にカーブを切る助走コースを取る。拓海先輩も右足踏み切りだった。大会を見ていると反対の左足踏み切りの選手のほうが圧倒的に多いので、明日高のハイジャンパーが二人続けて右足踏み切りなのは割合としては珍しいと言える。

カーブを切って曲線に入る。と、ここで急に動きがぎこちなくなり、なにやら手足の振りあげがばらばらになったまま踏み切った。

撥ね飛ぶようにバーが落ち、スタンドまでぐらぐら揺れた。スタンドが倒れる音がここまで聞こえた。危ないっ……という声を涼佳は呑み込んだ。

あの高さを跳ぶ気なのかと、まさかと思いつつも期待して見守ってしまったが、いつも跳べる高さにすら達していなかった。

柳町がマットの上で一度はずんで後ろでんぐり返りをし、俯《うつぶ》せになったきり動かなくなった。どこか打つような落ち方をしたのかとひやりとしたが、幸いにもすこしするとむくっと頭をあげた。バーが掛かっていた場所を振り仰ぎ、なにか腑《ふ》に落ちないというように首をひねる。それからまたうさぎ跳びでマットから飛びおりてアップシューズを置いてあるところへ駆けていき、うんこ座りして携帯を見つめる。

身体のほうはなんともなかったようでよかったが、部活中にメールでも気になってるのか……本当にメールで叱ってやろうかと涼佳が自分の携帯に手を伸ばしたとき、柳町が携帯から顔をあげた。携帯をまたシューズの中に突っ込んで立ちあがり、助走位置へと走っていく。途中で思いだしたようにUターンして戻ってきて倒れたスタンドを立てなおしにかかった。

＊

「おーい、涼佳」

幸田《こうだ》先生に廊下で呼びとめられたのは週があけた月曜日だった。「はい？」と涼佳は足をとめ、先行ってて、と一緒に歩いていたクラスメイトに手を振った。

拓海先輩が陸上部内で「荒島」と呼ばれていたため、翌年入ってきたもう一人の荒島を幸田先生が区別して「涼佳」と呼ぶようになった。そして「荒島（拓海）先輩」と「（荒島）涼佳先輩」という呼称が部員にも浸透したという次第である。

「元気け？　いやー高橋も頑張ってくれてるんやけど、荒島時代のあとやでけっこう苦労してるみたいでな」

「そういう先生がもっと練習見に行ってあげてください」

その日の練習内容は部長が先生と相談して決めるが、練習自体は基本的に部長に任せっきりで先生はあまり顔をださないというのが明日高陸上部のスタイルだ。

涼佳の次の部長に就任したのが、マイルリレーで涼佳の前の３走を走ってブレーキになってしまった高橋莉子だ。明日高陸上部女子に４００ｍランナーが四人揃うことはまずないので、マイルリレーにはショートスプリントや中長距離の選手も引っ張ってくることになる。莉子も専門は長距離だ。４００で失敗しても責めることはできないのだが、責任を感じて落ち込んでいた莉子に今度は涼佳から部長のバトンを渡したのだった。

「おまえから柳町になんか言ってくれたんけ？」

「は？　いえわたしは言われたほうですけど」

「ん？」

「……は？」

噛みあわない空気が漂った。慌てて涼佳は平静を装って訊きなおす。

「や、柳町がなんかしたんですか？」

「ああ、急に拓海のほうの荒島の大会のビデオあるかっちゅうて、おれんとこに借りにきたんでな。先週の水曜やったかな、雨んときに。どういう心境の変化なんかと思ったんやけど……ほうか、涼佳が言ってくれたんでもなかったんけ。まあやっと向上心持ってくれたんはいいことや。あいつは荒島と違って大器晩成型やとは思ってたでな。いやーおれの目に狂いはなかったげなあ。来年のウチはまた強なるかもしれんぞー」

などと幸田先生がものすごく調子がいいことを言って鷹揚《おうよう》に笑うのを聞くうちに、涼佳の頭の中で繋がったことがあった——幾度も携帯を凝視しては、目に焼きつけたものを忘れないうちにとでもいうように急いで跳ぶ姿——。携帯に動画を入れてたのか……拓海先輩の動画を……？

〝拓海先輩にちょっとでも近づく努力したこともないやろ〟

〝近づいたらつきあってくれるんですか？〟

頭に浮かんだのはもちろん、先週の月曜のやりとりだった。

暗くなるのが早い日だった。夕方から雨が降りだした。先週から雨がちだが、考えてみれば六月も中旬だ。まだ北陸地方が梅雨入りしたという発表はなかったが、梅雨前線は確実に西から進軍してきている。

校庭で部活をしていたどの部もしばらくは粘って練習を続けていたが、空がいよいよ不穏な灰色に沈み、雨脚がぼつぼつと土を穿《うが》つほどになると六時を待たずに撤収しはじめた。高跳びのマットも一年生たちが急いで運んでいき、その後ろから柳町がスタンドを担いで走っていった。

六時過ぎに涼佳が校舎をでたときにはほとんど土砂降りになっていた。

傘を開き、校門ではなく校庭のほうへと足を向けた。

渡り廊下の屋根の下で部室に引きあげてくるところだった莉子と行きあった。「涼佳先輩!」と莉子が表情を明るくして駆け寄ってきた。

「はよ着替えな。風邪ひくざ」

「はい。あの、今度いろいろ相談乗ってもらってもいいですか」

二言三言話すうちに他の部員も通りかかり、こんにちはーと挨拶して渡り廊下を横断していった。二年生は気易いけれど一年生は緊張気味で若干他人行儀だ。一年生と一緒に練習したのはたった二ヶ月だったしな……。

柳町にしても高跳びに種目を絞ったのが去年の夏前だったはずだ。拓海先輩にはそんなに世話にならなかったなどと恩知らずにも言っていたが、そう考えると柳町にとっての拓海先輩は、すぐ近くでかわいがってもらった涼佳にとってのそれよりは遠い存在だったのかもしれない(いやそれにしたって十分世話にはなったはずだけど)。

「渉やったらまだ用具室にいますよー」

と、佐々木がすれ違い際に言っていった。リアクションに詰まって涼佳は「あ、そう」と極力淡泊に答えた。アキナに全部話している自分が言えることではないが、佐々木、ヤツはなにをどこまで知ってるんだ。

無人になった校庭の土は黒褐色に塗り替えられていた。校庭の脇に体育用具室の小屋がある。傘をたたみ、鉄の引き戸の中を覗《のぞ》く。プレハブの屋内は湿気が溜まって蒸し暑く、濡れた土と鉄のにおいがした。中は薄暗いが、陸上部が慌てて取り込んだハードルやマットが手前のほうに片づけられているのが見えた。

高跳びのマットは二つに折りたたんだ状態で1mくらいの高さになる（もっといいやつもあるのだが学校の備品は安いほうのやつだ。スタンドだって大会で使うようなしっかりしたやつならそう簡単には倒れない）。柳町がそのマットの端から膝下を垂らして寝そべっていた。

戸口の脇にある電気のスイッチを入れた。仄白《ほのじろ》い光で屋内が照らされ、柳町が「おわっ」と足を跳ねあげた。その反動で跳ね起き、涼佳の姿を認めた途端「おわっ」とマットの上で尻を跳ねさせた。手にまた携帯を持っているのが見えた。

「あっ、無視してたわけやなくてっ」

涼佳がなにも言わないうちに向こうからキョドって言い訳する。先週の月曜からちょうど一週間だが、その間柳町は一度も涼佳と目をあわせようとしなかった。涼佳が図書室から見下ろしていることに何度かはどう見ても気づいたはずなのに。

「やっぱあれは無視やったんか」

「ちゃ、ちゃいますって……」

マットのそばに二本並べて立ててあるスタンドに涼佳は歩み寄った。身長168㎝の涼佳は女子の中では大きいほうだが、その自分の頭の高さよりも遥かに高い位置にバー止めの金具が固定されている。スタンドに刻まれた目盛りを目を凝らして読むと……1m95。

「拓海先輩の高校ベスト……」

もしかしてとは思ったけど、やっぱり。

「70そこそこの人間がビデオ見ただけでいきなり95なんか跳べるわけないやろ。こんなんで練習したってなんも身にならんどころか怪我《けが》するだけや」

厳しい口調で言うと柳町が首を竦《すく》めて携帯をお尻の後ろにまわした。

「拓海先輩の真似なんてそう簡単にされたらたまらんわ。舐めてるんか。拓海先輩はの、才能もあったけど、それに驕《おご》らんとどんな努力も惜しまん人やったんやよ。記録伸ばすためにそれ相応の努力したからあそこに到達したの。やりたいことだけちょろっと適当につまみ食いしてただけの柳町とはぜんぜん違うの」

「そ、そんな荒島先輩アゲておれサゲんでも……」柳町がマットの上で正座しつつもごにょごにょと言い返す。「手本にしろっつったの涼佳先輩やろ……ほんで真似されて気に入らんって怒らんでも……」

「拓海先輩とは身長かって筋力かってまだぜんぜん違うやろ。95は三年の公式大会で出した最高記録。拓海先輩の二年生んときの自己ベストはの、1m85やよ」

しょんぼりしはじめていた柳町が顔をあげてまばたきをした。

「今年の目標をそこに設定するとしても、長期計画立てたとこで柳町どうせ飽きてまうやろ。今日六月十七日やで……ちょうどいいわ、県スポまで八週間やの。二ヶ月後くらいやったら現実的な目安にできるやろ。二ヶ月で85越えるってことやないよ。一足飛びに結果にたどりつくわけないんやで、一つずつ課題クリアしてかんと」

県スポとは八月前半の土日にある県民スポーツ祭という大会のことだ。二年生の代になってからの大きな県大会になる。涼佳としても夏休み前半の夏期講習がちょうど終わったあとになるので後輩たちの応援に行くことができる。

「一つはわたしから課題だしとく。一つ目の課題は軸の見直し。身体を一本の棒にしろって、一年んときから言われてるはずやろ？　ちゃんとそれ意識して練習してる？」

「えー……はあ、基本なんで」

釈然としない顔で柳町が頷いたが、元来佇《たたず》まいに軸が通ってない柳町が言っても説得力がない。

陸上は走る・跳ぶ・投げるの三つの種目に大きく分けられるが、「軸を意識する」というのは種目にかかわらず陸上の基本となる考え方だ。地面を踏んだときに地面から受け取る反発力を利用して走ったり跳んだりする勢いを得る。身体の軸、つまり中心線の関節を締めて、地面からの力を逃さず捉える。そういう身体の使い方を習得することが記録を伸ばす基本の鍵になる。

〝地面の力を味方にする〟こと。陸上は〝陸の上〟の競技なのだから。

中でも走り高跳びの特徴は「身体を一本の棒にする」とよく表現される。まっすぐな棒を地面に斜めに投げつけると、地面からの反発力を受けてはずんだ棒は回転しながら跳ねあがる。これが2m前後にもなる高いバーを越える原理であるらしいからだ。

「拓海先輩のビデオ見るんやったら見るで、見るポイント絞って見る。軸がぜんぜんブレてえんのわかるはずやよ。拓海先輩は八種やってて全部の種目で実力あるんやで、身体の使い方全部のお手本なんやざ」

柳町がはっとしたように後ろ手に持っていた携帯に目をやった。

「ほんなら頑張っての」

と言い残して涼佳は背を向けた。しかしふと立ちどまり、引き返してマットに歩み寄った。柳町が条件反射みたいに怯《ひる》んで膝立ちでにじって奥に下がった。

「あっいや、技かけられるんかと……」

半笑いで顔を引きつらせる柳町に「用もないのにやるわけないやろ……」と涼佳はあきれる。

例によってふざけていた柳町に涼佳がキレて追っかけまわして、マットの上に逃げて「ここはおれの領土やで入ったら領域侵犯！」とかぬかす柳町をかまわず捕まえて組み伏したら関節技が極《き》まってしまった、というのが顚末《てんまつ》である。あれは正直涼佳にも反省点があった。調子に乗せられて一緒にふざける結果になってしまった。

マットの端に鞄を載せ、中からノートを一冊だす。英語の訳に一ページ使っただけでまだ新しいキャンパスノートだ。

「これあげる。表紙もまだなんも書いてえんで」

ノートを差しだしたが、柳町がやたら距離を取ってマットの一番奥まで引っ込んでいたので届かなかった。湿ったマットの上にノートを置くわけにもいかず、涼佳もマットに登った。柳町一人を軽々と受けとめていたマットが深く沈み、急に倍以上になった荷重に抗議するような音を立てる。肉づきのいい涼佳の膝と、骨がはっきり浮きだしている柳町の膝が向きあうと、その違いに溜め息がでそうになる。大会のときは太腿《ふともも》が露出したユニフォームを普通に身につけるのに、制服だと妙に気になってスカートの裾《すそ》をさりげなく引っ張った。

「どうせ練習ノートなんか作ったこともないんやろ」

「え、あ……練習ノート……交換日記でもするんかと思った」

固まっていた柳町が安堵にも落胆にも聞こえるような息をついた。涼佳はきょとんとしてから「……あほっ」と強めに言う。「練習ノートのつけ方まで今さら説明させたりせんやろな。一年生やないんやで」

「アドバイスしてくれるってことは、あのー、頑張ってもいいってことですか」

「そりゃ応援するよ。後輩がやっとやる気になったんやで。ハイジャンの専門的なことまでは無理やけど、わたしにできる範囲のアドバイスやったらいくらでも……」

「ほんだけ？」

と問われて、一度手がとまった。

「……ほんだけやよ。当たり前やろ」

と、ノートを差しだした。

柳町が「……手強ぇな」と小さく舌打ちして手を伸ばした。ノートを摑んだところで、

「涼佳先輩、ちょっとおれの手摑んでみてください」

と唐突に言いだした。

「前に技かけられたときみたいに」

「はあ？　ほんとにマゾやったの？　いややって、前かって別にわたしがやりたかったわけでもないし」

「いいからー。摑むだけ。持つだけ。一瞬ー」

右手を差し向けて甘ったれた言い方でねだってくるので、なんなんだいったいと思いつつ涼佳は仕方なくその手首を摑む。あのときはここから腕を引き込んでなんやかやしたら腕ひしぎ十字固めっていう関節技になってたらしい。

「今おれ脈ひっであがってると思うんですけど、わかります？」

そう言われて、親指が触れている場所に意識を集中する。プレハブの天井を叩くこもった雨音

の下、かすかにだけれどとくんとくんと速い血の巡りが皮膚の下に感じ取れた。雨に濡れた腕は屋内の空気と同じようにじっとりと湿っていた。雨で気温が下がって空気はひんやりしていたが、人間の体温は生温かかった。

「あのですね……。まじなんで……」

柳町が頭を垂れ、ぼそっとした声で言った。顔は見えないけれど、髪の隙間から覗く耳たぶが赤い。

「おれ今、なんもないけど……自信とか、そういうん……ほんですぐ笑ってもたりごまかしてもたり、とかするけど、直そうと思ってるんで……〝出直し〟は……もうちょっと、待っててください……」

そこまでぼそぼそ言ったかと思ったら「おわっ、もー限界っ」とか急に喚《わめ》いて横っ飛びみたいにして涼佳の前から飛びのいた。

「な、なに？　わたしなんもしてえん……」

ノートを引ったくられる形になった涼佳は手を引っ込めて目を白黒させる。横に一回転してマットの下に飛びおりた柳町がマットの端にへばりついて目だけを覗かせ、

「だ、だってこのシチュかなりヤバいでしょっ……み、密室でふたりっきりでベッドの上で、手ぇ握ってて、なんかもー濡れてるしっ」

「ベッ……ベッドとか言うなっ、マットやっ」

涼佳まで顔が熱くなり、目を吊りあげて口をぱくぱくさせた。「あほちゃう？　だいたい戸あいてるし、手ぇ摑んでって言ったんそっちやし、なんちゅう妄想してんの、わたしなんかでっ」

――〝わたしなんか、って言うんは、もう禁止な〟

アキナの声が頭の中に黄信号を灯した。

——わたしなんか、ブブ佳なのに。

笑ってごまかす癖があるのは、わたしのほうなのだろう。

拓海先輩がせっかく〝ブブ佳〟の呪いを解いてくれたのに、自分の中にだけその呪いはずっとあって、逆に自分が傷つかないためのお守りにしていたのはわたし自身だ。自分で自分を笑いものにして、それを言い訳にしていたのは、わたしのほうだ。

3

模試の結果が返ってきた。第一志望のW大はB判定だったが、まだ七月だから今から上げていく時間は十分ある。滑りどめにしているもう一校はA判定。ひと安心……模試前頑張ってよかった。結果表をクリアファイルに挟んで過去問集の一番下に差し込んだ。

図書室の蛍光灯の下には今日も三年生たちの頭がひしめいている。各席でシャーペンを走らせる微細な音が閉塞感のある空気にノイズのように浸透している。アキナとは教室では普通にいろいろ話すが、図書室では「集中したいから」とアキナのほうから席を離すようになった。アキナはその他にも週二で家庭教師についてもらっている。

六月初めに部活を引退してすぐの頃に比べて、夏休みが近づくにつれ日増しに気詰まりな空気が漂うようになった。みんなやってる、自分もやらなきゃ、っていう相互作用でどんどん切迫感が高まっていく。

カキンッ——咳をするのも気を遣うような静寂に、窓の外で響いた乾いた音が穴をあける。白球がフェンスの向こうを飛んでいった。

明日高の甲子園は先週で幕をおろした。県内強豪の福蜂《ふくほう》工業高校と一回戦であたるというくじ運の悪さで、あっけなく蹴散らされたらしい。

属している部活によって夏の長さはいろいろだ。一度きりの夏が、一試合で終わってしまう場合もある。

野球部の大会前にはいつも以上に遠慮してトラックを引いていた陸上部も今は遠慮せずトラックを３００ｍくらいに広げている。しかし今日はまだ高跳びのマットはでていなかった。

種目別練習の時間中、今まではただ漫然と跳んでいるだけだった柳町が、練習計画をちゃんと立ててその日その日の目的を明確にして練習するようになったのだ。

ある日は短距離班にまじって軸作りのドリルをやったり、短距離班がスタート練習やリレーの練習をしているときは一人でコーンを置いたり円を引いたりしてスネーク走やサークル走をやっていたり。背面跳びのポイントの一つが曲線助走に入ってからの内傾姿勢だ。曲線を走るときは遠心力で身体が傾くが、その状態で身体の軸を保ちつつスピードを落とさずに走り、〝身体を一本の棒にして〟バーの上に跳ねあげる踏み切りに繋げるのだ。

別の日はマットとスタンドをだしてきて助走、踏み切り、クリアランス（バーを越える空中動作）まで繋げた練習。また別の日は全身を鍛えるサーキットトレーニング。補強で体幹を鍛える筋トレもはじめたが、鉄棒で連続逆上がりっていうのが気に入ったみたいで（腹筋にかなり効きそうなやつだ）きついきついと騒ぎながらもそればっかりやるようになった。

週末はまたマットとスタンドをだしてきて、一週間我慢して溜めたバネを解放するかのように全助走でけっこうな本数を跳んでいる。

走るのは疲れるから嫌いと公言してはばからないという不届きな陸上部員の柳町だが、仲がいい佐々木がいるから短距離班での練習も案外楽しくやっているようだ。

目標を提示して後押しはしたが、こんなに素直に実行するなんて思わなかった……（だったら涼佳が現役のときからがみがみ言わせるなっていう話である）。もっと早くアドバイスしておけばよかったのかと、どうもこっちが責任を感じてくる。

あ、柳町、走るんだ。

佐々木と組んで走るようだ。佐々木と一緒だとすぐふざけるのだけは相変わらずで、二人で並んで順番を待ちながら小突きあっている。佐々木の専門は４００ｍと４００ｍハードル。身長は二人ほとんど同じだが、柳町のほうが手足が長いハイジャン選手らしい体型で、佐々木はお尻や腕や脚にしっかり筋肉がついたスプリント選手らしい体型だ。

柳町が佐々木の耳に口を寄せてなにやら囁いた。順番が来るとスタートの合図をしているマネージャーの子を拝み倒し、トラックを逆走する方向に二人でスタンディングスタートの体勢を取った。またふざけてなにをやってるんだ、もう……。

マネージャーがぱんっと手を打つのを合図に二人がスタートした。

あれっ、速い――？　スタートダッシュで柳町が飛びだした。佐々木はいわば涼佳の直弟子だ。こら佐々木、負けるなと涼佳は心の中で発破《はっぱ》をかけた。

柳町が先行してコーナーに入る。佐々木がアウトコースから抜きにかかる。コーナーの出口で、柳町が遠心力から飛びだすかのようにふわっと加速したとき、涼佳は自分の心臓まで一緒に持っていかれるような感覚に陥った――ただしいい感じだったのはそこまでだった。バックストレートで佐々木が抜くと、後半はもう柳町のほうがバテてめちゃくちゃな走り方になった。結果的にはけっこう差がつき、300mのトラックを走りきった途端柳町が倒れ込んで地面に転がった。

大の字になった柳町のところへゴールを走り抜けた佐々木が戻ってきて蹴る真似をする。いつものようにじゃれあっているようだけれど、佐々木の怒鳴り声はちょっと本気で焦ったふうにも聞こえた。

トラック競技は左まわりだが、右足踏み切りのハイジャン選手は右まわりの助走コースを取る。それで柳町は逆走での勝負を提案したのだろう。佐々木は慣れない逆まわりで前半調子が摑めず、逆に柳町にとって有利だったため一瞬差がついたというからくりだったのだろう。……と、思いたい。

焦ったのは涼佳も同じだ。柳町に仮にスプリンター並みのタイムをだされたら、そっちの練習もしてスプリント種目にも出ろって言いたくなる。部員が少ないからかけもちは大歓迎なのだ。

でも……柳町はハイジャンパーなんだ……。

コーナーの出口で加速したとき、そのまま跳ぶ姿が——右足で踏み切って高く跳びあがり、身を反らしてバーを越える姿が浮かんで見えた。まあその直後から軸がばらばらになっちゃったんだけど。

佐々木がスパイクで土をかけてくるので柳町がまじやめろやぁとか言って下からキックでやり返す。佐々木に文句っぽいことを言いながら起きあがって頭や背中についた土を払い、スタート地点に歩いて戻りはじめる。Tシャツの肩口で汗を拭《ぬぐ》うとき、ちらりと校舎のほうに目をあげた。

汗を拭いながらさりげなくこっちに見せるようなVサインを作り、にっと笑ってみせた。半袖焼けした二の腕の黒いところと白いところが日なたの光の中でくっきりして見えた。なんだかそれが目に痛くて、涼佳は目をしょぼしょぼさせた。

蛍光灯に照らされる屋内に目を戻したとき、衝立ての向こうからこちらを見ている視線があった。千鶴だった。


「涼佳ちゃんはなにがいい?」

自動販売機の前に立った千鶴に言われて涼佳は「いいよいいよ、自分で買うで」と断った。「いいよいいよ、奢るよ。暑いのにわたしが誘ったんやもん、遠慮せんといて」「いーって、いいんやって!」決して遠慮してるわけじゃなく千鶴とのあいだに貸し借りを作りたくないだけだ。涼佳が固辞すると千鶴は小首をかしげたが、「……ほやね」と含みのある顔で頷いた。千鶴が紙パック飲料のピーチミックスを買って自販機の前をあけ、次に涼佳が牛乳を買った。

「暑いのぉ」「ほやのぉ」「まだ梅雨あけてえんのやって」「まじで? 今こんな暑かったら梅雨あけたら融けてまう」日陰に入ってめいめい買ったものにストローを挿す。買ったばかりのパック飲料の表面にすぐに水滴が浮かんで手を濡らす。

こんなふうに話していると仲のいい友だちが単に学校帰りにジュースを飲んで涼んでいるみたいだ。でも、たとえばアキナとは天気の話なんかしない。そんな一文《いちもん》にもならない話題より、のーのー聞いてやー、からはじまる(涼佳たちにとっては)重大重要な用件がいくらでもあるのだ。

「拓海先輩って、東京に彼女できたんかな」

上滑りする会話から千鶴がいきなりど真ん中に話題を突っ込んできた。すすった牛乳を吹き戻しそうになってむせる涼佳の隣で千鶴がブロック塀に背中を預け、ストローの先っちょに唇をつける。ガードレールの向こうに広がる田んぼの風景に眩《まぶ》しそうに目を細める。

「拓海先輩と千鶴ちゃんって……別れた……の？」

喉を潤したばかりなのに声が掠《かす》れて喉に引っかかった。

〝遠恋なって三ヶ月でしょ。そろそろ自然消滅してたりしてー……〟

どうせいい加減に言っただけだろうとあのときは取りあわなかった柳町の台詞《せりふ》が、現実の重みをともなって頭に蘇《よみがえ》った。

「涼佳ちゃん、夏休みに拓海先輩んとこ行くんやろ？　わたしも行きたいって、メールで言ったんや。会いに行きますから一回ちゃんと話したいですって。ほやけど、わかるやろ？　ほういうんって、はっきり言われんでも……っていうかはっきり言われんほうが、あ、行ったら困るんやなあ、っていうん」

〝一回ちゃんと話し〟たほうがいいようなことになってたんだ……いつ頃から……？

「ほ、ほやけどほら、なんかの誤解やったりせんの？　拓海先輩もまだあっちに慣れんで忙しいだけかも……」

唐突に千鶴が携帯電話を突きつけてきた。たじろぎつつ涼佳は画面を見て「あっこれ、知ってる……」と呟いた。

アイスクリームやらホイップクリームやらふんだんなフルーツやらで華やかに飾りつけられた、三段重ねのモチモチのパンケーキ——もちろん涼佳もテレビの映像や写真でしか見たことはないが、てっぺんに挿された国旗とプレートの下に敷かれたギンガムチェックのテーブルクロスでお店を特定できる。

「うちのクラスの陸部の男子からまわしてもらったんや。これ……もともとは拓海先輩からまわってきたみたい」

　という説明に、画面から千鶴の横顔に目を移した。

「こんなとこ、男子だけで行かんのでない？」

「そ、そうかなぁ、みんなでノリでとかやったら行くかもしれんよ？　女の子と二人で行ったなんて限らんし、決めつけんでも」

「おめでたいんやね、涼佳ちゃん。ほんなんやでわたしに先越されたんやよ」

　いくらなんでもそれを千鶴に言われる筋合いはない。絶句する涼佳に千鶴が冷ややかな目をよこし、携帯の画面を消した。

「……東京の大学なんて全国から人が集まってくるんやで、新しい出会いもあって、刺激的なことばっかりあって、福井に彼女いるなんて言ったらきっと遊びに誘われる機会も減ってまうし、言いだせんかったりするんかもね」

「そ、そんなん千鶴ちゃんの想像やろ？　拓海先輩に直接聞いたわけやないんやろ？」

　千鶴が声を立てて笑った。バカにするような笑い方をされて涼佳は不快感に眉をひそめる。

「涼佳ちゃんはいいよね。自分の気持ち伝えんで、苗字同じっていうだけでかわいがってもらえて、これからもずうっとちょうどいい距離にいられるんやもんね。ほんでも〝妹みたいなもん〟なんやで、他に好きな人できてもいいんやもんね……〝お兄ちゃんみたいなもん〟はもういるで、彼氏は年下っていうんもいいよねぇ」

　心臓がどきっと跳ねた。頭の中で勝手に主張してきた後輩の男子の顔をグーパンチで奥に引っ込めた。

　あきらかに千鶴は気づいていてて言ってる。最近涼佳がしょっちゅう校庭を気にしていることに

──校庭には一、二年生しかいないことにも。

「涼佳ちゃんも東京行くんやろ。ほしたら当然遠距離になるよね。自分が拓海先輩みたいにならん自信、涼佳ちゃんにあるとは思えんけど？」

一方的な言われようだが涼佳は返す言葉が思いつかずにただ立ち尽くす。飲みかけのピーチミックスを手にしたまま千鶴が塀から一歩離れ、涼佳に身体の正面を向けた。

「わかると思うけどこれ、半分はわたしの意地悪。涼佳ちゃんだけ幸せになるんは腹立つもん。わたしの呪い。ほやけどね……半分は本気の忠告。ほやで貸しにも借りにもせんよ。……やめたほうがいいよ、遠恋なんて……」

甘いピーチ味をつけたまま辛辣《しんらつ》な言葉を紡いでいた唇が細かく震えた。未だかつて陽焼けしたことなどないかのような卵形の白い顔が歪《ゆが》み、黒目がちの瞳に涙が浮かんだ。

「こんなっ……つらいことないよ……？」

きびすを返し、地面の反発力をもったいなくぽろぽろと取りこぼすような弱っちい走り方で千鶴はバス停へと走っていった。


そのまま家路につく気になれず、学校に引き返した。

足が向いたのは校庭だった。フェンスの内側には入らず外に立って校庭を眺める。グリーンのシートをかぶったマットがこの時間は用具室から運びだされて陸上部の練習場所の端に設置されている。水平に掛けられたバーの向こうに、スパイクで土を蹴って助走のスタートマークを引いている柳町の姿が見えた。

補助助走がわりのスキップを一つ入れたあと、タッと前傾姿勢で走りだした。

一瞬、涼佳は呼吸すら忘れてその姿に引き込まれた。拓海先輩の姿がそこに重なって現れたのだ。助走前のルーチンからはじまって助走、踏み切り、クリアランス、マットからのおり方に至るまで、拓海先輩の癖もフォームも涼佳は一から十まで克明に記憶している。あるときは同じ校庭や競技場の地平上で、あるときはスタンドから、ずっと見つめてきたのだから。

直線で加速しながら身体を起こし、リズミカルなピッチと大きなストライドでカーブを切って曲線に入る。拓海先輩と柳町、重なっていた二人の姿から、ところがここで柳町だけがすっと前にでた。拓海先輩は踏み切り直前に腕の振り込みのためにわずかに減速する。柳町は駆けあがるかのようにさらにスピードに乗って踏み切った。

棒がはずむように身体がぽんっと浮きあがった。棒は空中ですぐさましなやかな弓へと変わり、バーの直上で弧を描く。

だが惜しくもお尻がバーに触れたようで、柳町が背中からマットに沈むのと同時にバーも落下した。

「あーっ、もうちょいっ」

後ろでんぐり返りからひょこりと頭を起こすなり柳町が怒鳴り、「くっそーっ」と両の拳をマットに叩きつけた。本気で苛《いら》ついたような大声だったので涼佳は思わず身を竦めた。

投げやりっぽく柳町がマットに仰向けになった。マットの端から逆さまにずり落ちそうになって「うわお」とか一人で慌ててるところで、フェンスの外から見ている涼佳に気づいた。

「あ、かっこ悪ぃとこ見られてもた」と照れ笑いを浮かべ、寝そべったまま自分の隣を叩いてみせて「いい休憩所ありますよー。十五分でジュース一本でどうすか」

涼佳はなにも言わずにその場を離れた。「おーい?」と柳町が目で追ってくる。

出入り口にまわってフェンスの中に入った。

トラックでは短距離班がセット走をやっていた。100m+200m+300m+200m+100mとかの組みあわせをレストで間を繋ぎつつ全力で走るトレーニングだ。一番きつい練習だったなあと思いだしながら、柳町がいるマットに近づいた。

何cmでやっていたのだろうとスタンドを見あげる。バー止めの位置は1m85を指していた。前に柳町に教えた、拓海先輩の二年生のときの自己ベスト……。

「あっいつもこんなあげてやってるわけやないですよ? 試してみよっかなーと……いやーなんかそろそろ越えれそうな気ぃしたんやけど気ぃしただけやったなー」

柳町が言い訳まがいの説明をしてきたが、涼佳が驚いたのは、1m85を落として柳町が「もうちょい」と本気で悔しがったことだ。

近くであらためて見あげると、これを跳び越えるなんて涼佳には信じられない高さだ。男子の世界記録になると1m85どころか2m40いくつとかだったはず。それをロイター板もなく、助走と跳躍という人間の生身の力だけで越えるのだ。

その選手たちをさして〝ハイジャンパー〟と呼ぶのは、まさにふさわしい呼称だと思う。

「……なんかあったんですか?」

マットの上にひっくり返ったまま柳町が訝《いぶか》しげに訊いてきた。涼佳はスタンドから視線を下に落とした。

「自然消滅してるかもって……前、なんか知ってて言ったの?」

あっ、と言いかけて柳町が声を呑み込んだ。

「やっぱり……男子みんな知ってたんや？　三年の陸部の男子から写真まわってきたって聞いたけど……あれ、出所《でどころ》は誰やの？」

「あっあれ、児玉《こだま》先輩がまわしたやつみたいで……」

「児玉先輩？」

児玉先輩は去年の陸上部の三年生、拓海先輩の同期だ。地元の大学に行っているからときどき部活に顔をだしてくれる数少ない先輩で、春季総体にも応援に来てくれた。

「児玉先輩がなんか東京らしい写真よこせーっちゅうて、ほんで荒島先輩が送ってきたんがそれっちゅうふうに聞きました。あっ荒島先輩もネタで送ってきたんですよ。一時間並んでこれじゃーこれが東京じゃー、みたいな」

そういう流れがあったのかと納得した。拓海先輩がスイーツの写真なんか自慢げに送るかなっていうのだけ違和感があって引っかかっていたから。

「別に女子と行ったとかは書いてえんかったですよ。自然消滅っちゅうたんは単におれ個人的な、確信30パーくらいの推測やったんですけど……まじやったんですか……？」

柳町が声色を神妙にする。「……みたいやよ」と涼佳は頷く。

「なんか言われたんですか、あの先輩に」

「千鶴ちゃんが悪いんやないと思う。……遠距離がうまくいかんかった、っていうだけやと思う」

マットの端に浅く腰掛ける。柳町が寝そべっている場所まで斜めに傾き、柳町が慌てたように上半身を起こした。

「やめたほうがいいって言われたよ、わたしにも……。拓海先輩みたいにならん自信あるんかって……」

すずかせんぱーい、と呼ぶ声がした。セット走がひと区切りついたところで、地べたに座り込んだ短距離班の女子たちが手を振ってくれていた。涼佳は微笑して手を振り返した。

その近くで佐々木が拳を小さく突きあげてみせた。けしかけるような仕草に柳町が鬱陶しそうに舌打ちし、顎をしゃくって目線で追い払う。

「つまり今涼佳先輩がヘコんでるんって、荒島先輩がそんな人やと思ってえんかったたってことですか？　それか、これはおれの願望込みですけど、おれとつきあってもいいけど遠距離になるんが引っかかってるってことですか？　ほしたら地元残ってくれるんですか？」

佐々木を目で牽制《けんせい》しておいて、急に切り込むような口ぶりで柳町が言った。

「ああすいません、なんか雑な言い方になりましたけど怒ってるんでなくて」

とすぐに言い足し、あぐらを組んで座りなおした。

部活中にふらっと来てこんな話をしたりして、そりゃあ柳町だって困るだろうし練習の邪魔になるだけだろう。自分でもどんな結論が欲しくて来たのかわかっていなかった。どうしてか、頭の整理がつかないまま足がここに向いていた。

一瞬やや低くなった声はすぐにいつものトーンに戻った。

「おれかって遠距離そりゃ嫌ですよ。どこも行かんでほしいです。東京の大学の連中と比べたら福井に置いてきた後輩のアドバンテージなんてどんくらいあるかわからんし、おれなんか簡単に捨てられそうで、心配でしゃあないっすもん。涼佳先輩なんてちやほやされ慣れてえんで、すぐ騙《だま》されてほいほいついてきそーやしー……ってここ、わたしが尻軽みたいやろーほーですよねー涼佳先輩の尻は重いっすよねーなんやとこらー、とかいうシナリオになるとこ、なん、です、けど…………ノってくれん、と……」

涼佳はなにも言っていないのに自ら話の腰を折っておいて「えーと」と弱り切ったように後ろ髪を掻《か》きまわす。しかつめらしい咳払いを二回、三回とする。

「ごまかしてもたりすんの、直すって、おれ自分で言いましたね……ほんなら本音言います。いや、どこも行かんでほしいっちゅうんも本音ですよ。ほやけど、涼佳先輩って人は、真面目で努力家で、自分ができること怠けん人やで……遠恋いややでとかいう理由で志望変えたら、あとで涼佳先輩がずっと悩むことになるんでねぇの……？って、おれは思うんですけど……」

途中から頬がぴくぴく痙攣《けいれん》してくる。シーソーみたいにあぐらを前後に揺らしはじめる。ただ、今度は自ら話を茶化したりはしなかった。

「ようはあれでしょ、おれのほうが掴まえとけるくらいになればいいわけなんでっ」

最後だけはさすがに耐えきれなくなったみたいに、語尾の勢いとともにマットをはずませて下に飛びおりた。

「涼佳先輩が幻滅したとこ悪いけど、おれ今、荒島先輩すげぇって思ってるんですよね」

落ちていたバーを拾って腰をあげ、こちらを振り向いて、

「荒島先輩目指すのなんて無理やって、前言いましたけど、あんときは自分との差とかそんな考えて言ったわけやなくて、半分嫌味みたいなもんやったんです。ほやけど真似しようと思って研究しはじめたら、まじすげぇ人やったんやなって……荒島拓海って人が先輩にいたってことを、今は感謝っていうか……してます。ほやでまあ、全部に幻滅することもないんでないんすかね？」

「げ、幻滅したなんてひと言も言ってえんしっ……拓海先輩がすごいことなんか今さら言われん

でもみんな知ってたし、柳町が気ぃつくんが遅いだけでしょっ……」

嬉しかった。泣きそうになるくらい。柳町が拓海先輩をそんなふうに言ってくれたことが嬉しかった。そんなふうに言ってもらえて、自分が嬉しくなれたことにほっとした。

拓海先輩は初めて涼佳のヒーローになってくれた人だ。五年生のときから八年間も涼佳にとっていちばんかっこいい人だったのだ。正直言ってちょっと幻滅したのは本当だ……でも、だからといって八年分の自分の気持ちまで否定する必要はない。

八年分の大切な気持ちは、自分の中にずっと変わらずにある。

「はは、いやほんと、遅ればせながらって感じです」

と柳町が照れ笑いをする。それがわかるようになったのは、柳町が近づいたからだろう。今までは遠すぎてただぼんやりと認識していただけのものを、はっきり視界に捉えられるところまで近づいたから。ちょっと前までは部で一番世話の焼ける後輩で、涼佳が一方的に尻を叩いていたのに……。

いつからわたしのほうが甘えてしまっていたんだろう。いつからわたしのほうが諭されて、力をもらうようになっていたんだろう。

柳町がバーを両手で軽快に持ち替え、捧《ささ》げ持つかのような仕草でスタンドに掛ける。1m85のバーを見あげて目を細め、前よりも力強さが備わったような、しっかりした声で言った。

「荒島先輩の高校ベスト越えます、って言えたらかっけーんですけど……今んとこは、県スポでこれ越えるんが目標です」

4

受験生らしい予定が詰まった多忙な夏休みがはじまった。前半は学校で実施される補習と、予備校で受ける夏期講習で埋まる。夏期講習が終わった週末、八月十、十一日の土日が県民スポーツ祭なので、ここは予定をあけて後輩たちの応援に行くつもりだ。その翌々週の週末に志望大学のオープンキャンパスがある。福井から東京に越した親戚の家に二泊させてもらい、拓海先輩が通っている国立大にも連れていってもらえる予定になっている。

補習と夏期講習のあいだ拓海先輩と連絡を取る用事は特になかった。

若干ひさしぶりに拓海先輩からメールが来たのは、夏期講習の最終日となる水曜のことだった。

〝県スポって土日やったげな。用事あって金曜の夜帰ることにしたで、おれも県スポ見に行くわ〟

突然の帰省の知らせは涼佳を大いに慌てさせた。東京で拓海先輩と会うのはまだ二週間以上も先だから、千鶴の件とか柳町の件とかはそれまでに整理をつけて会おうと思ってたのに……土日の県スポって、もう三日後だよ！

夏休みは大学の部活で忙しいから帰らないって聞いていたのに、どうして急に帰ることにしたのかと疑問に思って、もしかして、と思い浮かんだことがあった。訊いていいものか悩んだが、おそるおそるメールを送った。

〝千鶴ちゃんと話しあいに帰ってくるんですか？〟

無視されるかもしれないと思った。あるいは関係ないだろって怒られるかもしれないと。ただの部活の後輩にプライベートな問題を逐一話す義理はない。部活での拓海先輩はいつも朗らかな人だった（唯一リレーの練習のときだけメンバー間で厳しい声が飛んでいたことはあったが）。怒るところなんて想像できなかったが、涼佳が知らない一面もあるんだろうと今はなんとなくわかる。変わってしまった一面なのかもしれない。

いつもの返事のタイミングに比べてすこし思考するような時間があった気がしたが、気のせいかもしれない。ちゃんと返事は来た。

〝ああ、ほや。千鶴に会いに帰る。すまん、涼佳にも心配かけてたんか？〟

不躾《ぶしつけ》なメールだったのに誠実に答えてくれた。それとやっぱりちょっと鈍い……。変わってはいないみたいだった。

＊

八月十日土曜日、県民スポーツ祭陸上競技一日目は、盛夏の太陽が容赦なく照りつける日になった。スタンドはフライパンの表面みたいに熱せられ、赤いトラックはあたかも緑のフィールドを囲んで燃えさかる篝火《かがりび》のようだった。

正午過ぎ。太陽はほぼ頂点。足もとにはくっきりした短い影が落ちている。三日前まで冷房が効いた予備校で夏期講習を受けていた身にはこの陽射しはこたえる。

「陽焼けどめ塗ってきたけどこりゃ焼けるなあ。せっかくちょっと白なってきたのにー」

麦わら帽子の下でぼやきながらきょろきょろしていたアキナが「あ！」と声を明るくし、跳びはねて手を振った。スタンドの通路を歩いていた私服の男子グループの中から、涼佳も顔を知っている一人の男子が手を振り返した。

最近ギスギスしてるって六月頃に言っていたけど、解決したらしい。アキナが嬉しそうにぶんぶん手を振る。アキナってさばさばしてるほうなのに、だいちゃんに見せる顔は女の子なんだよなあと涼佳のほうが横で照れてしまう。

生徒がこういう部活の大会の応援に行く際は制服着用が原則だ。暑いなあと思いながらも涼佳は制服を着てきたが、アキナは麦わら帽子にノースリーブのワンピースという姿で、待ちあわせて会うなりお互いの恰好《かっこう》をチェックして「昨日相談すればよかったのー」と苦笑しあった。

「すず？」

と、頭の上から呼びかけられた。「涼佳、涼佳」アキナに腕を引っ張られ、一瞬固まってしまった涼佳もアキナの視線を追って振り返った。

スタンド席の上のほうに立っていた背の高い人が「おっ、すずでよかった。うちの制服やけどなんか違う気ぃしたで声かけんのためらってもたわ」と、爽やかさ百点満点の笑顔を夏空の下ではじけさせた。「荒島涼佳はシルエットでわかるやろー」とその脇から顔を割り込ませてきたのは児玉先輩だ。「ほーいうこと言うんは小学生並みですよ、児玉先輩」アキナに咎められて鼻白《はなじろ》む児玉先輩を素通りして、涼佳の目は拓海先輩に吸いつけられていた。

三月の卒業式のあと、春休みに三年生の追いだし会と称したボウリング大会があった（もっと陸上部っぽいイベントをやろうにも戸外は積もった雪で走ることもままならない季節なのだ）。会ったのはそれが最後だったから、あれから五ヶ月近く。

白いポロシャツにチノパンというこざっぱりした服装に、均整の取れた筋肉がついた180㎝台の長身が映えている。急に渋谷系とかになって帰ってきたらどうしようと一抹の不安を抱いていたが、変わってなかった。ほんなら行ってくるでなー、って、まるで出稼ぎにでも行くみたいな調子でみんなを笑わせて旅立っていったときの拓海先輩と。明日高陸上部の最強時代を築いた元部長にふさわしい爽やかで頼もしい笑顔も、なにも変わってなかった。

「おかえりなさい……拓海先輩」

メールでは話してるのに、喋り方がいまいち思いだせなかった。

「おう。ただいま。もう練習はじまってんな」

拓海先輩が陽射しに手をかざして眼下のフィールドに目を凝らした。

男子走り高跳び決勝は十三時から競技開始だ。第1曲走路（第1コーナーから第2コーナーまで）の内側のフィールドに出場選手が集まっている。フィールドの反対側ではハンマー投げが行われている。

メインスタンドをおりて芝スタンドに移動した。ホームストレートに面したメインスタンドは座席が階段状に設《しつら》えられた建物だが、トラックの残り四分の三の外周は単なる芝生の応援スペースになっている。

『福井県立明日岡高等学校陸上部』と書かれたテントの下に後輩たちの姿があった。幸田先生は審判の仕事があるため競技にでる部員のサポートは基本的にできない。それぞれ自分たちで招集時間を確認してここから出陣していく。

「荒島先輩やー！　おかえりなさーい！」

拓海先輩が姿を見せるなりテントで休んでいた二年生たちが歓声をあげた（一年生の多くはきょとんとしていたが）。相対的に歓迎され度が小さかった児玉先輩が拗《す》ねて「東京土産あるんやけどなー」と自分が買ってきたみたいな顔で拓海先輩のお土産をテントの中に置く。

強豪校ともなれば先生も厳しいし、空気がぜんぜん違ったりするのだろうが、少なくともこの大会における明日高チームの雰囲気は和やかだ。ちなみにアキナは「だいちゃんとこ行ってくるわー」と携帯電話を手にしてうきうきとでかけていった。まあアキナの今日の主な目的はだいちゃんとゆっくり会うことだったんだろう。

涼佳は賑わうテントから離れてトラックの間際まで寄っていった。

8レーンのトラックの向こうに走り高跳びのピットが見える。ブルーのシートがかかったマットは厚みも面積も学校の備品より二倍くらいあって安全そうだし、なによりまだ綺麗だ。

走り高跳びは予選がない。全出場選手が一つのピットで決勝を争う。大きな県では支部予選を突破して県大会に出場するだけでもすごいことらしいのだが、福井県には支部予選もないのである。

待機場所のテントの内外で出場選手が身体をほぐしたり助走の足あわせをしたりしている。立っているだけの涼佳でもとっくに汗ばんでいる蒸し暑さなので、ほとんどの選手はもうジャージを脱いでユニフォーム姿になっている。

二十数名の選手の中に、明日高のユニフォームが一人——ライムグリーンのランニングシャツに白のランニングパンツ姿の柳町がいた。

ほとんどの選手と柳町は逆の助走コースを取るのでわりとマイペースに足あわせをしてマークを貼っていた。通常は助走のスタート位置と、曲線の入りの二箇所にマークを貼る。

かがんでマークを貼りなおしていた柳町がこちらに気づいて頭をあげた。

涼佳の顔を見るなり柳町が小首をかしげた。それから「あっ」という形に口をあけ、頭の両側に左右の拳をやる仕草をした。涼佳も「あっ」と、左右の耳の下で結んだシュシュに手を触れた。

部活をやっていた頃より伸びた髪が暑くて鬱陶しくなってきたので夏期講習がはじまった頃から結んでいたのだ。

……気づくんだ、こんな些細《ささい》な変化に。拓海先輩が「なんか違う気がした」と言ったのもこれだったんだろう。でも拓海先輩は結局気づかなかったな。

柳町がちょっと硬い表情になって手をおろし、ぺこりと頭を下げた。

涼佳の後ろから拓海先輩が来ていた。

「渉！　表彰台狙えるぞ！」

突然拓海先輩が手を口の脇にあてて怒鳴った。柳町がぎょっとしただけでなく、よく通る明朗な声は他の選手の耳にも届いた。何人かの選手が去年の実力者・荒島拓海が来ているのを認識して表情を変えるのがわかった。

全出場選手の前で先輩に勝手に大胆不敵な宣言をされた柳町としてはいい迷惑だろう。周囲の反応を気にしながら、

「プレッシャーかけにきたんすかあ？」

と大声を投げ返してきた。けれどそれから口の片端に笑みを乗せ、右の拳を顔の高さに振りあげてみせた。柳町はいつ見てもだいたい箸が転げてもおかしいって感じでげらげら笑っているが、口の片っぽだけで笑うのはあまり見たことがない。きりりとした、不敵な笑み。

練習に戻る柳町を見送って拓海先輩もまた口の片端をあげた。

「自分で見に来いっつったんやで、ほんぐらいは見してもらわんとなあ」

「拓海先輩、柳町と連絡取ってたんですか？」

初耳の話に涼佳は驚いた。

「ん？　ああ、つってても最近やぞ。渉がいきなり動画送りつけてきてアドバイスしろっちゅうてきたんや。それからなんべんもクソ重い動画見させられてこまっけぇアドバイスさせられたわ」

「柳町が……自分から……」

拓海先輩が楽しそうに他の選手に視線を流しながら解説する。

「今日は久保《くぼ》がでてえんやろ。ほしたら上位三人に残ってくるんは伊勢谷《いせや》、蓮川《はすかわ》、森《もり》あたりや。伊勢谷はちょい別格やでおいとくとして、蓮川・森と競《せ》れたら十分表彰台圏内や」

鷺南《さぎなみ》学園三年の伊勢谷という選手が今の福井県の高跳びのエースだ。自己ベスト２ｍ０７という全国でも上位レベルの実力を持っている。国体の出場も決まっているから三年ながらまだ現役で残っている。

伊勢谷に続くのが久保だが、故障なのか今日は欠場しているようだ。他に拓海先輩が名前をあげた森は鷺南学園、蓮川は福蜂工業の、どちらも二年生だ。私立の鷺南学園高校、公立の福蜂工業高校が県内の高校運動部の二強と言われていて、陸上以外の運動部も各大会で目立った成績を収めている。

出場選手の中で伊勢谷の貫禄はやはり頭一つ抜けていた。１８０㎝台半ばの長身で、身体にぴったりと沿うユニフォームの下の体格からはウエイトトレーニングも積んでいることが窺える。強い学校っていうのはたいがいユニフォームのデザインからして違っていっそう強そうに見えるものなのだ。

伊勢谷と比べてしまうと柳町は二つも三つも格が落ちる。上背《うわぜい》もあるほうじゃないし、ゆるっとしたランシャツランパンから伸びる手足はあきらかにひょろひょろしている。他の選手にまじっているのを見ていて心配にしかならない。

拓海先輩は貫目《かんめ》で他の選手に負けてると思うことなんかなかったから、こんなに心配することなんか一度もなかった。根っからのスポーツマンだから、強気な発言で自分自身にプレッシャーをかけて力に変えることだってできた。でも柳町って……どうなんだろう？　そもそも柳町って今までプレッシャーがかかる場面に直面したことがあるんだろうか。

競技開始の時間が迫り、審判がでてきてバーの高さを正確に測りなおす。最初の高さは春季総体と同じ１ｍ６５。バーの上げ幅は大会によるが今大会はまずは５㎝刻みであがっていく。一つの高さにつき試技は三回まで。三回連続で失敗したら失格だ。無論一番高いバーをクリアできた者が優勝だが、同じ高さを同じ回数でクリアした者がいた場合、その前の高さまでの失敗が少ないほうが順位が上になる。

試技順一人目と二人目の選手を残し、他の選手がテントに引きあげる。

１ｍ６５、試技一回目がはじまった。

柳町の試技順は全体の十五番目と後ろのほうだったが、見ていたら十人目くらいで順番がまわってきた。最初の高さはパスする選手が多いのだ。パスは何度でもできる。

柳町が準備に入ると明日高の部員たちもテントから応援にでてきた。

「６５は問題ないやろ」

と拓海先輩は余裕のある顔で眺めている。

そうは言っても二ヶ月ちょっと前の春季総体ではこの高さを三回目でなんとかクリアして「記録なし」だけは免《まぬが》れたレベルだったのだ。涼佳は気を抜かずに見守る。

助走のシミュレーションを入念にしてから、自分で貼ったスタートマークの一歩後方に立つ。練習のときと同じくスキップを一つ入れ、スタートマークを踏んで走りだした。直線でスピードに乗って曲線へ。踏み切りにあわせて涼佳も一緒にジャンプするような感じで踵《かかと》を浮かせてしまった。

軽い音がしてバーが落ちた。スタンド脇に立つ審判が赤旗を振りあげた。

「あっ」と明日高のチームメイトが息を呑み、「うおい」と拓海先輩がツッコミを入れるみたいな声を漏らした。「緊張してんのか、あいつ……」

マットの上で一回転して起きあがった柳町の顔は今まで見たことがないくらい強張《こわば》っていた。陽に焼けた顔が蒼白にすら見える。

「大丈夫やって、練習してきたんやで。自信もって跳べばいいんやぞ」

「練習してきたから、緊張するんやと思います」

焦《じ》れったそうにぼやく拓海先輩の隣で涼佳は呟いた。

「積みあげてきたもんがあるで、失敗するんが怖いんでないんですか……練習してえんかったら、できんでも言い訳できますから……」

この二ヶ月間、柳町が自分なりに積みあげてきたものを涼佳は知っている。いくらでも言い訳できる程度にしかやっていなかった柳町にとって、初めて真剣に練習した上で挑む大会なのだ。

がんばれ……。握った拳に力が入る。

ひととき黙って涼佳の横顔を見つめていた拓海先輩が小さく笑った。

「おれよりすずのほうがいい部長やったんやろな」

見ていたところ出場選手のうち約三分の二が1ｍ65を跳び、そのうち約半数がクリアした。失敗した選手が二回目にチャレンジする。

柳町の順番は今度は五人目。さっきより早くまわってきた。左足踏み切りの選手が続くと逆サイドで右足踏み切りの選手が準備しているのを見逃しがちだ。あ、もう順番、と思ったときには柳町が走りだしていた。焦って飛びだしたんじゃないかと肝を冷やした。

が、二回目は一回目よりはタイミングがあっていた。バーは微動だにせず、無事白旗があがった。涼佳は詰めていた息をほうっと抜いた。

柳町もスタンドにたしかにバーが掛かっているのを見あげてほっとした顔をした。マットをおりるとテントに戻る前に記録係の机に立ち寄り、ひと声なにか言っていった。

「70パスしたな」

「えっ、そんな余裕ないですよね？」

拓海先輩は即座に合点したようだったが涼佳は驚いた。70をパスして、もし次の75を三回とも失敗したら、記録は今跳んだ1m65で終わってしまう。

「暑いしな。体力温存するんも戦略や。最初から跳ぶ奴はどうしてもあとからでてくる連中より消耗するでな。大丈夫やろ。冷静に考えれてる」

「それって……上位の選手と本気で表彰台争いするつもり、ってことですか……？」

陽射しに目を細めてフィールドを見つめる拓海先輩の横顔にはずっと楽しそうな笑みが浮かんでいる。

「見に来てよかったわ。あいつ面白《おもしれ》えことしてくれそうやで」

1m65もまだ三回目を跳ぶ選手が残っている。70をパスするとなると柳町が次に跳ぶまでしばらく時間があく。柳町はテントの陰に入り、タオルをかぶって水を飲みはじめた。日なたにいるだけで体力を削られる日だ。伊勢谷、蓮川、森といった上位を狙う選手もまだ日陰で悠然と（して見えるだけで、それぞれ集中力を高めているのかもしれないが）待機している。

明日高の部員たちもいったん日陰に退避した。

後輩が拓海先輩に折りたたみチェアを持ってきたが、拓海先輩は「いらんいらん」とテントの隅っこに腰をおろした。児玉先輩が「荒島に気ぃ遣わんでいいぞー」と勝手に断りながら拓海先輩のお土産のお菓子を勝手にあける。競技のない部員はおやつタイムに突入だ。

「荒島先輩、標準語喋れるようになってえんのですか？」

クーラーボックスから冷えたペットボトルを涼佳たちに渡してくれた二年生が無邪気に訊いてきた。

「こっち帰ってくると言葉戻るんやって。東京ではバリバリ標準語やぞ……だぜ？　だよ？……ん？　あーっ、おまえらと喋ってるせいでわからんくなっつんたげ！」

拓海先輩がげんこつを振りあげつつも笑い、二年生たちも笑った。遠慮がちに距離をおいていた一年生たちまで笑いだした。

「なんちゅうてな、まだぜんぜん方言抜けんわ。会う奴会う奴に出身どこやーって笑われたりするで、けっこう恥ずかしいぞ」

そろそろ男子4継《ヨンケイ》（4×100mリレー）の予選の招集だ。なにしろ面子《メンツ》が足りないので、400mランナーである佐々木もマイルと4継両方のリレーメンバーになっている。

「ここ来る前、千鶴と会ってきたんや」

拓海先輩がペットボトルの水をひと口含んでから静かな声で切りだした。涼佳はとっさに他の部員の目を気にして振り返った。4継のメンバーがアップにでていったので人口が一気に減ってテントの中は空《す》いている。こちらの話に耳を傾けている者は今はいなかった。

「……知ってました。千鶴ちゃんからさっきメールもらったで」

涼佳も静かな声で答えた。

「ほうか。もう聞いてたんか」

いつも一点の曇りなく晴れやかな拓海先輩の笑みに、苦いものがひと筋走った。

拓海先輩と柳町が最近連絡を取りはじめたのと同じく、涼佳と千鶴がメールのやりとりをするようになったのもごく最近だ。社交辞令的にだいぶ前にアドレスの交換だけはしていたが。今だって別にべったりメールしてるわけじゃなくて、ぽつぽつとだ。

お昼前――拓海先輩が競技場に現れる前にメールが来た。〝自然消滅〟の事情は、おおむね以前千鶴が想像していたとおりだったようだ。ただでさえ大きい東京の大学で、他の大学との交流なんかも多くある中で、福井に彼女がいるということを公表しそびれたまま新しい交友関係が築かれていって、ちょっと気があう女の子ができて、千鶴との連絡が疎遠になっていって……。

「二股やった、っていうことですか？」

拓海先輩の肩がぎくりとしたように揺れた。

いくらでも言い訳できたと思う。あくまで友だちとか、そこまでの関係にはまだなってなかったとか。

「ほやなー……。ほーです。はい」

片手で口を撫《な》でながら、若干もごもごした声だったが、拓海先輩は素直に認めた。

「東京っつってても田舎もんの集まりやなんてよう言うやろ？　ほやけど、そん中でも福井ってやっぱ田舎なんやな。さっきは冗談で言ったけど、恥ずかしいっちゅうんは、まじの話や……ほんでつい、見栄張ってもた。田舎に彼女いるって言えんかった」

見栄、っていう言葉が拓海先輩には似合わなかった。福井にいたときの拓海先輩は見栄なんか張らなくたってダントツでかっこよかった。いつも誰よりも堂々としててキラキラしてた。

「……あっちの人とも繋がったまま、千鶴ちゃんに会いに来たんやないんですよね」

涼佳には詮索する理由も、まして糾弾する理由もないことだ。千鶴と仲のいい友人だったら問い詰める権利がないこともないかもしれないが、涼佳は千鶴の友人のつもりはない。

「そんな保険かけてこんって。まあほんでこっちでも振られたわけやけどなー」

けれど拓海先輩は腹を立てるでもなくがっくりと肩を落とした。さすがに落ち込んでいる感じだった。

この数ヶ月のことを拓海先輩は千鶴に正直に話して謝罪した。その上で、自然消滅という形ではなく、話しあってきちんと別れた……と千鶴が報告してくれた。親の反対もあって千鶴が関東に進学する見込みはないので、まだ何年も遠距離恋愛が続くのはつらいと、千鶴からはっきり言う形で。つまり拓海先輩のほうが振られたわけだ。

「拓海先輩……ちょっとかっこ悪いです……」

「すずに言われんのが一番ショックやなあ」と情けなさそうに拓海先輩が眉を下げた。「なんかすずの前ではいいとこだけ見しときたかったわ」

拓海先輩の中には「じゃあ手頃なところで涼佳にしよう」なんていう安易な考えはかけらもないようだった。千鶴の顔を思い浮かべて、ほらね、拓海先輩はそんな人じゃないでしょと心の中でちょっぴり勝ち誇ってみせた。

〝拓海先輩これでフリーやけど、涼佳ちゃん今やったらつきあえるんでない？〟

なんていうことを千鶴がメールに書き添えてきたのだ。

〝半分は意地悪。ほやけど半分は本気の後押し〟

千鶴はこの言いまわしが気に入ったみたいで、今では面白がって使ってる節がある。仮にだけど、この機に乗じて涼佳がずっと好きでしたって告白したとして、拓海先輩はよろこびはしないだろう。拓海先輩はいつでも涼佳の頼もしい先輩として、涼佳にいいところだけを見せていたかったのだ。そして涼佳も、卑怯《ひきょう》なのかもしれないけど、拓海先輩のダメなところなんて知りたくなかった。永遠に涼佳の完璧なヒーローでいてほしかった。

「75にあがるな」

拓海先輩がテントの下からフィールドに目を据えて腰をあげた。1m70の試技が三回目まですべて終わったようだ。審判がスタンドの下に集まってきてバーの高さを動かす。目眩《めまい》がするほどの炎天下に涼佳たちも再びでた。スポーツタオルをほっかむりにしてすこしでも陽射しを遮ったが、それはそれで蒸し暑さで頭が火照《ほて》ってぼうっとしてくる。選手のほうがもっと過酷だろうから気分が悪くなる者もでそうだ。

1m75の一人目の選手がすでに準備している。70までパスしていた福蜂工業の蓮川だ。この高さになると最初のほうをパスしていた選手も動きはじめる。まだ動かないのは全国クラスの記録保持者である鷺南学園の伊勢谷一人のようだ。だが県大会としてはここからが正念場になってくる。

今日最初の跳躍になる蓮川だが、75を難なくクリアした。腰とバーのあいだにまだかなり余裕があった。

蓮川の次に二人続いたあと、四人目に拓海先輩が言及していたもう一人、鷺南学園の森がでてきた。しかし若干動きが硬くて助走があわず、一本目はバーを落とした。

三人おいて八人目が柳町だ。全体の試技順は十五番目だったから、ここまでですいぶんふるい落とされたことになる。七人目の選手が跳ぶのを待ちつつ後ろで軽く走っている。「渉跳ぶぞー」と拓海先輩が声をかけると明日高のみんなも日陰から這いだしてトラック際までできた。

両のほっぺたに含んだ息をぷっと抜く。両足で跳ねながら腕をぶらぶらさせる。最初の跳躍のときは息してないいんじゃないかっていう顔をしていたが、さっきより力が抜けたようだ。

「パスをうまく使ったな。切り替えた顔してきたわ」

柳町の様子を見て言った拓海先輩の顔にもいつもの頼もしさが戻っていた。

七人目の選手がバーを落として赤旗があがった。ここまで一回目で75をクリアしているのはまだ二人だ。

柳町の番になる。1m75は伊勢谷にとっては余裕でパスする高さだが、柳町にとっては六月の春季総体の記録を10cmも上まわる。自己ベストの更新に挑む跳躍になる。

七人目までは全員左足踏み切りだったから、空白の助走路から逆サイドへと、芝スタンドで見ている人々の視線が移動した。

柳町が右手をあげた。

「行きます」

という声が聞こえた。大声ではない。集中力を研ぎ澄まして自分の目の前に収斂《しゅうれん》するような、凛《りん》とした落ち着いた声。

助走の前に手をあげたり、気合いの声や「お願いします」などの声をだす選手は少なくないが、柳町があんなルーチンを入れるのは初めて見る。あれは拓海先輩の真似でもない。

スキップ一つ。しっかりと地を蹴って走りだす。「よし。ハマった」と助走の途中でもう拓海先輩が成功を確信したように呟いた。踏み切りの瞬間、ピタッと決まった、と涼佳も感じた。身体の軸をしっかり締めて地面からの力を余さず受け取り、棒がはずむように宙に跳ねあがる。腰が美しいアーチを描いてバーを越えた。

マットの上で起きあがった柳町が即座にバーを仰ぎみて「っし！」と、腰だめみたいな構えでガッツポーズを作った。「やった！」と涼佳もつい一緒にガッツポーズした。「渉ー！」と明日高の仲間からも拍手が起こった。

１ｍ７５、一回でクリア！

「７５で満足したらあかんのやけどな」

拓海先輩だけが大げさによろこぶことなく苦笑して言った。

「あいつ背ぇ伸びたやろ？」

「え？」

涼佳は目をぱちくりさせ、隣に立つ拓海先輩の長身とテントの下に戻っていく柳町とを見比べた。柳町はベンチからまだ動く様子のない伊勢谷の斜め後ろに腰をおろした。

「今もう背も７５くらいあるやろ。背ぇ伸びれば記録も伸びて当たり前や。ボルトみたいにでかくて速ぇ奴いると短距離もやっぱでけぇほうが有利に見えるけど、ハイジャンのほうが絶対的にタッパ影響するしな」

言われて初めて気がついた。拓海先輩はひさしぶりに会ったから気づいたのかもしれないが、涼佳が柳町と会っていなかったのはせいぜいここ二週間くらいだったし。

毎日ちょっとずつ伸びてたんだ……苗木が日々生長するように。新芽がいつかしら萌えるように……。

１ｍ７５になると三回目まで引っ張って辛《から》くもクリアする選手が増えた。７５と８０のあいだは一つのボーダーラインだ。

１ｍ８０を跳ぶ権利を残したのは最終的に十人——いや、十一人だ。

ここで伊勢谷がでてきた。試技順がもともと蓮川より早かったから1m80の一回目はいきなり伊勢谷からだ。優勝候補の満を持しての登場に場の空気が変わった。自分のペースで集中力を維持しながら休んでいた選手たち全員の注意が思わずといったように一度そちらに引かれた。

「思ったより早ぇな。８５まではでてこんと思ってたけど、他が落ちるんが早かったからか」

アップがわりとでもいう軽さで伊勢谷は一回目の試技で８０をクリアした。

なんだかもう盤石《ばんじやく》すぎて憎たらしいくらいだと涼佳が頬を膨らます一方で、拓海先輩が「渉の顔見てたけ？」と喉をくつくつ鳴らした。「伊勢谷が跳ぶんをずっと見てたぞ。いっちょまえのライバルみたいな顔で」

「次元が違いますよ……。拓海先輩にもまだ遠く及ばんのに」

「そりゃあ今はな。来年はわからんやろ」

「来年、ですか……？」

ほやけど、と言いかけて躊躇《ちゆうちよ》した。拓海先輩が知るよしもないが、もとはといえば柳町が拓海先輩に近づこうなんて考えて真面目に練習しはじめたのは、〝出直し〟する自信をつけるための手段だったはずなのに……。

伊勢谷のあとは十人全員が一回目を落とした。柳町もやはり一回目は駄目だった。１ｍ８０をただ一人はやばやとクリアした伊勢谷はテントの中に引っ込み、長くなりそうな待ち時間のあいだ集中力を維持する作業に戻った。

１ｍ８０の二回目。蓮川がクリアし、伊勢谷に続いて二番手で抜けた。

「柳町と同じ二年生やのに、すごいですよね」

蓮川は伊勢谷ほど体格はよくないが、速い助走からキレのあるクリアランスをする。

「蓮川も一年んときからだいぶ背ぇ伸びて自己ベストあげてきてんな。渉は蓮川とタイプ似てるで、伊勢谷見るより蓮川から吸収したほうがいいかもしれんぞ」

「柳町は……全部、吸収するつもりなんでないんですか……？」

他の選手の出来をあえて見ないようにしている選手が多い中、柳町は蓮川がクリアする様子にもぴたと視線を据えていた。あの目と同じものを涼佳が初めて見てからまだ二ヶ月しかたっていないのが不思議な気がした。携帯に入れた拓海先輩の動画を見つめていたときと、同じ目――。

森は失敗。三回目にまわることになる。次の選手がコールされるのと一緒に次の次の柳町も準備に呼ばれ、タオルをリュックに突っ込んでテントをでた。二回失敗で追い込まれた森が若干苦しそうな顔でテントに戻ってくる。

人のことには我関せずという感じだった伊勢谷が森に声をかけた。助言を受けているらしく森が神妙に頷く。森は伊勢谷のチームの後輩にあたるのだ。強豪校は指導者に恵まれているのもさることながら、多くの仲間とともに高めあえるというアドバンテージもあるのだろう。

柳町にはそれがなかった――だからきっかけがなかったのだ、今まで。

森の次の選手も失敗した。ここまで二回目は蓮川以外の全員が失敗して追い込まれている。柳町もこれを落とすと苦しくなる。

「柳町って、練習で８０越えれたことあるんですか……？」

ふと疑問になった。

「さあなー。すずが知らんのにおれが知るわけねぇやろ。７５の一本目の感じで足あえば問題ないはずなんやけどな」軽い口調で言った拓海先輩が「――ん!?」と身を乗りだした。

肩から突っ込むようなクリアランスになって柳町がバーを落とした。バーが吹っ飛ぶくらいの勢いの大失敗に涼佳は思わず目を覆った。

「はあー？　なんでここ来てスピードあげるんや。７５んときであってたやろが……」

「焦ったんかな……。なんか蓮川みたいでしたね」思い詰めたあげく真似っこで突然やったこともないことをやりはじめるのは柳町の悪い癖だ。

全身に滲《にじ》んだ汗が冷や汗に変わるのを感じつつ涼佳が呟いた、その途端である――拓海先輩がはっとしたように涼佳のほうを振り向いた。え？と涼佳が思ったときにはすぐフィールドに目を戻し、

「渉！」

と、マットからおりた柳町に呼びかけた。競技がはじまってから初めて柳町の目が芝スタンドに向けられた。「はいっ……」トラックを横切って近くまで寄ってきた柳町が拓海先輩の声に耳を傾ける。やはりだいぶ気温に体力を奪われているようで軽く息があがり、前髪が汗で濡れている。

「今の助走でいいで、二足、いや三足ずつマーク離せ。突っ込まんように踏み切りで後傾作るんは忘れんなや。ただし意識しすぎてスピード殺すな。思い切って行け」

柳町が真剣な顔つきで頷き、小走りで戻っていった。

「拓海先輩、なんでですか？　７５んときの助走でよかったって……」

「８０はほんでも跳べる。ほやけど８５跳ぶにはたしかにもうちょいスピードあったほうがいい。蓮川は９０台持ってるジャンパーや。蓮川の真似するんはアリや。今突っ込んだんは、スピード

ありすぎて踏み切り近なってもたんや」

腕組みをして拓海先輩が答える。まるで伊勢谷が森に助言するのを見て対抗心を刺激されたみたいに拓海先輩の声も熱っぽくなっていて、涼佳も思わず武者震いをした。

今のところはこれを越えるのが目標ですと、目を細めて1m85のバーを見あげた柳町の顔が思い浮かぶ。今まだ80を跳べていないにもかかわらず柳町は85を跳ぶ気で、すでに85を見据えた対策を立てている。拓海先輩が柳町に力を貸してくれる。

1m80の二回目をクリアしたのは結局蓮川一人だった。残り九人が三回目に生き残りを懸ける。

森がバーを揺らしつつもぎりぎりクリアした。大きなガッツポーズをしてマットを飛びおり、すぐに伊勢谷のところへ駆けていって礼をした。

次の次が柳町だ。前の選手の試技を見届けると、拓海先輩に言われたとおりスタート位置と曲線の入りの二箇所に貼ってあるマークの位置を足長《そくちょう》（つま先から踵の長さ）で三足分ずらした。何度か軽く走って助走を確認する。

時間いっぱい。右手をあげ、「行きます」と声にだす。

これを越えられなかったら記録1m75で柳町の競技は終了だ。涼佳のほうがハラハラして、正直見ていられない。

「いいんやって、ほんな心配せんでも。失敗しても死ぬわけでなし」

と、あろうことか拓海先輩が急に無責任なことを言いだしたので「拓海先輩!?」と涼佳は目を剝《む》いた。

「いいんやって……。今日跳べんくても、来年もっと高いとこに行くために、あいつは今助走はじめたとこなんやで」

拓海先輩を彷彿《ほうふつ》とさせる直線助走のスタートから、ショートスプリントかと思うような加速をする。タータンの上に溜まった暑気が道をあけるかのようにすうっと二手に切れていく。曲線のマークを越えた瞬間、駆けあがるようにもう一段階加速した——図書室から見た佐々木との逆まわり競走が涼佳の脳裏をよぎった。

踏み切りがバーからかなり遠い。でもその分、スピードに乗ったまま跳ねあがった細身の身体が無理のない放物線を描いてバーの直上でひるがえる。バーにかかる弓と化した身体が一瞬、重力から解放されたかのように静止して見えた。越えた——！

「——足抜け！」

拓海先輩の声が飛んだ。聞いてから修正できるようなタイミングではなかったが、踵が引っかかる寸前で足があがった。

二つにたたんだ身体がマットの奥のほうまで吹っ飛んだ。首からマットに沈んで後ろでんぐり返りした勢いで柳町がマットの上で立ちあがり「っと」と後ろにたたらを踏んだ。そのまま後ろ向きでマットの下に飛びおりると、膝が崩れたみたいになってしゃがみ込んだ。

バーがスタンドに残っていることをそこであらためて確認し、ぐっと拳を握る。やった、というように芝スタンドに目を移したところで——顔に広がった笑みが引きつった。

よろこんだ拍子に拓海先輩が涼佳の肩を抱き、涼佳は拓海先輩のシャツにしがみついていたのであった。柳町がジェスチャーで二人のあいだに手を割り込ませて押しのけると「おっ」と拓海先輩が涼佳の肩から手を離した。涼佳も慌てて一歩分離れた。

柳町がむくれた顔をする。けれどすぐに笑顔になって片手でガッツポーズを見せ、軽くお辞儀をして駆けていった。

「ははあ……ほーいうことか。やっと腑に落ちたわ」

空になった手をチノパンのポケットに引っかけつつ拓海先輩がにんまりした。察するのが遅すぎないかとも思うけど、拓海先輩にしては鋭い、とも言える。

……そうですよ、と心の中だけで言ってみた。初めてすこしだけ自信をもって。

拓海先輩がなあんにも気づかないうちに、取られちゃったんですからね……なんて。

柳町がクリアして以降は1m80の三回目をクリアできた選手はでなかった。審判がバーの高さをあげる。競技開始時よりも太陽がやや西に傾き、テントが作る陰も移動している。風がかすかに吹きはじめる。

1m85。残る選手はわずか四人になった。そこまで段階的に減っていた競技者が一気に減る高さというのがある。ここからは競技が、加速する――。

一回目の一人目。今日たった二本目の跳躍となる伊勢谷がまずクリアした。周囲から感嘆の声があがったが伊勢谷にとってはまだ準備運動の高さだ。感情を表さず淡々とした顔でテントに戻る。

柳町は蓮川とタイプが似ていると拓海先輩が言ったが、なるほどそういう意味では伊勢谷は拓海先輩とタイプが似ているように思う。スピードに乗って跳ねあがるというより、自身の筋力も利用して跳ねあげるタイプ。両腕を大きく振り込むアームアクションで身体を力強く引きあげる。踏み切り位置が蓮川や柳町よりバーに近く、反りの大きい弧を描いてバーを越える。

続いて蓮川、森、柳町と一回目を跳んだが全員落とした。80までの時間感覚と比べるとあっという間にさっき跳んだばかりの蓮川の番に戻ってきた。

蓮川が跳ぶ前に、さっき柳町がしたようにマークの位置を離した。柳町とのレベルの違いを見せつけるかのように今まで以上のスピードとキレのある跳躍を見せ、二回目で85をきっちりクリアした。

「ふふん。あんだけスピードだして踏み切り潰れんのはさすがやな」

拓海先輩がまるで自分が蓮川を焚《た》きつけたみたいに鼻を鳴らす。

「ほやけど渉に手本見してやることになっただけかもなあ？」

陸上は対戦して勝ち負けを決めるスポーツと違い、記録を競うスポーツだ。基本的には〝自分との勝負〟であるのに——己《おの》れのベストを更新できるか。どこまで記録を伸ばせるか。順位はそこについてくるものと言ってもいい——なのに、今この場に残っている四人全員が、互いをバチバチと意識しているのが伝わってくる。そんな場に柳町がまじっていることが涼佳には今でもまだ信じられない。なにより、柳町がこのメンバーの中ですこしも臆していないことに驚いていた。堂々とこの勝負に参加している。

森は二回目を失敗。マットに沈みながら「くそっ」という声があがった。

早くも柳町の番だ。蓮川に続いて抜けることができるか、あるいは森と二人で三回目に懸けることになるか。

持ち時間の一分間をたっぷり使って助走コースの途中まで軽く走って往復し、踏み切りまでのシミュレーションをする。時間が迫ってからようやくスタートマークの手前に立った。胸に手をあて、強めに一つ息を抜く。

「渉！　思い切って行け！」

拓海先輩が発破をかけてから、「急に慎重になったな……」と訝しんだ。

「拓海先輩が柳町と同じ学年でだした記録です。85は」

柳町の姿を見守りながら涼佳は呟いた。拓海先輩が口をつぐみ、ちらとこっちを見た。

今日越えられなくても死ぬわけじゃない。たしかにそうだ。それでも……越えて欲しい。いつしか心から、そう祈っている。先輩として後輩の成長を応援しているからという理由だけでなく……。

「……そりゃ越えられたらかなわんなあ」

苦笑まじりの呟きとともに拓海先輩が前方に視線を戻した。

トラックでは4継の予選一組目が入場してきていた。第1走者の選手が第1コーナーでスターティングブロックをセットしたりスタートダッシュの練習をしたりしはじめている。佐々木たちが走るのは次の二組目だ。

「行きます」

覚悟を決めたように柳町が右手をあげ、スタートを切った。涼佳ははっとしてフィールドに目を凝らした。

スピードに乗って曲線に入る。遠心力で身体が内傾してもしっかりと軸に乗れている。踏み切りで涼佳もつい一緒に足を踏ん張り、一緒に伸びあがった。

綺麗に身体が浮いた！

「よしっ」「いや」涼佳があげかけた声に拓海先輩の声がかぶさった。

どこがあたったのか涼佳にはよく見えなかったが、かんっと音を立ててバーが回転し、マットの外へと撥ね飛んだ。ああ、と明日高の仲間たちから溜め息が漏れた。

「ケツは越えてた。腿があたったな」

「越えれてる……ってことですよね……？」

まだ三回目に希望は残されている。

１ｍ８５の三回目。挑戦するのは森と柳町の二人。

ここで４継予選一組目のスタートが挟まった。第１曲走路付近で競技をしている高跳びは一時静止してトラック競技のスタートを待つことになる。柳町もマットをおりたところで身を低くして片膝をついた。次に跳ぶ準備をしていた森も端で体育座りをする。伊勢谷はベンチに座ったまま、蓮川は立ったまま、それぞれトラックに一時意識を向ける。応援スタンドも静粛になった。

号砲が鳴り、スターティングブロックから第１走者がいっせいに飛びだした。スタンドで再び応援がはじける。選手たちが第２コーナーに向かって涼佳たちの目の前を駆け抜けていった。

それが過ぎ去ると森がすぐに腰をあげた。

——と、見ると柳町がまだしゃがんだままだった。惚《ほう》けたような顔で明後日《あさって》のほうを見つめて、どうしたのかと思ったら、指を折ってなにか数えている。

「……？　あいつ……」

拓海先輩が呟いたとき、柳町がぴょんと立ちあがり、まっすぐ記録席に駆けていった。

「三本目パスする気や」

「……ええ!?」

一瞬理解できなかったが、高跳びは三回の試技の途中でもその高さをパスすることができるのだ。でも、それだと８５を成功させずに９０に挑むことになる。９０を跳べなかったら記録としては８０どまりだ。８５の記録が欲しいんじゃないの……？

「すず。森が何本で７５クリアしたか見てたけ？」

「はい？」戸惑いながら涼佳はすこし前の記憶を遡《さかのぼ》った。「柳町が一本で跳んだときは……森は一本目落としてました。クリアしたんは二本目です」

「渉がパスしてた70も森が二本跳ぶんはおれが見てた。65は渉は二本かかったけど森はパスしてる。80は二人とも三本で一緒や」

突然脳が高速回転しはじめたみたいに喋る拓海先輩の論旨に涼佳はとっさについていけずに目を白黒させる。「森がこの三本目落としたら――」ちょうどそのとき目の前で森が跳躍した。その瞬間、「あっ」拓海先輩が言いたいことに涼佳も思い至った。

森は失敗――疲労が溜まったのか、二回目より高さがでていなかった。

と、いうことは。

「……柳町、三位!?」

「ああ。表彰台確定や」

「……!!」

涼佳は両手で口を覆った。

この時点で森も柳町もクリアした高さは1m80。どちらも三回目でクリアしている。記録が同列の場合はその高さの試技数が少ないほうが順位が上に来るが、この点も同列だ。この場合は75までの無効試技数――つまり失敗の数の合計が少ないほうが上位になる。柳町は65で一回失敗しただけだが、森は70と75で一回ずつ失敗している。柳町のほうが無効試技数が少ないのだ。70をパスしてリスクを抑えたことがここで効いてきた。

森が85を跳べなかったことにより、柳町が85をクリアしようがしまいが、80までの記録で森を凌《しの》いで三位に入ることがたった今確定したのだ。

さっきはそれを数えてたんだ……自分だってあと一回しかチャンスが残ってないっていう、追い詰められた状況の中で、冷静に戦況に頭を巡らせてた……。

「面白《おもっしぇ》ぇやろ。ハイジャンと棒高だけがこういう駆け引きできるんや」

「森が三本目落とすのに賭けたってことですか？」

「森は関係ねぇんや。９０で蓮川と勝負するんに、どっちにしろ８５の記録は渉には必要ねぇんやで。いいか、すず。渉はもう何本も限界の力だして跳んでるんや。今の三本目、パスせんで跳んだら跳べた可能性もある。ほやけど９０を跳ぶ力はたぶんもう残らん。渉は表彰台で満足する気やったんでねぇ……どっから考えてたんか知らんけど、二位、狙う気や」

フィールドを凝視する拓海先輩のこめかみから頰へと汗がつたい落ちる。しかし口調は疲れるど吹き飛んだかのように熱っぽく、瞳がぎらぎらと輝いていた。口角が吊りあがって昂《たか》ぶったような笑いが浮かんでいる。

「面白ぇやろ、ハイジャンは……なあ渉……？」

１ｍ９０にバーがあがる。残る競技者は三人。距離を取って待機する三人全員の瞳に、拓海先輩と同じ種類の光が浮かんでいるようだった。

すごい……。涼佳が柳町に提示したのは、１ｍ８５を今年いっぱいかけての目標にしようということだ。それだってあくまで具体的な数値の目安があったほうがいいだろうと思って言っただけだった。なのに、それよりもっと高いものを、今あの瞳は見据えている。

一人目の伊勢谷が一回目を落とした。伊勢谷自身は焦った顔は見せなかったが、見物する人々から小さなどよめきがあがった。ここまで他を寄せつけない圧倒的な強さを見せていた伊勢谷にここで一つ目の×がついた。

「さて、っと……後続の二年二人が尻に食いつくチャンスやってもたな」

拓海先輩がにやりとする。

二人目、蓮川の一回目。クリアすれば伊勢谷にプレッシャーをかけられる場面だが――「力んだな」と、踏み切った瞬間拓海先輩が呟いた。果たして、チャンスが逆にプレッシャーになったのか跳び急ぐような跳躍になり、蓮川もバーを落とした。一回目、二人が失敗。

「まあ二人ともまだ二本あるでな。蓮川はともかく伊勢谷は次は越えてくるやろ。ただ、渉だけはもうあとがねぇ」

その言葉の意味するところに気づいて涼佳は息を呑んだ。

連続で失敗していいのは三回まで。途中でパスしてもその数字が回復するわけではないのだ。85を二回落として三回目をパスした柳町に与えられたこの高さの試技数は、つまり最初からたった一回――。

三位は確定したから、可能性は低いけれどチャレンジのつもりで最後の一本を90に使おうと考えた？　ううん――柳町がパスを申告したのは森が85を失敗するのを見る前だ。仮にそのあと森が成功していたら、柳町は90を絶対に跳ばないと記録80どまりで四位に落ちる状況に陥っていた。

跳ぶ気なんだ、絶対に。跳んで蓮川に勝つ気だ。それどころか、もし一回目でクリアすれば一気にトップに飛び込む。伊勢谷・蓮川に柳町一人がプレッシャーをかける立場になる。

ほっぺたに含んだ空気をぷっと抜き、両足で軽く跳ねてから、すっと右手があがる。

「行きます」

走りだした。

最大近くまであげたスピードをコントロールしてバーへと迫る。力を添えるように拓海先輩が「行け……」と低い声で呟く。

助走にも踏み切りにも蓮川のような力みはなかった。自己ベストを大きく超えた高さを五本も六本も全力で跳んできて、ここに至って今日いちばんいい跳躍だった。快晴の空に吸い込まれるようにライムグリーンのユニフォームが舞いあがった。

今の柳町にできる力を全部出し尽くしたパフォーマンスだったと思う。

1m90のバーを越える力だけがまだなかっただけで——まだ、足りなかっただけで。

そのときの柳町にはどんな景色が見えたんだろうと、すこしあとになってから涼佳はたびたび顧みて思った。視界一面に開ける八月の青空と、マットへと自由落下する自分の足と。それを追いかけるように無情にも滑り落ちるバーも見えただろうか。どんな思いで視界の端にそれを捉えたんだろうか……。

マットの上で座り込んだまま柳町が天を仰ぎ、肩を使って大きく息を吐いた。体内で膨らんでいた闘志をやっとそこで全部吐きだして、身体が縮んだかのようだった。ランニング姿の華奢な上半身がマットの上にぽつんとあった。

立ちあがってマットをおりる。息を詰めて見つめていた明日高の部員たちから拍手が起こった。記録1m80、県三位は文句なく讃えられるべき結果だ。

マットを離れる前に柳町がまわれ右をし、当たり前のような流れで足を揃えてマットに向かって一礼した。その姿に、ずいぶん前から飽和状態だった涙が涼佳の目から堰《せき》を切ったように溢《あふ》れた。

頭の上に手をおかれた。

「これからや。来年の母校がこんな楽しみになるなんてな」

と優しい声がする。涼佳はなにも喋れなかった。

テントに戻った柳町に先に競技を終えた森が右手を差しだした。柳町が顔をくしゃっとさせ、はにかんでなにか喋りながら握手に応じた。ひさしぶりに柳町の顔にいつもの愛嬌《あいきよう》のある笑みが広がった。伊勢谷はもう次の跳躍の準備に入っていたが、蓮川が近づいてきた。蓮川ともなにか声をかけあい、タッチを交わしてからその手を握りあった。

トラックでは4継の予選二組目のスタート準備が整っていた。明日高は7レーンだ。第1走者の佐々木がスターティングブロックをセッティングしてから柳町の最後の跳躍に拍手を送っていた。

柳町が1レーン際まで寄っていき、頭の上で大きく両手を振って、

「あと続けやぁ！　決勝残れや！」

と激励を送った。


結果だけは記しておく。秋の大会からは柳町のこともライバルと目してくるであろう選手たちだから。県民スポーツ祭・高校男子走り高跳びは、鷺南学園の伊勢谷が2mを跳んで優勝。自己ベストを跳ぶほどの本調子ではなかったようだ。福蜂工業高校の蓮川が1m95まで食らいついたものの二位。明日岡高校・柳町が1m80で三位。鷺南学園の森も1m80で同記録ながら、無効試技数の差で四位となった。

翌日の大会二日目、柳町は来なかった。柳町の競技は昨日で終わったもののチームメイトの応

援はあるというのに。寝てる可能性もあるが、なにか事故にでも遭っていやしないかと一応心配してみんなが交代交代に連絡を取ろうとしたが繋がらず、午後二時頃になってようやく佐々木の携帯に連絡が来た。「昨日帰ってから二十時間寝てた」そうだ。まあなにもなくてよかった。

〝すいませんでした〟

というメールが来たのは、大会があけた月曜日だった。

〝85跳ぶって自分で条件つけたのに、あんときおれ、自分のこと優先したっちゅうか。蓮川とか森とか伊勢谷サンとかとやってるうちに、すっげぇおもっしょなってきて……。無謀やったかもしれんけど、蓮川ともう一本勝負したなってもて……すっげぇ、おもっしぇくて

面白《おもっしぇ》ぇ、って二回も言った。拓海先輩も二回言ってたなと思いだした。

そんな言い訳しなくたって見てればわかったたっていうのに。涼佳だって最後はそんな約束忘れていたのだし。

〝なに言ってんの。記録はほやったけど、すごかったよ。三位なんやざ。おめでとう〟

と返事をした。けれど柳町からの返事はもうなかった。

結局それきり〝出直し〟の気配はない。

涼佳からもそれ以上踏み込むことができなかった。

5

金沢行きの特急列車しらさぎが福井駅に到着する。東京方面や名古屋から滋賀県の米原《まいばら》で合流

してきた人々がぞろぞろと降車する。福井は県で一番大きい都市だが、この人たちのほとんどはもっとずっと大きな都市を発《た》ってきたのだろう。

どんな用事で福井まで来たんですか？　同じ流れに乗って歩く人々を眺めながら心の中でインタビューしてみる。出張らしきビジネスマンっぽい人もいる。家族連れもいる。年配の人たちのグループとか、夏休みの帰省と思《おぼ》しき大学生っぽい人とか……中には涼佳と同じように、夏休みを利用して大学のオープンキャンパスに参加してきた高校生もいるかもしれない。

二泊三日の東京一人旅――といっても新幹線に一人で乗ったのが初めてだったくらいで、向こうではずっと誰かしらのお世話になっていた。土曜日の夜に東京駅に着いたら親戚のおじさんといとこが迎えに来てくれていて、そのまま親戚の家に泊まった。日曜日はひと足先に東京に戻っていた拓海先輩と待ちあわせし、オープンキャンパスや大学見学のハシゴに一日みっちりつきあってもらった。最終日は約束してなかったのに東京駅まで見送りに来てくれた。彼氏やないよ！といとこに説明したけど、納得してもらえたかどうか。

拓海先輩オススメのラーメン屋さんにも行った。舌の上でとろけるような分厚いチャーシューが絶品だった！　今現在フリーである拓海先輩に原宿のパンケーキ屋に連れていってもらっても問題はなかったんだろうけど、ラーメン屋を選んでよかったと感動したものである。

東京の一番の感想は、単純だけどやっぱり人がすごく多かった。ただほとんどの人が〝どこから来た人たち〟だったから、思ったよりは疎外感はなかった。

刺激的な体験ばかりの二泊三日だった。新幹線に乗ったときはまだ興奮していた。ただ新幹線と特急を乗り継いで約四時間の復路一人旅を経て、地元が近づくにつれて気持ちは落ち着いてきた。

改札の外で手を振っているお母さんの姿が見えた。手を振り返して改札の駅員さんに切符を渡す（あっ感想追加。東京は小さい駅ですらどこも自動改札で驚いた）。

「おかえりぃ。おじさんからのお土産重かったやろ」

「ただいまぁ。ひって持たされたよぉー」

「どぉやった？　楽しかった？」

「うん。行ってよかった。ありがとうお母さん」

「お父さんに言いねって。ほんとは涼佳を遠くになんか出したないんやで、お父さん」

涼佳自身の荷物よりよっぽど重いお土産の袋をお母さんが引き受ける。お母さんは涼佳より背は低いが涼佳より太っていて、涼佳以上に力持ちだ。

駅前のロータリーにころっとした形がお母さんとよく似ている古くて小さい軽《けい》が停まっていた。

「疲れたやろ。車乗ったら寝てまいねの」

「電車ん中でも寝てたでもう寝れんよー」

お母さんのあとについて車に向かう途中、ふと目を引かれたものがあった。夏の夕方の空に向かって長い首をもたげている巨大な恐竜のモニュメント（動いて鳴くのだ、これ）——ではなくて、そのたもとの柵に倒れかかっている一台の自転車だ。あんなところに放置していたら撤去されるから乗り捨てられたものかもしれない。どっちかがどっちかの時代にタイムスリップしてきたみたいな、ちぐはぐな光景だなあとなんとなく考えているうちに、黒いフレームの自転車に見覚えがあるような気がした。

はっとして荷物を持ったままそちらに駆け寄った。果たして、明日高の二年生であることを証明する通学ステッカーが後部の泥よけに貼ってあった。泥よけやフレームにうっすらと錆《さび》が浮いていた。

福井に行ったときにパクられたと聞いたのは六月上旬だ。その自転車が、もしかしたら本当に恐竜時代にタイムスリップしてたのかもと思うような二ヶ月半の空白を経て、少々くたびれた姿で同じ場所に戻ってきて、正しい所有者に見つけてもらうのを待っていた。

「涼佳？」

お母さんに呼ばれて一度振り返る。荷物もあるし、軽には積めなそうだと判断する。

「お母さんごめん、先帰っててもらえん？」

鍵は壊されていた。ハンドルに手を添え、薄く積もっていた汚れを払う。

「持ち主よりだいぶ体重あるで悪いけど……わたしと一緒に帰ろうか？」


北陸本線と並行してのどかな田園風景の中を延びる道をよいしょ、よいしょと漕ぎ進む。「思ったより遠いわ、これ……」ほとんど平坦な舗装道路なので漕ぐのに苦はないが、柳町が漕ぐスピードで一時間かかったと言っていた道のりだ。こんなに汗掻いて息が切れるほど身体を動かすのは部活を引退してから初めてかも。駄目だな、だいぶなまってる。

「重くてごめんのっ、もうちょっと、がんばってなっ……」

ペダルを踏み込むたびお尻の下で軋《きし》む自転車に励ます声をかける。半分は自分への励ましも兼ねて。

自分の息遣いとお尻の下できぃきぃ軋む車輪の音に邪魔されて、籠《かご》に入れた鞄の中で携帯が鳴っていることにしばらく気づかなかった。大きい荷物は車で持って帰ってもらったので手提げ鞄に携帯やハンドタオルが入っているだけだ。スピードを落として鞄から携帯をだし、発信元を見てから耳にあてた。

「……柳町？」

『涼佳先輩！　なにやってんですか！』

出し抜けに電話に怒鳴られた。

自転車見つけたから乗って運んでいくよ、というメールを送っておいて出発したのが今から四十分くらい前だ。今日ならまだ部活中であろう時間だった。夏休み中でも日曜日以外は毎日部活がある。部活が終わってから何度も電話してきてたのかもしれない。

「けっこう漕いできたよ。そろそろ丸岡近いんでないんかなあ」

『ほやでなにやってんですかってっ……乗ってきてくれんでも、おれが自分で取り行きましたって。見つけてもらっただけで十分なんやで』

走りながら話しているようで声が途切れ途切れになる。リュックが上下する雑音が規則的に入る。

「置いて帰れんよ。見つけたとき、柳町が迎え来てくれたような気ぃしたんやもん」

微笑んで自転車のハンドルに目を落とす。ひととき電話の向こうで柳町が絶句した。

『や……言ってくれたらぜんぜん、迎え行きました、けど……。なんちゅうか……前あんなこと言っといて、都会にすっかり心持ってかれて帰ってこられたりしたらたまらんなって……怯んで、ました……』

「うん、すごかったよ。見るもん全部。ほんと目ぇまわりそうやった。ほんでもあらためて、来年ここに来たいって、四年間ここで勉強したいって思ったんや。合格したいって……。前、ありがとの、背中押してくれて」

『あ……はい』

心持ち昂揚《こうよう》する涼佳のテンションと反対に、電話の向こうで頷く柳町のテンションが心持ち下がる。走るスピードが落ちたようで声の揺れと雑音がさっきより収まる。

「ほやけどわたし、大丈夫って思った」

東京に行って、帰ってきて、そのときにちゃんと自信があったら言おうって思っていた。わたしから言おうって。摑まえておいてもらうんじゃなくて、今ではもうわたしが摑まえておかなきゃいけないほうだと思うから。わたしのほうが頑張って追いかけないと置いていかれそうだから。

「わたしの、福井にハイジャンやってるかっこいい彼氏いるんやーって、あっちで自慢できる自信あるよ。誰にも恥ずかしいなんて思わんよ。ええとね……自慢、させてください」

雑音が完全にとまった。はずんだ息遣いだけが電話越しに聞こえる。

「ほやで、もしよかったら……もしまだ……」

わたしなんか、とはもう言わないでおこう。

「わたしでよかったら……」

「涼佳先輩！　ストップ！」

そのとき耳にあてた電話の中からではなく、もっと遠くから声が聞こえた。

顔をあげて前方に目を凝らした。陽が長い夏も終盤だ。翳りはじめた田園風景のただ中を北陸本線の線路が日本海に向かってまっすぐ北上している。線路の向こうに広がる空は彩度の低いブルーとオレンジのグラデーションに染まっている。

人っ子一人見かけなかった道の先で立ちどまっている細長い人影があった。

涼佳はペダルを強く踏んだ。胸がどきどきするのは疲労で心拍数があがっているせいか、それとも違う理由か区別がつかない。ひと漕ぎごとに足に力が漲り、スピードがあがる。近づいてくる。立ち尽くして肩で息をしているのが見えてくる。部活が終わって着替えずに飛びだしてきたようでTシャツにハーフパンツ姿で、リュックの片っぽのストラップが相変わらず肩からずり落ちている。

『……今、〝出直し〟します。ぐずぐずしてすいませんでした』

電話の中からもう一度声が聞こえた。道の先では柳町が携帯を持った手をおろし、足を肩幅に開いて息を吸い込む。

「涼佳せんぱぁーい!!　おれとっ――――」

銀色の電車が涼佳の横を追い越していった。風が夏の穂を揺らして周囲の音をひとときき搔き消した。

「ちょっ……聞ぁわりぃーーーーっ」

柳町が頭を抱えた。涼佳は声をだして笑ってしまった。汗だくになってペダルを漕ぎ続けながら、潑剌《はつらつ》とした笑顔で「はい！」と返事をする。

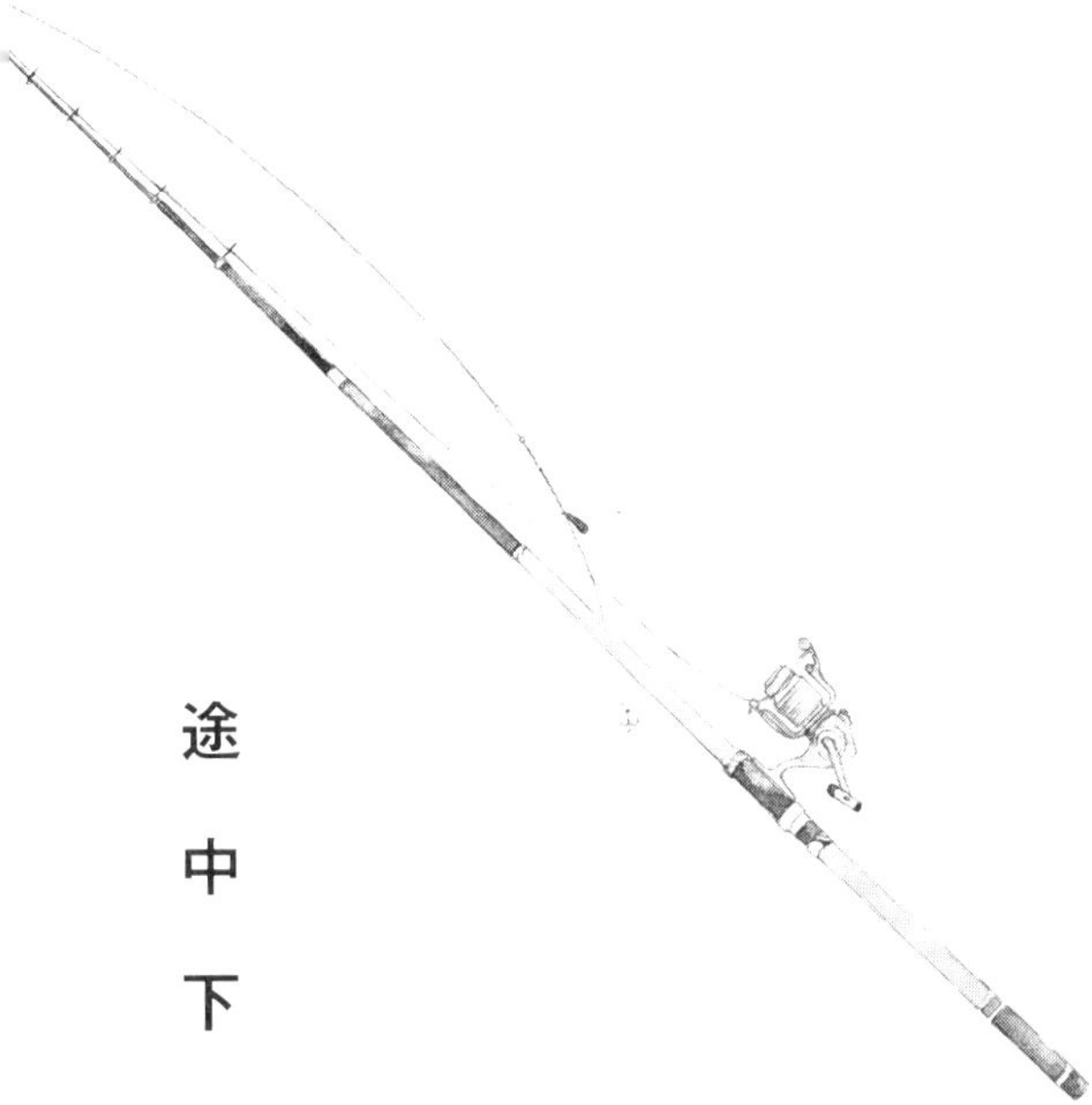

途中下車の海

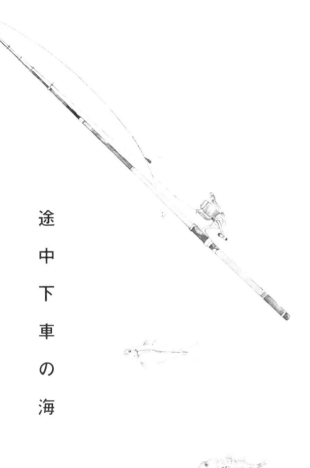

1

五分間の地獄を耐え忍び、待ち望んだ笛が鳴った。

「ラスト一本でーす」

が、時計係の一年の声がすぐに次の地獄のはじまりを告げた。

「おぇーラストやるぞぉー」

「おぇーっす……」

うめき声が半ば混じった声がほうぼうであがり、二十五名の部員が畳の上を緩慢に移動して相手を替える。五分間×十一本、ほぼインターバルなしで足を動かし、摑みあい、投げ、投げられ続けて全員精力を搾り尽くされている時間帯だ。乱取りの相手の決め方は特にないのでなんとなくのアイコンタクトで相手を見つけて組むのだが、十二本目ともなるとよく組む相手とはもう全員やった。

目に入る汗を拭《ぬぐ》い、おざなりに道着を直しながら長谷忍《はせしのぶ》は周囲を見渡した。あとやってないのは誰だ……目があったのは古賀《こが》だった。汗だくだが表情にはまだ力を残した古賀がお願いしますというように頷《うなず》いた。頭のてっぺんで結わえたちょんまげが一緒に揺れた。

組む気まんまんで両手をあげて近づいてくる古賀から長谷は視線を外し、

「――増《ます》！」

もっと遠くにいた増を呼びつけて組みに行った。古賀が中途半端な高さに両手を掲げて立ち尽くすのが視界の端に見えたが気づかなかったふりをした。

古賀を避けているわけではない。いや避けているといえばそうだが、悪意があるわけではない。古賀のほうは果敢に男子と組みたがるが、こっちにしてみれば白帯の女子とやっても稽古にならないのだ。

現部員数が奇数なのでいかんせん乱取りでは一人余りがでる。余った者がストップウォッチを拾って時計係になるのが部の慣例だ。古賀はすでにカウントダウンをはじめているストップウォッチを畳の上から拾いあげて首から提げると、道場の端で黙々と腹筋をはじめた。頭の上のちょんまげを一緒に寝たり起こしたりさせながら。

「手も足もとまってるぞ！　ラスト気合い入れろ！」

古賀以外の部員を叱咤《しった》する野太い声が畳の外から飛んできた。序盤まだ元気いっぱいだった頃と比べると部員たちの足や背が絶え間なく畳を打ち鳴らす音もすっかりキレが鈍《にぶ》ってもたついて聞こえる。気合いともうめき声とも判別がつかなくなった声が、道場に充満する湯気に包まれてこもって響く。

「長谷、増！　真面目に組め！」

名指しで怒鳴られて長谷はくそっと歯噛《はが》みをした。組み手を嫌がっているのは自分じゃない、増のほうだ。

何千本だか何万本だかわからないくらい組んできた増とは互いを知り尽くしている。身長164㎝、60kg以下級の長谷と身長180㎝、73kg以下級の増とでは20㎝近い身長差があるが、組み手争いで長谷が利を譲ったことはない。

柔道は体重が重いほうが確実に有利だ。原則的には軽い奴は重い奴に勝てない。重い奴のほうが楽に軽い奴に勝てると言い換えてもいい。その事実こそが、部内最軽量ながら主将をやっている長谷の強さを証明している。「強い奴が偉い」は柔道部の原則だ。柔道歴は十年以上。物心つく前から道着を着せられて畳の上に放りあげられた。重量級の柔道家である父のように身体《からだ》は大きくならなかったが、でかさと重さで圧倒してくる相手に対してスピードと技、そして度胸で勝負することを覚えた。柔道の真髄である「柔よく剛を制す」を体現しているのが超軽量級だと長谷は自負している。

すぼめた唇からヒュッと気を発して右手を伸ばし、増の左襟を摑んだ。増が下がりながら釣り手を切ろうとしてくる。そうはさせるかと増の懐に踏み込みざま身体をまわして増の腕を抱え込み、長身を背に担いだ。増が重心を下げて耐える。一瞬こっちが潰れそうになったが、

「だっしゃあ!」

かけ声とともに、増の長身を頭の上に引っこ抜いた。増の足が畳から浮いた。

長谷自身ももろともに前転する勢いで投げ飛ばした。

ピーーー。

胸をはだけてひっくり返った増を見下ろしたところで古賀がくわえた笛が鳴り、十二本目の五分間が終了した。

「三分休憩後、先生の前に集合!」

上体を起こして長谷が毅然《きぜん》とした声を張りあげると、ようやく終わったという溜め息やあえぎ声がどっとあがった。

水を求めるゾンビさながら部員たちが続々と道場をでる。廊下の水道の前にずらりと並んで道着の上衣を脱ぐとどの身体からもむわっと湯気が立った。「腹減ったあ」「死ぬー」といった嘆きがあちこちであがる。

水道の一番右端は主将の定位置というのが先代からの暗黙の了解になっている。この秋からは自分のためにあけられているその場所に長谷は入った。蛇口《じゃぐち》を握ると火照《ほて》った手のひらに金属の冷たさが心地よく染みた。

頭を下げて蛇口から直接水をがぶ飲みしていると、左隣に噌が立つ気配がした。

「なぁなぁ、今日古賀がなんかタッパー持ってきてたぞ。中身なんやろなぁ？　タッパーやもんな、手作りのなんかかな、クッキーとかそういう」

「まじで？」「手作りクッキー？」「おれらに？」と横一列に並んだ部員たちが一斉に噌の話に食いついた。

「やっぱ女子いるとすげぇげなぁ」

「いや女子っちゅうてもクッキーとか普通作るもんなんか？」

「おれ同《おな》クラですけど、古賀って〝お菓子作り〟趣味らしいっすよ。女子ん中でパウンドケーキ配ってんの見たことありますよ」

「ばうんどけーきってなんや。どんなんや」

「パウンドケーキですって。食ったことくらいみんなあると思いますよ」

「てかおまえなんでケーキの名前とかハイカラなもん知ってんじゃ。建築は洒落《しゃれ》っ気づきやがって」

「まー待て待て。盛りあがってるとこ水差すようやけど、おまえらがもらえるとはひと言も言ってえんぞ。誰か一人のために作ってきたんかもしれんやろ」

「誰か一人……っちゅうと？」

「ほりゃまあ、普通に考えてエースやろ」

そう言って増がちらちらと視線をよこしてくる。童貞感溢《あふ》るる会話に長谷は唯一加わらず、水しぶきが滝となって噴きだすくらいいっぱいにあけた蛇口に口をつけていたが、

「……全員やかましいんじゃっ！」

堪忍袋《かんにんぶくろ》の緒が切れた。

吐水口を手で押さえるとウォーターカッターのごとく圧縮された水しぶきが童貞一同の顔面に浴びせられ、一同が「おえーっ」とぜんぜんかわいくない悲鳴をあげてのけぞった。「長谷ぇーっ」一番近くで水の勢いをもろに浴びた増が裏声で叫び、蛇口をしっかり摑んでいる長谷の手の上から力任せに締めた。

「うちは柔道部やぞ。男バレみたいな話題できゃっきゃしてんなや。ほんなんやでうちはトップになれんのじゃ」

小柄な主将のドスの利いた一喝に一同が首を縮めた。

「男バレはきゃっきゃしてんのに全国常連やけどなぁ」

ずぶ濡れになった顔を拭って横やりを入れてきた増に「うるせえ」と小内刈《こうちが》りをかけておき（増が「ぬおっ」とすかしやがったので倒せなかった）、

「クッキーだのケーキだの食うくらいやったら飯と肉食ってプロテイン摂れっちゅうんじゃ」

「パウンドケーキはどっちかっていうとパンみたいなもんやし腹持ちもしますよ、長谷せんぱーい」

「握り飯んたなツラしてなにがばうんどなんちゃらじゃっ」

話の腰を折る発言をした建築科一年の鈴木健《たける》に大外《おおそと》刈りをかます。米俵みたいな体型におにぎりみたいな坊主頭をのっけたタケルが綺麗にまわってひっくり返った。そのままタケルの腕を取って関節を極《き》めにかかる。「長谷が暴れだしたぞー」「乱心でござる。殿中でござる」増たちが制止に入り、道場前の廊下はにわかにドタバタ騒ぎになった。

柔道部が縄張りとする道場は講堂を備えた特別校舎の半地下にある。三年が引退した十月現在、我が福蜂《ふくほう》工業高校柔道部の部員は主将の長谷忍、副主将の増浩之《ひろゆき》以下、男子が二十四名——女子が一名。

「いつまでだべってんじゃ！　集合やぞ！」

道場から響いた怒声が一時わいわいしていた空気を貫いた。

現れたのは190㎝の巨体を道着に包んだ小山のような男である。柔道部顧問・通称シャーク。細い吊り目にへの字に結んだでかい唇、髪を刈り込んでてっぺんをソフトモヒカン風にした、大型の肉食魚をどこか思わせる強面《こわもて》がそのあだ名の由来だ。

「すいませんっ」

長谷とタケルを除いた部員一同が姿勢を正して声を揃えた。渋々長谷がタケルを解放してやるとタケルがひぃひぃ喘《あえ》いで起きあがった。

シャークがのしのしと道場に戻っていくと、巨体の陰になっていた場所に古賀あゆみが立っていた。

「あの、たくさん作ってもたで、部活後にみんなにって思って……。アイスボックスクッキーっていうんですけど、まとめて作って種を冷凍しておけるんです。凍ったまんま輪切りにして並べて焼くだけで。模様もチョコとプレーンで渦巻きとかチェッカーとか、けっこう簡単に……」

想像力の範囲を超えた単語の羅列に男全員の頭の上にハテナが浮かんだ。リアクションが悪いのを別の意味に受け取ったのか、話すうちに古賀がしゅんとし、声が消え入りそうになっていく。頭の上のちょんまげがしおれてきて二葉みたいに左右に開いた。「長谷、長谷、謝れ」増が囁《ささや》いて肘《ひじ》で小突いてきた。なんでおれがと長谷が目で拒否したとき、古賀がきっとした顔をあげた。

「長谷先輩は食べんでいいですよーだ。そんなにプロテイン好きならバケツ一杯飲んでればいいんでないですか」

べえっと舌をだしてみせ、ぷりぷりして道場へ戻っていく古賀に一瞬唖然《あぜん》としてから、

「あほかっ、あんなもんバケツ一杯も飲めるかっ」

道場に向かって怒鳴る長谷に部員たちから「あほはおまえや」と言いたげな白眼《はくがん》が浴びせられた。「ツンデレってやつやげなあ。あれも可愛げやなあ」などと腕組みをして一人のほほんと頷いている増を長谷はまなじりを吊りあげて睨《にら》みつけたが、顔が火照るのを抑えられなかった。


「新人戦も近づいてきたで、今日から本立《もとだ》ち乱取りをやる」

膝頭に拳を置いて正座した部員一同を前にしてシャークが告げた。

本立ち乱取りとは一人が「本立ち」といってずっと乱取りに入り、相手だけが交代していくというものだ。大会前に取り入れるハードな稽古の一つである。

新体制になってから迎える県の新人戦が十一月上旬に控えている。福蜂工業柔道部のここ十年の団体戦の成績は、十年連続の準優勝——強豪、と言っていいのはたしかだ。しかし福蜂にとっ

ては決して満足していい位置ではない。

福蜂工業は男子運動部全般の強豪校として福井県内でその名を轟《とどろ》かせている。柔道部だって県王者に君臨して全国大会に連続出場していた時代もあったのだ。しかしこの十年はライバル校である鷺南《さぎなみ》学園に王座を明け渡し、我が部は「てっぺん」から遠ざかっている。私立の鷺南は県内のみならず県外の有望な中学生にも声をかけて選手を集めている。団体戦に90kg以上をずらりと揃えてくる学校などこの北陸の田舎の県では他にない。

十年前なら県内の中学で好成績を残した者はこぞって福蜂に入学していたものだが、今はこぞって鷺南に行きたがる。稽古は死ぬほど厳しいと言われているが、そんなことは本気で強くなりたい者にとっては抑止力にならない。

そう、こぞってだ。長谷を含めて——。

「今日一人目の本立ちは、古賀あゆみ」

意外な部員をシャークが指名した。「はいっ」と古賀が意気込んで立ちあがった。

「三分間三本とする。相手は一人目が長谷」

一番に名指しされ、思わず長谷は「はあ?」という声をだした。不愉快そうに眉を跳ねあげただけでシャークは長谷を無視し、「二人目が鈴木郷平《ごうへい》。三人目が増」と続けて指名した。

静粛に聞いていた部員たちも控えめにどよめいた。長谷は60kg以下級、タケルじゃないほうの鈴木であるゴーヘイは66kg以下級、増は73kg以下級の、それぞれ各階級の一番手だ。特に主将の長谷と副主将の増は団体戦においてレギュラー五人の中核を務める。

団体戦には勝ち抜き戦で五人抜いたほうが勝つ「抜き試合」と、五人が一戦ずつやる「点取り戦」の二つの方式がある。抜き試合では長谷が先鋒《せんぽう》となって先に相手の駒を多く潰すというのが新体制の基本の布陣だ。そして一番後ろの大将に増が控え、万一取りこぼしがあったぶんを抑える。相手校が弱ければ長谷一人で五人抜いてしまうことだってある。

先生、と長谷の隣から増が発言した。

「いきなり長谷からっていうんは古賀には厳しないですか？　長谷はうちのエースで県の万年二位ですよ」おまえそれは誉め言葉じゃねえ……と長谷はがくりとうなだれた。

団体戦で福蜂が万年県二位なだけではない。長谷個人としても、万年県二位だ。

「古賀の希望や」

「長谷先輩、お願いしますっ」

シャークの声にかぶる勢いで古賀が甲高い声を張りあげた。すでに試合で相対しているかのように丸っこい瞳でひたと長谷を見据え、

「手加減せんといてくださいよ」

「当たり前や」

仕方なく長谷は片膝を立てて腰をあげた。

一礼して畳の縁をまたぎ、試合場の中央に進みでる。シャークが審判に立ち、残りの部員が試合場の周囲に移動して座す。古賀が頭の上に両手をやり、ちょんまげを一度解いて結わえなおした。一つに集めた前髪をピンク色のヘアゴムに一回通してから、ゴムをねじってもう一回通す——女子っていうのは難しそうな手順を当たり前みたいにやってのけるものだ。束ねた髪を最後に二つに分けて引っ張り、根元にぎゅっと詰めた。

生徒の男女比率九対一の工業高校において、ピンクのゴムで髪を器用にくくって〝お菓子作り〟を趣味にするような〝普通の女子〟はそもそも稀少な存在である。それがなんだって男ばっ

かりの強豪柔道部に女一人で入部したのか、その動機は当初柔道部七不思議に数えられる謎だったが、古賀と同じクラスのタケルから「新歓で見た先輩に憧れて入部したらしいっすよ」という情報がもたらされると二年の過半数が「おれだ」と考えた。が、「おれだ」と思わないタイプであった増のひと言で状況が変わった。

〝一番強ぇ奴やろ？　どう考えても〟

説得力があった。一番強い奴がもちろん一番恰好《かっこう》いいからだ。

四月の新入生歓迎期間中の部活動発表会で柔道部は模擬試合をやった。特に華もない例年どおりの企画である。新入部員の大半は最初から入部を決めている経験者なので初心者の入部はもともと期待していないのだ。それでも模擬試合で長谷が豪快な一本背負いで増を投げ飛ばしたときには、柔道に馴染《なじ》みのない新入生からも大きな歓声と拍手が起こった。

新歓後に柔道部の門を叩いたのが、まさかの初心者の女子、古賀あゆみだった。歴代部員名簿を遡《さかのぼ》れば実に二十数年ぶりとなる女子部員の入部であった。柔道をかじった人間なら誰もがその苗字から〝平成の三四郎〟古賀稔彦《としひこ》を思い浮かべるだろう。名前だけなら柔道部に入るべくして入ったような名前なので期待したＯＢがわざわざ見に来たりもしたものだ。

「礼。はじめ」

お願いしますっと古賀がちょんまげをぴょこんとさせ、やあー、と単にかわいらしいだけの声で威嚇《いかく》して向かってきた。

組みあうなり古賀が自ら潰れるような無理な形で投げようとしてきたので「っと」と一瞬たじろいだ。６０kg以下級は男子の最軽量なので自分より軽い相手とやることはほとんどない。ちっ……やりにくい。

牽制《けんせい》のつもりの小内刈りだったが、だるま落としの一番下をはじいたみたいに古賀がこてんと尻もちをついた。古賀が「あっ」という声をだしたのでそんなに乱暴に刈ったかと焦った。いや手加減するなと本人も言ったんだ。男とやるのと同じだ。増が余計なこと言うから雑念が入るんだ。って真に受けてるわけじゃなくて、おれのためにあいすなんとかクッキー焼いてきたとか別に「なにやってる、時計とまってえんぞ！　抑え込み！」

シャークの怒声に背中を張られてはっとした。寝技ありかよ。聞いてねえし。審判をちらりと見てから古賀を抑え込みにかかった。ひっくり返されたカメ状態になった古賀が苦しまぎれに足をだしてくる。このまま固め技に入ったらべったり覆いかぶさることになるよな……と、躊躇《ちゅうちょ》したほんの一瞬の隙に、すいっと首の後ろに古賀の足が入ってきた。

「!?」

逆に引き込まれて古賀の股間に突っ伏した。周囲で見ていた部員たちがどよめき、身を乗りだすような空気になった。「あっ、ずりっ」「うらやまっ……じゃねぇ、はよ返せ返せ！」半分以上は声援よりも罵りと囃《はや》し声だ。うるせえ、わかってると思いながら横四方固めに持っていこうとしたが、

——ん!?

いつの間にか首と左腕を一緒に挟み込まれていた。三角絞めだと!?　柔道はじめて半年の白帯の女が絞め技使うって、なんだそりゃ!?

古賀の足を摑んで首を抜こうとしたが、抜けない。完全に極《き》められている。ならば持ちあげて返そうとした。女子を持ちあげられないことはないと思っていたが、長谷の体重ではそれほど体重差のない古賀をこの体勢からでは持ちあげられない。

抵抗すればするほど古賀の膝裏が頸動脈に食い込んできた。血管が圧迫され首から上に血がまわらない。物理的な視野ではなくもっと脳の奥のほうで急速に視野が絞られる感覚。やばい。落とされる。黄信号が全身を駆け巡った。ギブ——畳を叩こうと無意識に右手の指が浮いた。

古賀の足と自分の腕との狭い隙間からつい古賀の顔を見た。長谷の袖をしっかり握りしめたまま古賀は必死の形相で歯を食いしばっていた。ギブしてくださいと涙がうっすら滲《にじ》んだその目が言っていた。

その瞬間プライドが頭をもたげた。嫌だ。冗談じゃない。


「お父さん、すいませんっ」

という自分の声で飛び起きた。

畳のまわりで部員たちが目を丸くしていた。長座したまま長谷は茫然《ぼうぜん》自失して周囲を見まわした。

背後で膝をついたシャークに背中を支えられていた。シャークの活で復活したようだ。本当に落とされたことをそれでようやく理解した。数十秒か、せいぜい数分だろう。脳にまだ酸素が戻っていない気がして左右に一度ずつ頭を振った。

と、肩を細かく震わせていた部員たちが耐えられなくなったようにどっと笑いだした。

「お父さんすいませんって！　どこにいる気やったんや？」

圧迫から解放された血管に必要以上に血液が流れ込んで顔から火を噴きそうだった。なんの夢と混ざってあんな寝言が飛びだしたのか……ぜんぜん思いだせない。

畳の対角線上の端っこに古賀が正座していた。あらためてシャークが古賀を示し、

「一本」

古賀の顔に喜色が広がった。長谷は表情を変えないようにして目を背けた。

「気分悪いな。端で座ってろ。ほんなら続けるぞ。次、二人目」

「は、はい」

鈴木ゴーヘイが返事をして立ちあがった。長谷は場所を追われるように試合場をでる。「古賀って強ぇんか？」ゴーヘイに耳打ちされ、「いや……別に」とだけ長谷は答えてすれ違った。実際立ち技に関してはまるで強くなかったのだ。

増の隣に戻って座した。

「……おまえが教えたんやろ」

視線を前に据えたまま増のほうに身体を倒し、恨めしげに囁いた。

三角絞めは長身で手足が長い増が得意とする技だ。立ち技もまだまともにできない初心者が三角絞めやってくるなんて誰が思う？

「女と寝技やってる暇あったらおれと練習しろや」

「エロい言い方すんなって。先生に言われたんや。古賀は運動神経いいほうやないで寝技教えてやれって」

という答え方で増は長谷の疑惑を肯定した。

立ち技はセンス、寝技は練習量とはよく言われることだ。たしかに寝技なら腕力も体重もない女子でも男子に唯一勝てる可能性がある。完全に入ってしまえばどんな猛者《もさ》でも外すことは難しい。とはいってもやはり三角絞め一つできるようになったところで、そもそも寝技に持ち込めな

ければそれも発揮しようがない。

古賀がゴーヘイにあっけなく倒された。ゴーヘイが抑え込みに行こうとするが古賀はさっきのように仰向《あおむ》けになって足で牽制する。「足気ぃつけろ！」と長谷は思わず声を飛ばした。さっきもあの体勢から引き込まれて瞬時に攻守が逆転したのだ。長谷に言われるまでもなくあの三角絞めを見ているゴーヘイは不用意に上から抑え込むことはしなかった。攻めあぐねているうちに「まて」がかかった。

両者立ちあがって仕切り直しになったが、６６kgのゴーヘイが相手になると一気に体重差が開き、古賀は組み手から苦労していた。組んでも古賀が振りまわされるだけといった感じだ。やはり油断さえしなければ簡単に寝技に持ち込まれることはない。

……油断さえしなければ。

また顔が熱くなった。

「それまで」

三分間が終了した。ゴーヘイに対しては古賀は一つも有効な技をかけることができず、膝に手をついてはあはあと息を荒くしていた。


「正面に礼」「ありがとうございました！」

「先生に礼」「ありがとうございました！」

長谷の号令で礼をして稽古終了となり、掃除のために部員たちがばらける中、「長谷は残れ」とシャークに声をかけられた。どう考えても説教以外のはずがないので長谷は仏頂面《ぶっちょうづら》をしつつ一度あげた尻を再びおろして正座した。道場の正面にある神棚を背に、190㎝の巨漢がでかい尾びれみたいな両足を開いて立っている。道場の四方に散った部員たちが気遣わしげな視線を送ってくるのを感じていたたまらない。

「小内で倒したあとなんですぐ抑え込みにいかんかった？」

古賀との本立ち乱取りの話をされていることはすぐわかったが、一本負けしたことではなかったのは予想外だった。

「なんでっていうか……寝技ありやと思わんかったんで」

「乱取りんときもおまえ、立ち技かけたらほんでやめてたな。試合んときも投げたら引き手放して終わりでいいんか」

長谷は心外な顔でシャークを見あげた。申し訳ないといったように見守っている増の顔が視界の端にちらついた。

「あれは増のほうが逃げ腰やったで……試合んときはそりゃ抑え込みいきます」

「稽古んときに試合を想定してやらんでどうする!?　おまえが弛《たる》んでんでねーんか!?」

突如シャークの怒声が爆発した。高波とともに鮫《さめ》の口腔がぐわと迫ってくるかのような迫力に道場にいた全員が息を呑んだ。

空気が磨《す》り潰されるような重苦しい沈黙が一時おりる。部員全員が聞いている前で怒鳴りつけられ、全身から急速に体温が引いていく。目の前に立つシャークの扁平足《へんぺいそく》を睨みつけ、冷たくなる指を拳の中に握り込んだ。早く終わって欲しい……今すぐここから消えていなくなりたい。なんでおれが標的にされるんだ。弛んでるのはおれじゃないだろ、女子部員に浮ついてるのはおれ以外の全員じゃないかと不満が喉まででかかったが、

「……すいません……」

頬の内側に空気を含んで不明瞭な声で謝った。下唇を突きだして俯《うつむ》いていると、シャークの鼻息が短髪のあいだを吹き抜けて地肌にまで届いた。

「親父さんとこでやりたかったんやったら鷺南受ければよかったんじゃ」

シャークの言葉に心臓がどくんと鳴った。

落ちていた数十秒やそこらのあいだにいったい自分はどこの時間をさまよっていたんだろう。柔道を父に習いはじめた四つ五つの頃か。町の道場に通っていた小学生の頃か。もしくはもっと最近か？　稽古で父に投げられたときか？　中学の試合で勝てなかったときか？　もしくは、鷺南の推薦枠はやれないと父に言われたときか？　だったら鷺南は受けないと父の前ではっきり言ったときか？

「……おれかって、好きで福蜂でやってるわけやないです。鷺南に差ぁつけられたんは、顧問の差でもあるんでないですか」

自分の中で生まれた毒で舌がぴりぴりした。チームと顧問への毒だ。主将の口から吐きだされたその毒を部員全員が聞いていた。沈黙が道場を覆い、どうにか取りなそうとした増が口をぱくぱくさせる音すら聞こえた。

鷺南学園柔道部の顧問に迎え入れられ、福蜂を王座から追い落とした人物こそが、講道館柔道五段、高校教員にして福井県柔道選手権を三連覇した経歴の持ち主、長谷鋼志《こうじ》——長谷忍の父だ。シャークは父の一学年下で同じ階級だったが、学生時代から社会人に至るまで父に勝てたことがないと聞いたことがあった。

海水を大量に呑み込むみたいにシャークがゆっくりと息を吸った。さっきのような怒声の高波は襲ってこなかった。ただ静かに、深海の水圧で押し潰すような重く低い声で宣告された。

「……ほうか。ほんならもうおれんとこで稽古することねぇな。もうでてこんでいい。新人戦もださん」

2

体調が悪いわけでもないのに稽古を休んだのは十年以上の柔道人生で初めてだった。道着が入ったエナメルのスポーツバッグがいつもよりずっしり肩に食い込んでくる。小さくたたんで帯できつくくくった分厚い道着は実際に質量の塊《かたまり》だが、今感じている道着の重さは、たぶん罪悪感の重さだった。

日曜も朝から部活があったが少々寝過ごした。知らないうちにアラームが止まっていた目覚まし時計を見て慌てた。父は自分の部活を見るため曜日に関係なく毎朝早くから登校していく。看護師の母ももう出勤していた。まだ半分寝ぼけてたんだと思う。技をかけるタイミングを目が認識した瞬間考えずとも脊髄反射で身体が動くのと同じで、道着を摑んで家を飛びだした。

えちぜん鉄道というローカル線で長谷は福蜂工業高校がある福井市中心部へと通っている。えちぜん鉄道には〝山方面〟である勝山永平寺線《かつやまえいへいじ》と〝海方面〟である三国芦原線《みくにあわら》の二路線があり、長谷の家があるのは〝山方面〟だ。JRと接続する福井駅が始発なのは両路線とも同じだが、二つ先の福井口《ふくいぐち》駅で〝山方面〟と〝海方面〟の二手に分かれて線路が続いていく。

電車に乗って学校が近づくうちに、遅まきながら昨日シャークに怒鳴られたことを思いだした。このまま終点に着いたら部活に行くしかない。でてくるなと言われたのに行っていいのか？

とはいえ行かなかったら行かなかったで来るなと言われて本当に休むなんて今の若い奴は根性がないなんてまたぞろ怒られるかもしれない。だったら行くのか？　どんな顔で？　昨日はすみませんでした、稽古させてくださいってシャークに頭を下げるのか？――絶対嫌だ。おれは一回は謝ったんだ。なんでこれ以上下手《したて》にでなくちゃいけないんだ。

福井口に停車したとき、思い立ってそこで降りた。家に引き返して不貞寝《ふてね》しよう。今日は誰もいないし咎《とが》められることもない。そう考えて、福井方面から来た次の電車に再び乗った。

……サボってしまった。動悸がしてしばらくエナメルバッグをきつく抱えて俯いていた。車内アナウンスにもまったく注意を払っていなかったから、気づいたのは何駅か通り過ぎたあとだった。

これ、三国行きじゃねえか。〝海方面〟だ。

かくして日曜の日中から三国港《みなと》の波止《はと》の突端に一人立ち尽くし、放心して海を眺めている自分がいるのであった。コンクリートに白波が打ちつけ、細かな潮のシャワーとともにひやりとした冷気を運んでくる。

学校に行くのを拒否して衝動的に海行きの電車に乗ってしまうとかいう、ポップスの歌詞でさんざん歌い尽くされたような行動をまさか自分自身がするとは思ってもいなかった（部でカラオケに行くことはたまにある。シャークだって歌う。シャークの十八番《おはこ》を聞かされ続けたおかげで柔道部員はジュンスカとかブルーハーツとかが歌える）。

十月の日本海は猛《たけ》っているが、釣り人たちが腰掛けをだして竿を並べている風景はのどかそのものだった。たぶんピークの時間帯でもないのだろう、釣り糸やウキにあまり注意している様子もなく握り飯をかじっている者なんかもいる。

外海側《そとうみ》には三国のビーチが続いている。夏場は海水浴客で賑わうビーチは今日は人っ子一人見当たらないが、沖のほうに目を転じれば、日本海の波に挑むサーファーの姿がイルカが黒い頭を突きだすようにぽつぽつと見えた。こんな荒れた海によろこんで入る神経が長谷には理解できない。カナヅチだから余計にそう思うんだろうが。柔道部員はあまり水に浮かないのだ。

スニーカーのつま先から白波が立つ海面へと岩壁が落ち込んでいる。こんな場所に立っていることが怖くなり、身震いして引き返そうとしたときだった。

「長谷？」

と呼びかけられた。こんなところで知りあいに姿を見られるとは思わなかったので長谷は飛びあがって振り返った。

「長谷やろ？　入水自殺《じゅすい》でもしそうな感じで突っ立ってる奴いると思ったら……」

ポケットがたくさんついた釣り用のベストを身につけ、釣り竿のバッグやクーラーボックスを両肩に掛けた男だった。見覚えのない顔に長谷は一瞬リアクションできなかったが、年季の入った釣り人然とした風貌《ふうぼう》が学校で会うときの風貌とようやく重なり、

「……あ！」

声をあげた刹那、知らず知らず後ずさっていた踵《かかと》が岩壁を踏み外した。

身体が大きく後ろに傾いた。「うわっ」振りまわした腕が空を掻《か》く。「長谷！」男が驚いた顔をして飛びつくように手を伸ばしてきた。

エナメルバッグのストラップを摑まれてぐんっと引き戻された。助かったと思ったのも束《つか》の間、脇に引っかかったストラップが結局すっぽ抜け、下半身から嵌《は》まり込むように海に落下した。

あっという間に黒い波が襲いかかってきて海中に頭が沈んだ。柔道部員は水に浮かないんだ！

もがいた拍子に肺の中にあった空気が口から抜けた。沈む――――！

今こんなタイミングで溺れ死んだりしたら部活で怒られたことを苦にして飛び込み自殺したって思われるのかなと、頭の半分の妙に冷静な部分が考えた。シャークの責任問題になったりするんだろうか。死ねばあてつけになるんだったら、あてつけてやりたい気もしないことはないなとすこし考えてしまった。

待てよ。古賀に負けたから恥ずかしくて死んだなんて万一思われたら死んでも死にきれない。

「――長谷！　聞こえるか？　こっちゃ、浮いてこい！」

波の向こうで呼んでいるくぐもった声がかろうじて聞こえた。いったん顔が空気のある場所へでた。途端に恐慌が襲ってきて「たっ、たすけ、泳げんのやっ……！」

「それに摑まれ！　右手んとこや、ほや、それ！」

男の声がはっきり聞き取れるようになった。言われた方向に視線を巡らせると白いものが目の前に浮いていた。無我夢中でそれに手を伸ばしてから逆さまになったクーラーボックスだとわかった。なんとか摑まったが落ちた場所から徐々に流されつつある。「なんや、落ちたんかぁ!?」「ほやー！」波止の上に釣り人たちが集まってきた。

「じたばたしたら沈むで、摑まっておとなしくしとけ！　すぐ助け来るで！」

上から聞こえる声に力づけられ、パニックに陥りかけつつも長谷は懸命にクーラーボックスにしがみついた。

「福蜂《うち》っぽい制服着た奴が映研のショートフィルムばりの青春漂わせて黄昏《たそが》れてると思ったら、

海に落ちるってオチつきってなぁ。まじで映研のシナリオでないんか？」

「……映研が撮るんやったら柔道部なんか使わんやろ。もっと見た目が爽やかな部に声かかるわ。だいたい最後のオチがついたんは平政《ひらまさ》がいきなり話しかけてきたでやろ」

借りたタオルの下で長谷はもごもごと言い返した。我が校の映画研究会が撮る作品はやたらドリーミィで有名なのだ。男と汗と油にまみれた日々を送る工業高校生が日頃溜め込んでいる願望・妄想・心の叫びが恥ずかしげもなく詰め込まれていて、これが全福蜂生の共感を誘い文化祭の名物コンテンツとなっている。

すぐさま漁業組合にＳＯＳが伝わり、クーラーボックスに掴まったはいいものの沖へと流されつつあったところを漁船に助けあげられた。そして漁業組合の事務所に保護されたというのが顚《てん》末《まつ》だ。バッグだけは救いあげられていたので濡れずに済んだ道着に着替えた。部活をサボったのにぜんぜん無関係な場所で道着を着るハメになってしまった。

秋口だが屋内にはもう石油ストーブが入っていて、冷えた身体はすぐに暖まった。壁には港の航空写真やらなにか立派な魚の魚拓やらが貼られている。海の神が祀《まつ》られているのか、上のほうには神棚もあった。

タオルを肩までおろして物珍しげに部屋の中を見まわしたあと、簡易な台所の前に立っているずんぐりした背中に目をやった。白い湯気がたなびくヤカンをコンロに置いて平政がこっちを向いたので、長谷はさっと顔の向きを戻した。

平政がマグカップを一つ長谷の前に置き、応接テーブルを挟んで向かい側のソファに腰をおろした。

「コーヒー飲めるやろ？　まあインスタントやけど」

「あ、ああ、さんきゅ……」コーヒーなんて実はほとんど飲んだことがないが飲めないとも言え
ずにカップに手を伸ばした。
「平政は、ようここ来るんか？　釣りに？」
装備も玄人っぽいし、海に落ちた者を助ける手際も堂に入っているふうだった。自分だったら
クーラーボックスを浮き輪がわりに投げ込むなんていう段取りを思いつかない。平政の的確かつ
迅速な対処がなければ溺れていたと思うとあらためて肝が冷えた。
しかしそれと漁業組合の事務所で勝手知ったる他人の家とばかりコーヒー淹《い》れてることとは別
問題のように思う。いったいどういう関係で出入りしてるんだ？　苦いお湯をすすって上目遣い
に平政の顔を窺《うかが》っていると、平政がひょいと眉をあげた。
「仲いい奴の親父がここの人なんやって。ほんでおれも昔から出入りさしてもらってるんや」
先入観のせいだろうか、平政の「仲いい奴」という言い方には「昔から一緒にヤンチャしてた
ツレ」みたいな響きを感じた。
平政……洋《よう》、だったと思う。平政洋は二年で同じクラスになったクラスメイトだが話したこと
はほとんどない。もしかしたら今日初めて話したんじゃないかというくらいだ。長谷と特別交流
がないわけではなく、クラスに平政と親しい人間はいないと思う。歳が一つ上らしい。嘘か本当
か知らないがマグロ漁船に一年間乗っていたとかなんとか。
背丈は１８０㎝はあるだろう。増と同じくらいだが、細身でカマキリっぽい体型の増よりもず
っとがっちりしている。おしゃれボウズというのだろうか、短くした髪は金色に脱色されていて、
眉も薄い。耳にピアス穴が複数あったが、なにもつけずに穴を晒《さら》しているのがカンベツ帰りみた
いな雰囲気を醸していて凄《すご》みがあるのだった。

平政には「ガチでヤバい奴とつきあいがある」という噂があった。福蜂はとかく運動部の勢力が強いが、その運動部の主将やエース級といった中心人物にその「ヤバいツテ」でもって貸しを作って言うことを聞かせているというのである。同学年だけでなく三年の中にも平政に逆らえない生徒がいるという。

夏休み明けには何日か停学になっていたはずだ。長谷を含めて何割かの福蜂生が通学に使っているえちぜん鉄道の車内で他の乗客を殴ったとか。相手のほうが乗務員に絡んでいた迷惑客だったという話も聞いたが、そういう噂もあったので、真面目な運動部員は近寄らないほうがいいと言われているのだった。

「ところでひょんな縁もできたことやし、長谷にちょっと頼みたいことがあるんやけど」

何気ない顔でコーヒーに口をつけていた平政がふいに言いだした。声色が変わったわけではなかったが、いくらかゆっくりになった口調に脅迫じみたものを感じ取って緊張が走った。考えてみればパニックになって平政に助けを請うた自分も〝貸しを作った〟ことになるんじゃ……。

「聞いてくれるけ？」

平政が膝の上に肘をついて顔を突きだしてくる。安易に頷いたらクスリでも売らされるんじゃないかという雰囲気だ。

「いっいや、話によるし、聞いてみんことには……」

弱気を見せたらつけ込まれる。胸を張り、声がうわずるのを抑えて答える。平政は体格はいいし喧嘩慣れしていそうではあるが、本格的な格闘技経験はさすがにないのではないか。こっちは物心つかない頃から柔道やってるんだ。素手なら負けることはないはずだ。万一摑みあいにでもなったら投げ飛ばしてすぐ逃げるしかない。目だけでそっと出口の場所を探る。

「釣り部、入ってほしいんや」

と、身を乗りだした姿勢から平政が頭を下げた。

「……ん？　釣り……部……？」

完全に予想外の単語がすぐには頭に入ってこなかった。顎《あご》をあげてのけぞりつつ長谷が絶句して平政の脳天を見下ろしていると、

「ほや。おれ釣り部部長やで」

「釣り部……えーと、うちに釣り部なんてあったんか」

「れっきとした部やぞ。部室もあるし部費ももらってるし。運動部ほど優遇はされてえんけどな。ほやけど今度三年抜けると頭数揃わんくなるで、同好会に格下げになる可能性があるんや。部室没収になったらタックルの置き場なくなって困るんやって」

平政がまた身を乗りだしてたたみかけるように言ってくるので「ちょ、ま、ちょっと待ってくれ」ソファの背もたれに背を貼りつけて慌てて遮《さえぎ》った。「話はまあ、わからんでもないけど、おれ柔道部やで入れんって」

「幽霊部員でいいんやって、名前書いてもらうだけで。他も名前だけ借りてる奴らばっかで、どうせおれ以外全員幽霊部員やでな。ちょろっと名前書く以外なんもすることないでだーいじょうぶやって」それ絶対大丈夫じゃないやつだろ？　大丈夫大丈夫って言われてハンコ押したらまずいやつだろ？

「もしかして、うちの運動部の連中が軒並み借り作ってるって噂……」

「おお、聞いたことあるんやったら話が早いわ」

平政が頭をあげてにやりとした。唇の端から覗《のぞ》いた八重歯がなんだか凶悪な魚のノコギリ歯の

ように見えた。

「シーズン終わると浜練でこのへんに体力作りに来る部多いんやけど、まーどの部にも一人は阿呆がいてな、調子乗ってはしゃいで溺れかけたりするもんでなあ」

「それを今日みたいに助けて、恩売って名前書かしてるっちゅうわけか……」

「恩売るなんて人聞き悪ぃな。人命救助やぞ？」

あきれ返る長谷にしれっとして平政はのたまった。

3

月曜の休み時間、教室の戸口に増の顔が見えた。昨日のことでなにか言いに来たんだろうと長谷は心の中で身構えた。自席についている長谷の姿に増もすぐに目を留めて入ってこようとしたが、そのとき席に近づいてくる別の人影があった。増が驚いた顔をし、迷った末に戸口から引っ込んだ。

近づいてきたのは金色の頭をしたクラスメイト、平政だった。学ランのかわりに原色のトレーナーをだらりと着た姿をあらためて教室で見ると昨日の釣り人の恰好のほうが百倍似合っているように思う。

「これ持ってきたぞ」

と平政が気易《きやす》く言って長谷の机に大学ノートを置いた。角が折れて薄汚れた表紙に男っぽい字で『釣り部　部員名簿』とでかでかと書いてあった。

平政が長谷の前の席の椅子を引いてこっち向きに座った。ガタイのいい平政に目の前に座られるだけで普通の神経の人間なら緊張で胃が痛くなるんじゃないかという威圧感がある。

「おれまだ名前貸すとは言ってえんぞ……」

迷惑顔をする長谷にかまわず平政がノートの真ん中へんのページを開いた。そこが最新のページのようで、一行おきに本人の自筆と思《おぼ》しきまちまちな筆跡でクラスと氏名が連ねられていた。

総じてヘタクソな名前の連なりに長谷は仕方なく目を落とし——目を通すうちに、「まじかよ……」と呟《つぶや》いていた。

噂どおり錚錚《そうそう》たる面子《メンツ》が並んでいた。野球部、サッカー部、ラグビー部、レスリング部……各部の元、あるいは現主将やエース級として長谷も名前を知っている有名人ばかりだ。福蜂の校内の有名人とは県内の高校における、ひいては北信越内におけるその競技の有名人とほぼイコールである。

「陸奥《むつ》先輩もか!?」

三年の陸奥は先代の柔道部主将で90kg以下級の実力者だ。

「あの人なにひっそりかけもちなんかして……ん？　こっちの三年の四人って水泳のメドレーリレーの四人やげな。この人らも海で溺れたんけ？　水泳部のくせに……」

しまいには名簿を引ったくらんばかりに食いついてツッコミを入れる長谷に平政が満足そうににやにやし、

「水泳の連中はお遊びで遠泳競ってたら波高なって帰ってこれんくなったんやったっけな。あれはけっこう大事《おおごと》になったな、ヘリ要請するかどうかってギリギリまでいって」

「陸上の蓮川《はすかわ》と……三村《みむら》まで!?」

蓮川は走り高跳《たかと》びで北信越大会に進出した陸上部期待の星だし、三村がエースを張る男子バレー部に至っては全国大会の常連だ。同学年の二人とは大会前に声をかけあうくらいには親しいが、釣り部に名前を貸してるなんて話は聞いたことがなかった。

「陸部は冬場はほとんど毎週来てるでな。蓮川は浜練でくたばってたら満潮んなって波に呑まれたんやったな。三村は派手やったなあ。ボール追っかけて堤防からダイブ」

「うちの運動部、あほばっかりか……」

頭を抱えてうめく長谷である（ちなみに男バレに関しては体力作りに浜に来たもののビーチバレー大会になったという話を後に三村の口から聞くことになる）。

「おれはここな」

と平政がページを一ページ前にめくると、その先頭に平政洋という名前と、一年のときのクラスが書かれていた。

「どや、名前書くハードル下がったやろ。幽霊部員でいいんやって。本命の部に人生懸けてる奴らばっかりなんやで」

平政がページを戻し、空白の行を指先ではじいた。

たしかに県で一、二を争うようなレベルで努力している奴らばかりだ。このリストに自分の名前が連なるのは、正直なところ、悪い気分ではない。

しかつめらしい顔をしつつ缶ペンケースからシャーペンをだし、クラスと名前を書いた。

2－機械1　長谷忍
「長谷は忍っちゅうんか。らしいな、なんか」

「ほうけ？」

「なんか柔道やってる奴っぽいげ」

そういう平政は釣りをやってる奴っぽい名前だ。

「サンキューな。これでまたしばらくは降格のピンチ免《まぬが》れるわ」

名前さえ書かせれば用事は済んだということなんだろう。ノートを回収して席を立った平政を、

「なあ、今日も釣り行くんけ？」

と長谷は腰を浮かせて呼びとめた。席を離れようとした平政が不思議そうに振り返った。

「ん、ああ？　当然」

「ガッコ終わってから行くんけ？」

「いや、ほれやとこの時期は着いたらすぐ暗なってまうで、五限終わったら抜けて行ってまうわ」

授業より釣りを優先することに悪びれたふうもない言い方だ。

放課後になったらどうせまた増が迎えに来るだろう。六限が終わるまでバカ正直に教室に残っていたくはない。

「おれも部員になったんやで、行ってもいいんやろ、釣り。幽霊部員は出席したらあかんってことないやろ」

「えー……」と平政はあからさまに気乗り薄な反応をした。「おれいつも一人で行ってるし、素人連れてくんは邪魔なんやけどな」

「邪魔やって言われても、部員なんやで参加する権利あるやろ」

そもそも誘ったのは平政である。重ねて長谷が言うと平政は反論できずにただ口をむにゃむにゃさせた。昨日から一方的に主導権を握られていたような気がしていた平政から初めて先手を取ってちょっと気分がよかった。

＊

部室で平政が釣り竿を五本も六本も選びだし、それらを収めたロッドケースという長いバッグやクーラーボックスや工具並みに細かな道具が収められたツールボックスなどを二人で分担して担ぎ、福井駅発十四時三十九分の三国港行きの電車に乗った。

通学時間帯は二輛編成で運行している路線だがこの時間は一輛編成でもがらがらだった。客室側には年配者が幾人かと、夫婦連れの観光客が一組、それに淡いベージュ系の制服を着た女性の乗務員が乗っているだけだった。平政と一人一つずつ四人がけのボックス席に陣取って荷物を置いても誰の迷惑になるでもなかった。通路を挟んで平政と斜向《はすむ》かいになる形で座った。

この時間に乗って終点の三国港に着くのが三時半だ。陽が短くなってきたこの季節、明るいうちに釣りを楽しめるのは一時間半といったところだろう。なるほど六限をサボって早い時間の電車に乗らねばならないのも仕方ない、いや学業が本分なのだから仕方なくはないが。

「こんな大荷物担いで毎日遠出するほど釣りって面白ぇんけ？　だいたい釣りって釣り糸垂らしたらあとは魚かかるの待ってるだけやろ。退屈でないんか」

素朴な疑問を口にすると、平政が隣に置いたクーラーボックスに頬杖をついて訊《き》き返してきた。

「ほんならおれも訊くけど、柔道ってそんな面白ぇけ？　痛ぇイメージしかねぇげ。ああ、受け身取りゃ痛《いと》ねぇんか」

「受け身取っても何十回も投げられたらそりゃ相当ダメージ来るけどな。寝技は寝技で死ぬほどきついし」

「なるほど？　きついで嫌んなってサボったんか」

などと納得されるのは長谷としては不本意だ。

「稽古がきついことなんか今さらなんでもないわ。こっちは十年以上毎日やってんやぞ」

むっとして答えると、平政も薄い眉をひそめて声色を険しくした。「ほんならなんでついてきたんや。釣りに興味あるわけでもないんやろ」釣りを貶《けな》すようなことを言ってしまったのが平政の気に障《さわ》ったようだ。

「それは……」

昨日と今日で二日も無断で休んだ。二日間も柔道をまったくやらなかったことなんて今まであっただろうか。二日休んだらきっと取り戻すのに倍はかかる。

「顧問とちょっと、衝突しつんて、もう来んなって言われたで……」

「ああ、柔道部の顧問って鮫島《さめじま》やったか。あいつムカつくげな。いつもふんぞり返ってて偉そうやし」

「まあ、たまには、な。いつもムカつくってわけやないけど……。ふんぞり返って見えるんは胸板のせいでないんか」

「なんや、真面目かおまえ。顧問の悪口言うんが怖ぇんか」

「真面目ってわけや……」

煽《あお》るような言い方をされて反論しようとしたときだった。

「こんにちは」

通路から柔らかい声をかけられた。

若い女性の乗務員がゆっくりした足取りで座席のあいだを歩いてきた。「ち、ちわ」と長谷は緊張気味の挨拶を返した。なにしろ男だらけの工業高校で柔道まみれの生活を送っているので綺麗な女の人とコミュニケーションを取ることなど滅多にない。

「乗り越しですか?」

「あっはい、えーと」

助けを求めて平政に目を向けると、直前まで通路側に向けていた身体を平政は急に窓側に向けていた。

「終点まで」

平政がぶっきらぼうに言って突きつけるように通学定期を見せた。「あ、一緒です」あたふたと長谷も倣《なら》う。「はい。三国港までですね」乗務員が形ばかり二人の定期を確認し、乗り越し切符に料金を書き込んで手渡してくれた。

えちぜん鉄道は運転士一人のワンマン運転なので車掌は乗っていないが、〝アテンダントさん〟と呼ばれる乗務員が乗っている時間帯がある。乗り越しの精算に応じたり、駅員がいない無人駅ではホームで切符を受け取ったり、また観光客向けに周辺の観光地の案内をしたりするのが仕事のようだ——朝夕の通学時間帯には乗っていないので沿線が地元のわりに長谷も詳しいことは知らないのだが。

「今日はお友だちと一緒?」

「あっはい、いや、友だちってわけでも」

わざわざ言いなおしてしまったがクラスメイトなんだから友だちでいいのか。雑談を振られて焦る長谷にアテンダントはにっこりし、平政にも笑みを向けた。

「今日も釣り気をつけてくださいね。それとあんまり授業サボっちゃ駄目ですよ」

平政はそっぽを向いたまま舌打ちしただけだった。「おい……」と長谷は小声で咎めた。アテンダントが眉尻を下げて口をつぐんだ。しかしすぐに気を取りなおしたように、さっきよりもちょっぴり弱々しく微笑んで「それじゃあ……」と離れていった。

車輛の揺れに足を取られつつゆっくりした歩調でバランスを取って歩いていく後ろ姿を首を伸ばして見送っていると「あんま見んなや」と平政に不機嫌そうに言われた。背もたれの陰に首を引っ込め、

「顔覚えられてるんやな。この時間ほとんど毎日乗ってりゃ覚えられるか」

昨日の平政はライトグレーのライフベストにワークパンツにワークブーツといういでたちで、二十代後半と言っても疑われることなく通用しそうだったが、学校帰りの今日は制服姿だ。制服を着ていれば平政だって一応高校生に見える。制服姿の高校生が凝った釣りの道具を担ぎ込んで毎日のように〝海行き〟の電車に乗っていれば印象に残るだろう。

と、考えていて気づいたことがあった。

「えち鉄で客殴ったって話聞いたけど、もしかしてあの人を助けたんか？」

乗務員に絡んでいた迷惑客を殴って停学になったという例の話だ。ガラスの向こうにいる運転士に絡む状況というのも考えにくいし、女性の乗務員に絡んだ客がいたと考えたほうが自然だ。もう一度背もたれ越しにそっと窺うと、アテンダントは夫婦連れの観光客になにか訊かれてにこやかに応対していた。丸いつばつきのハットが丸顔に似合っている。美人というよりかわいい系といった雰囲気の女性だ。歳は二十代前半くらいだろうか。

へぇ、と頬がゆるんだ。ああいう感じがタイプなのか。「なにがへぇや」平政が足を伸ばして長谷の側の座席を蹴ってきた。平政自身はいっさい座席の向こうを見ようとせず、尻の位置をず

らしてでかい身体を背もたれの陰に沈めていた。俯いた顔がほんのり赤らんでいた。

「脈あるんでねぇんか？」

意外に純朴な平政の反応が面白くてつい焚《た》きつけてしまう。なんだかんだで長谷も映研製の恋愛ショートフィルムは嫌いではないのだ。

「ねぇわ」

ますます不機嫌になって平政が吐き捨てた。

「そんなことねぇやろ。恩人ってことになるんやし、あっちもおまえのこと気にしてるみたいやぞ」

「ねぇって」

「あるって」

「ねぇんやって。……来月結婚するんやと。ほんで大阪行くんやと。将来的な見込みもねぇってことや」

不慣れな話題を突っ込んで続けたことをすぐに後悔するハメになった。

「そうなんか……」

「どうせすぐえんくなる（いなくなる）んや。馴れあわんほうがいいやろ」

マジの返事を受けとめきれず、中身のない相づちを打つのがせいぜいだった。冷やかしにしろ慰めにしろ気の利いた言葉が浮かばない自分の野暮《やぼ》さを呪った。

観光客の相手を終えたアテンダントは今は車輌の前方に立っていた。口を閉じて口角を軽くあげ、ごく控えめで自然な笑みを終始たたえて車内を見守っている。観光客が会話をやめると車内は静かになり、車輪が線路の継ぎ目を踏む規則的な音だけが車内を満たしていた。車窓の風景は福井市の市街地を過ぎ、遠目にまばらな民家が見える田園地帯を日本海へ向かってとことこと北上している。普段長谷が乗る時間帯と比べて長閑《のどか》すぎて気が抜けるような午後が車窓を過ぎていく。

平政はずっと俯いていたが、いつの間にかぶすっとしていた顔が穏やかになり、ゆるく目を閉じていた。もうすぐ結婚して遠くへ行ってしまうという好きな女の人と、親しく話すわけでもなく、ただ終点に着くまでの一時間だけ、このゆったりと流れる時間を共有する幸せを黙って嚙みしめるような、そんな表情で。

仲良くならないほうがいいなんて、本心じゃないんだろ……？

昨日の長谷の衝動的な海への逃避行動をからかっておいて、目の前のワンシーンのほうがよほど映研のショートフィルムばりじゃないか。一つ年上の金髪の強面の男のこんな表情を見せられて、長谷は居心地の悪さに尻をむずむずさせた。

＊

連れてってくれなんて気軽に言うんじゃなかった。

釣りにはこれがあったのだ。

平政が持ってきた弁当箱みたいな箱の中で体長十センチほどのミミズに似た虫が絡みあってのたうっていた。しゃがんで蓋《ふた》をあけている平政の頭に長谷はおそるおそる問う。

「それ絶対さわらなあかんのけ……？」

「はあ？　まさか怖ぇでさわれんとか言うんやないやろな？」

なにを今さらというように平政が顔をあげた。

「女やったらつけてやらんでもないけど、男にそんなサービスはしてやらんぞ。自分でできるようになれや。釣りやるんに虫餌《むしえさ》は避けて通れんぞ」

「わ、わかってるって。さわれんことないっての」

平政が慣れた手つきで箱の中から一匹をつまみ、細い鉤《かぎ》状の釣り針にそいつの口であるらしき先端部をちくりと刺した。赤い血が細く染みだすのを見て長谷は「ひ」という声を呑み込んだ。

「で、こいつを針に沿って腹のへんまで通す、と」

「残酷やな……」

「餌に針刺して残酷って言われてもな。柔道は厳しい厳しいっちゅうても結局インドアなんやな」

バカにされると意地が先立つ性分である。

「武道家は無闇な殺生《せっしょう》はせんのや」

鼻息を荒くし、覚悟を決めて平政の前にしゃがんだ。

釣り竿はもちろん持っていないので平政のものを借りた（釣り部の部室にはプロゴルファーのドライバーコレクションかっていう数の釣り竿がずらりと立てかけられていた。手は二本しかないのになんでそんなに必要なんだと思うが、釣り場や釣り方、ターゲットの魚によって使うものが違うらしい。値段もピンキリだそうだ）。針と糸の仕掛けは平政がやってくれた。

平政が見せた手本に倣い、箱の中から砂に埋もれて蠢《うごめ》いている虫餌を一匹つまむ。ぬるりとした感触に鳥肌が立った。強くつまんだら簡単に潰れそうで力加減がわからない。

「ほやほや。頭のほう持ってな」

先端でぱかっとあいている口に針の先を近づけると虫が嫌がるように頭部を反らし、尾のほうをくねらせて長谷の指に巻きつけてきた。盛大な悲鳴がでて平政をえずくほど笑わせることになった。

釣りというのは大荷物を担いで遠出してきて釣り糸を垂らしたあとは魚がかかるのを待っているだけで退屈なものである——と、釣り糸を垂らしはじめて一時間たった今、長谷は認識を新たにしている。

「……一匹も釣れん」

愚痴がこぼれた。

「初心者はビギナーズラックでけっこう釣れたりすることあるんやけどな。長谷によっぽど運がねぇんかもな」

一人分の間隔をあけて折りたたみチェアを並べている平政がのんびりと言う。平政に焦《じ》れた様子がないのが余計に長谷の心をささくれ立たせていた。

平政のほうは種類の違う竿を二本並べていて、ときどきツールボックスを漁《あさ》っては糸の先の仕掛けを変えたりとちょこちょこ動いていたが、長谷のほうはほとんどすることがない。頃合いを見てリールを巻いて針を手もとまで引きあげ、餌を確認してまた投げるというのを繰り返すだけだ。

長谷が持たされているのは「ちょい投げ」というのだと教えられた。文字どおり竿を「ちょい」と振りかぶって仕掛けを投げるものだ。平政は他に「サビキ」という、キラキラした虹色の疑似餌が段違いにぶら下がった仕掛けを垂らしていた。

だいたいこれでなにが釣れるんだ？　鯛とかブラックバスとか？　一匹もかかっていないので
それも未だわからなかったりする。

「なあー。場所が悪いんでねぇんか？」

うんざりした目を海面に浸かった釣り糸の先に向けてぶうたれる。

今日は平政は三国港の駅前の漁港を釣り場に選んでいた。県内を通ってくる九頭竜川《くずりゅうがわ》が日本海へと流れ込む場所だ。河口沿いに年季の入った佇《たたず》まいの小型の漁船が連なって停泊している。

昨日歩いていった波止の突端のほうに比べると波もなく、穏やかに揺れる海面がうろこ雲を映してちらちらと光っている。

「ん、来た来た」

という声が聞こえ、近くで竿をだしていた釣り人が立ちあがった。リズミカルにリールを操って竿をあげると小型の魚が海面から跳ねた。他にもベテランっぽい釣り人の姿がちらほらとあったが、彼らの竿にはそこそこかかっているようで、時折り釣りあげる姿が見えていた。

場所が悪いわけではないようだ。では運が悪いのか。そんな気はしていた。運がいいほうだと思ったことは、思い返せば、ない。

「釣れんかったら場所転々とするような奴もいるけど、おれは決めた場所からはあんま動かんほうやな。パチンコ台と一緒やな。一度決めた台からすぐ動く奴と動かん奴っているけど、おれは動かんほう。動く奴に限って前座ってた台で急に出始めてえんか気にしてたりするやろ」

「ていうかパチンコ行くんかよ」

冷ややかな目で指摘すると「天気悪くて釣り行けん日の暇潰《ひまつぶ》しにな」と悪びれずに平政が答え

る。「ん？　おれ、おまえらより一コ上やでもうパチンコ行ってもいいんやぞ。免許と一緒やろ」

「十八になっても高校生はあかんやろ」

「そんな細けぇことよう知ってんな。真面目かおまえ」

「おれが真面目なわけでねえって。こういうんは顧問がうるせぇでな。うちやないけど、引退した三年とかがパチンコ屋行ってんのバレて問題になるってのもちょいちょいあるで、うちは入部したときから顧問に耳タコんなるほど注意されてるんや」

……それと、父からも中学に入った頃から口酸っぱく注意されるようになった。

「わーったって、真面目って言われてムキにならんでもいいやろ」

早口になって言い募ってしまい、平政が鼻白《はなじろ》んで肩を竦《すく》めた。

真面目だと言われると反論したくなるのは何故《なぜ》だろう。これまでずっと真面目に柔道だけをやってきた。パチンコだけでなく飲酒喫煙の不祥事の話も他校から流れてくることはあるが、長谷自身はそういう誘惑を覚えたことはない。柔道をやっているだけで充実していたからだと思う。

その自分が、一度もサボったことなんてなかった柔道をもう二日も休んでいる。

「一コ上って話、ほんとなんやな。まさかパチンコで借金作ってほんとにマグロ漁船に乗ってたってことないげな？」

案外本当の話だったらどうしよう。ちらりと隣を窺うと、噂は本人の耳にも入っているんだろう、「ああ、あれなぁ」と平政は軽く笑った。「否定せんほうが貫禄《ハク》つくんやろけど、実際はそんな面白ぇ話やないぞ。中三んとき釣りばっか行ってて高校受験せんかったってだけや。そんときは高校行くつもりもなかったし。ほんでもまあ高校浪人してみて、やっぱ高校くらい出とかんとって気になってな」

こいつって……ほんとに単なる釣りバカだったんだな。

学校ではなにやらいろいろ噂されていて、近寄らないほうがいいとまで言われている男だ。しかし昨日と今日で平政の印象がずいぶん修正された。

たしかに真面目な高校生とは言えないが、つきあいにくいわけではない。

昨日ほとんど初めて喋《しゃべ》ったクラスメイトのこんな個人的なぶっちゃけ話を聞いているというのも、考えてみると不思議な気分だった。

駅に着いたときには海面はぎらつく光を反射していたが、それも時間がたつにつれ色つきのフィルムを一枚ずつ重ねるように明度を落とし、今は目に穏やかな青へと変わっていた。海の広さが心を開放的にするから……というわけでもないと思う。きっと単に一時間もぼさっと海を眺めるしかすることがないから、個人的な話をつい打ちあけるくらいには暇をもてあましているのだ。

「伊藤って奴がいるんやけど……」

ぽろりと、長谷も話しだした。

「どのイトウや？　おれん中で二人は顔が浮かんでるぞ、今」

「鷺南の柔道部の二年やで平政は知らん奴や。伊藤秀人《しゅうと》っていって……」〝忍〟が柔道部っぽいと平政に言われたのを思いだす。だったらあいつはおとなしくサッカーをやってればよかったのに、なんで柔道をはじめたんだと理不尽なことを考える。「その伊藤にな、おれ、昔から勝ったことないんや」

自分より遥かに重い奴に勝てないのはどうしたって仕方がない。柔道の才能が劣っていたわけではないし、だったら軽量級の醍醐《だいご》味《み》である技とスピードを磨こうと切り替えることができる。だが、伊藤秀人と長谷とはずっと同じ階級なのだった。体重も技もスピードも柔道センスも、全部がガチでぶつかる。自分の中でなんの言い訳もできない。

　体重別でも無差別でも、さらには団体戦でも、出場した大会の全部が全部「秀人に負けた」という記憶で終わっていると言っていいくらいだ。

「うちの県で柔道やってて本気で強なりたい奴は、みんな鷺南に行きたいんや。他は……福蜂《うち》は一段落ちるし、手前味噌言ってるわけでもないけど、うち以外は何段も落ちる。全国で通用するレベルっていったらなおさら鷺南一択や。福蜂の柔道部は、鷺南から声かかった奴らに中学時代勝てんかった連中の吹き溜まりってことや」

　ふんと嘲笑がまじった。個人で万年二位の吹き溜まりが団体戦でも万年二位なのはむべなるかなというやつだ。

　土曜のようにまた舌がぴりぴりしはじめた。これは毒の味ではなかったんだろうと今気づく。たぶんこれは、〝後味の悪さの味〟だ。

「引いてるわ」

　自分から話したことだったが、平政にそう言い切られると痛かった。平政ならこんなエゴ丸出しの話をしても引かないだろうなんて、なんとなく勝手に期待していた。

「引いてる、引いてるって」

「……ん？」

　平政が指さしている先をなぞって自分の竿に目をやると、糸がくいくいと引かれていた。「えっ？　おれの？　かかってる？」竿が重くなった感覚はさっきからあったのだ。慌てて立ちあがって竿を振りあげようとしたら「リールや。リール巻け」と平政に指示された。「巻くってどっちが巻くほうや!?」「落ち着けって。一方向にしか巻けんやろ」

自分の竿を置いて平政も立ちあがった。

「ほらなー。嫌んなってきて油断してるときのほうがアタリ来たりするんや」

などとしたり顔で海を覗き込む平政の隣で長谷は一心にリールのハンドルを握っている。なにもかかっていないときに巻くのとはあきらかに手に感じる重さが違った。意思を持った生き物が、くん、くんと断続的に糸を引く手応えがある。キリキリキリと手もとでリールが小気味よい音を立てるのにあわせて仕掛けが徐々に近づいてくる。

「なあっ、これいけぇ（大きい）んでねぇんか？　けっこう重いぞ？」

「急がんでいいで普通の早さで巻けや、普通の」

「ふ、普通ってどんな早さやっ」

一瞬強い力で引っ張られた。昨日海に落ちたときのことが頭をよぎってひやりとした。足を広く開いて踏ん張り、腹の前で竿を構える。

ぱちゃんっと海面から獲物が浮きあがり、手応えが急に軽くなった。

黄金色の魚が空中に身を躍《おど》らせた。海面を照らす夕方の光の中で尾をくねらせたそいつの鱗《うろこ》がきらきらと輝いた。

「すげぇ、ニシキゴイ……！」

高くあげた竿の先で魚が振り子みたいに振りまわされて「うわっ」と焦る。平政が手を伸ばして「よっしゃ」と糸の半ばを器用に摑んだ。

海際から後退したところで、針をくわえて暴れている魚を平政が掲げてみせた。

「初釣果《ちょうか》おめでとさん」

せいぜい体長十五センチといったところか、どこも黄金色ではなかったし、なんというか土色の、種類も長谷にはわからない魚だった。

「ほほう、これがいけぇニシキゴイなあ」

平政にからかわれてばつが悪くなった。イメージの上では五十センチくらいのを豪快に釣りあげたつもりだったのだが。

ひらべったい形の口の端に鉤状の針が貫通していた。自分の口から頰に針が貫通しているのを想像してちくりと痛んだ。

「かわいそうやな」

「またほーいうことを……。柔道部は先端恐怖症なんか」

「柔道部関係ねぇやろ。なんちゅう魚なんや、これ？」

「ハゼや。ほら、ここ持て」

平政が長谷に糸の根元を持たせ、「あ」と長谷が顔を作る前に携帯電話を向けてシャッターを切った。

「ハセがハゼを釣ったぞー、ってな。あとでメールで送ったるわ」

「十八になると自分の親父ギャグでウケるようになるんか。キツイな」

自分で言ったことに鼻の穴を膨らませる平政に長谷は半眼で突っ込んだ。平政が魚の口から針を外してやってバケツに滑り込ませた。

命拾いしたというようにバケツの中で泳ぎはじめた魚を見下ろす。これがハゼか。名前は聞いたことがあるという程度の知識しかなかったが、実際に見たら小型で、地味な色で、顔つきはひらべったくて……なんでこれがニシキゴイに見えたんだろう。

ただ、でかい魚かと勘違いしたほど生きがよかったのは本当だった。

気持ちだけはいっちょまえにでかい魚のつもりなのかもしれないな、おまえも……。

「おっしゃ、かかりはじめたな」

平政が自分の竿を振り返った。地面に置いていた平政の竿の先もびくびくと震えていた。「そっちも来たんけ？　やったげ」長谷は声をはずませたが、平政は最初からこれを予想していたかのようだった。

「夕《ゆう》マヅメや。今くらいからしばらくが一番釣れる。そっちもあげてみろや、長谷」

平政が自分のちょい投げの竿を拾いあげて慣れた様子でくるくるとリールを巻きながらサビキの竿を顎で示した。見るとそちらの竿にも反応が表れていた。竿を持ちあげたものの長谷は戸惑って、

「なあ、糸巻くやつないぞこっち」

「そっちはノベ竿やでまっすぐあげるだけや」

「おっおい平政、これマジで大物やぞ、重い！」

「二匹以上ついてるでやろ」

「ほんとや、ハゼが二匹ついてる！」

「それアジやぞ」

それまでの退屈極まりない一時間が嘘のように急に忙しくなった。二人であわせて三本の竿に仕掛けをつけて投入するやいなやほとんど待ち時間がないうちに魚が食いつくという、夢みたいな時間が訪れた。

「な。嫌んなってきたくらいの頃に釣れだすやろ」

「釣れだす時間わかってたんやったらなんで先に教えてくれんかったんや。無駄にじりじりした

わ……あっ、来た、来た！」

　文句を言った矢先に声がはずむ。腰だめに竿を構え、だいぶ慣れてきた手つきでリールを巻く。途中からは虫餌をつけることをためらうのも忘れていた。

「ゲンキンな奴やなあ。釣れはじめたら急に機嫌ようなって」

　しゃがんで糸に仕掛けをつけながら平政が苦笑した。釣れはじめた頃合いから急に陽が傾くのが早まり、平政もだいぶ手もとが見えづらくなってきたようだ。

「はっきりわかってたわけやないって。今日いつ頃なにが釣れるかっちゅうんは釣り場のおんちゃんたちからある程度は聞けるけどな。ほんでタックル選んで持ってって。ほやけどそっから先は予想通りにならんことかって多いし、持ってった武器で攻め方変えてみるくらいのことしかできんもんや。環境に文句言ってもしゃあないし」

　ぷちんっ、としゃくった竿の先で音がして手に感じていた抵抗が突然なくなった。竿をあげると針ごと途中から切れた糸だけがあがってきた。

「ははは。バラしたんけ」

　片膝をついたまま平政が笑った。

　糸の先に残った錘《おもり》が面目なさげに揺れる竿を手にして長谷は平政に顔を向けた。

「……おれのこと言ったんけ。今」

　一段階トーンが落ちた声で問う。

「なにがや、やぶからぼうに」

　平政も声のトーンを落としてこちらを見あげた。濃度を増した空気中の青が平政の眉毛のない顔に濃淡を刻み、普段以上に凄みが増して見える。

「環境に文句言ってもしゃあないって言ったげ。おれに言いたいことあるんやったら遠回しな言い方すんなや」

「おれは釣りの話しただけやぞ。長谷が腐って部活バックレようが、おれが説教する義理なんてねぇやろ」

うんざりしたように言い捨てて平政のほうから視線を外した。「今日はここまでやな。見えんくなる前に片付け終わらせんと。長谷が持って帰るぶん分けてやるわ」立ちあがってクーラーボックスや他の荷物が置いてあるほうへと歩いていく。でかい背中に苛立《いらだ》ちが滲んでいた。

「……すまん」ためらってから謝った。「おれの穿《うが》ちすぎやった」

「竿のたたみ方教えてえんで置いとけや」

突き放すように平政が言い、クーラーボックスの前にしゃがんでなにか作業をはじめた。下手《へた》なことをして壊すわけにもいかないので長谷は言われたとおり竿を地面に置く。

平政の背中を手持ちぶさたに眺めながら、

「さっきの話の、続きやけどな……。鷺南の柔道部の顧問が、おれの親父なんや」

と打ちあけた。

「へぇ。すげぇげ。柔道一家ってやつやな」

背は向けているが普通の声色に戻って平政が合いの手を入れてくれた。柔道一家どころか長谷家は柔道一族だ。父の兄弟も、その息子たち、つまり長谷の従兄弟《いとこ》たちも全員柔道をやっている。

「ほんなら長谷も鷺南に行きゃよかったんでねぇんけ？」

無関係者の他意のない疑問であって、シャークのように積年腹に溜め込んだものがつい吐きだされたというものではないだろう。しかし胸から胃へと重いものが沈む感覚に見舞われた。

父は公立高校で教鞭を執《と》る傍ら柔道部を指導していたが、鷺南から強く請われて強豪私立柔道部の顧問となった。当時長谷は小学校低学年だったし、我ながら思慮深くもないガキだったから、父が指導する柔道部に自分が入りたいのかどうかなんてことはまだ考えていなかった。

中学に入り、部活の中で高校受験の話も出るようになると、長谷は親父がいる鷺南に行くんだろうとみんなに当然のように思われていることを知った。親父がいるんだから推薦もらえるんだよな。いいよなあ、高校がもう決まってて――弱い奴に対して言うなら嫌味に聞こえたかもしれないが、長谷は中学でも部内で一番強かったからこれは純粋な尊敬と羨望《せんぼう》だった。

ちやほやされると良くも悪くも乗せられやすいのは昔からのようだ。長谷自身もその気になり、自分は鷺南の柔道部に入るんだと思い込むようになった。

ところが、

「鷺南から推薦枠もらったんは、さっき話した伊藤やったんや。親父はおれでなくて伊藤を取ったってことや」

無論推薦枠は学校全体で決まっているから無限に取ることはできない。中学で一番強い奴に第一に声をかけるのが道理だ。父は柔道部の推薦者に関して意見を言える立場にはあるが、もっとふさわしい者がいるのに自分の息子を取り立てたのでは公私混同になる。事情は理解していた。父が大手を振って声をかけられる成績を残せなかった自分の弱さのせいだ。

〝一般で受験するかどうかは、忍、おまえの意思に任せる。福蜂に行ってもいい。福蜂の鮫島には話はしておいた〟

一般で鷺南を受験しろ、学費の心配はしなくていい、おれのところへ来いとはっきり言ってもらえたらきっと救われていた。なのに父は先に福蜂の顧問に話まで通していたのだ――その瞬間、父に見放されたと感じた。父にとって自分はもう指導する価値がない程度の柔道家なのだと。

〝福蜂に行きます。お父さんのところには行きません〟

親である以前に柔道の師匠であった父は畏怖《いふ》の対象だった。特段反抗期を迎えないまま中学時代を過ごした長谷の、初めての父への反抗のつもりだった。

「シャークにしたら気分いいもんでないげな。親父への当てこすりで第二志望に仕方なく入って、そのうえ顧問と仲間腐すような部員はそりゃいらんわ。おれはシャークにも見放されたってことや。おれが見放したんかな。どっちかわからんけど」

乾いた自嘲《じちょう》で愚痴を締めくくった。

背を向けてずっとなにかやっていた平政が腰をあげて振り返った。「ほら」と突きだされたのは発泡スチロール製の保冷ボックスだった。

「長谷のぶんやで持って帰れや」

「ほやけどおれ魚なんか捌《さば》けんし……」

「家の土産にすりゃいいやろ。釣った魚食うんが釣りの醍醐味やぞ」

釣った魚を長谷が持ち帰れるよう用意してきてくれたようだった。一緒に行くと長谷が言ったときは迷惑がっていたのに。

「まだ部活戻る気にならんのやったら明日もつきあえや」

「いいんか？　邪魔なんでねぇんか」

思いがけない誘いに長谷が目をしばたたかせると、

「言ったやろ。嫌んなってきたくらいの頃に釣れだすもんやって。世の中案外ほーいうもんやぞ。別に柔道にしがみつかんでもいいんでねぇんか。ほんなぐずぐず腐ってるくらいやったら、いっぺん離れてみたほうが、なんかが変わるかもしれんぞ」

と、平政がにやりと笑ってウインクなんてしてみせた。茶目っ気をだしたところでもともとの強面が不均衡に歪《ゆが》んで余計怖く見えるだけだったが。

やっぱりこいつは一コ上なんだなと、高校二年にしては老成した外見や世慣れた感のある行動以外のところであらためて納得するものがあった。自分よりも一年分おとなの目線でものが見えているのかもしれない。

4

持ち帰った釣果を保冷ボックスごと冷蔵庫に突っ込んでおいただけで母には特になにも言わなかった。母からも冷蔵庫の保冷ボックスのことに触れてこなかったので気づかなかったのかと思っていたのだが、翌日の昼になって驚いた。

「すげぇ。魚弁当や」

蓋をあけた弁当箱を見下ろして独りごちると、魚と聞いたら耳が敏感に反応するらしい平政が席に寄ってきた。

「なにがなんやらわからん……」

「アジフライやろ、ハゼの唐揚げやろ、あとこっちはハゼのマリネか。すげぇげ。フルコースやな」

平政が一つずつ指さして教えてくれた。見ただけでよくわかるなと長谷は感心してへーとかほーとか頷きつつ説明を聞いた。アジフライには緑の葉っぱが挟まっていた。大葉だろうか。ノートくらいの面積のあるステンレス製の弁当箱の半分にゆかりがかかった飯がぎっしり詰められ、もう半分に揚げ物を中心とした腹持ちのするおかずが詰まっている。

いつの間に作ったんだろう。今日も朝から仕事でばたばたしていたはずなのに……。

「食うけ？」

「自分で食えや。初釣果やろ」

一応平政に勧めると、昨日のように前の席の椅子を引いて座った平政がそう言ってパンの袋をあけた。

「平政は弁当やないんやな。そんなんで足りるんか？」

売店で売っている頭脳パン九十円也だ。その体格で昼がパン一個でもつのだろうか。平政に比べたらだいぶ身体がコンパクトな長谷ですら弁当を食ったうえで休み時間や部活の前にパン二個は余裕でたいらげる。

「電車賃がなぁ、けっこうかかるでな」

平政がごまかすように手にしたパンを長谷の視線から遠ざけた。

おとなのように車を持っていない身である。途中までは通学定期があるとはいえ、平政のようにえち鉄の終点までほとんど毎日通っていたら乗り越し分の電車賃はばかにならない。長谷も母から弁当の他に毎日支給してもらっているパン代を交通費にあてねばなるまいと思っていたところだ。部活でカロリーを消費してないぶんだ、仕方ない……。

「長谷んちが羨《うらや》ましいわ。うちはおめぇの趣味で釣ったもんはおめぇで捌けって突き放されてるし」

「自分で料理するんか。すげぇげ。おれなんかなんもしたことないぞ」

「朝はめんどくせぇで弁当は持ってこんけどな。夜はけっこう自分で作ってるぞ。酒のアテに……」

と平政が調子づいて口もとで手首をひねる仕草をした。長谷がジト目になるとすぐに「親父の晩酌用やって、親父の。おれはたまーに相伴《しょうばん》にあずかるだけ」と弁明したが、「飲んでるんでねぇか、おまえも……。パチンコは十八から一応ＯＫでも酒はれっきとした法律違反やぞ」親父も親父である。同じ親父でもうちとはずいぶん違うもんだな……。

「まっいいげ、その話は。ほんなことより今週の土曜やけどな、ゲスト来る予定なんやけど、いいやろ？」

「魚の？」

平政がきょとんとしたのですぐに気づいて、

「あっ……人のほうか」

勘違いだ。狙っている魚以外の種類の魚がかかることを釣りではゲストと言うらしいのだ。にわか知識を披露してしまい恥ずかしくなったが、平政が嬉しそうに相好《そうごう》を崩した。

「長谷もなかなかの釣り脳になってきたでねんか。なまっちろかったんが昨日一日でけっこう黒なったしな」

「なまっちろかったってことはないと思うけどな……」なまっちろいといったらひ弱そうなイメージだ。柔道家としてはまったく嬉しいことではない。

「精悍《せいかん》になったっちゅうことや」

「もとから精悍なつもりやったぞ、おれは」

「長谷はなんだかんだ自己評価が高いげなあ」

長谷の倍ほども焼けた顔を歪めて平政が笑う。潮風で少々荒れた色黒の肌が柄の悪さをいっそう際立たせているが、見慣れてくれば笑ったときに覗くノコギリ状の八重歯にも愛嬌《あいきょう》がある、と思えなくもない、か？

蒸し風呂と化した道場で毎日畳に汗を吸わせている増たちが今の自分の顔を見たらどう思うだろう。チャラくなったなんて思われるだろうか。

ふと目をあげると、カマキリを連想させるひょろりとした長身が教室の戸口に見えた。首を伸ばして中を覗き込んでいたようだが、入ってくることはなくちょうど戸口から離れていった。案の定、増だった。

＊

月曜に釣りを初体験して以降、その週は毎日五限が終わると平政と二人で授業を抜け、釣り部の部室で装備を調《ととの》えて釣りへとでかけた。「部活でてきてくれや」「主将がえんと締まらん」そんなメールが何人かから送られてきたが全部無視していた。あの外見のうえ悪い噂もいろいろある平政とつるんでいることがガードになり、直接話をしようとしてくる部員はいなかった。

金曜の釣果は二人あわせて0だった。いわゆる〝ボウズ〟というやつだ。

「まあこんな日もあるしな。長谷と釣るようになってからが出来過ぎやっただけや。明日は波止のほう行って浮き釣りしよっせ。あっちのほうまで行くとうまくすればシマダイとかも釣れるぞ」

やっぱりちょっと面白くない顔をしていたら平政になだめられた。いつも一人で行ってるからめんどくさいなんて初日は言ってたくせに、なんだかんだで長谷に釣りを教えるのが平政自身も面白くなってきたようだ。

「ほやけど夕飯の食材がなくなってもたなあ」

「今日家に誰もえんのけ？」

平政の親はどんな仕事をしているのだろう。平政の口から父親の話は聞いても母親の話は聞いたことがないし、高校受験を一度やめているという過去からしても、家庭の様子は多少は長谷も察していた。

「コンビニかどっかで買って帰るか」面倒くさそうに頭を掻いてから思いなおしたように「……着替えてから買い出るか」と平政が独りごちたので、私服でアルコールを買いに出るつもりだなとピンと来た。

『次は西春江《にしはるえ》、西春江。一番前の扉のみ開きます――』

車内アナウンスが平政が降りる駅を告げた。夜間はアテンダントは乗務していないので味気ない録音の音声が流れるのみだ。蛍光灯に白々と照らされる車内の風景もどことなくうらぶれて感じられる。

今日はもう一つ不運なことがあった。行きの電車で同乗したアテンダントが例の「釣り気をつけてくださいね」の彼女ではなかったのだ。シフトが違ったのだろう。平政は今日は彼女と会えていない。一日に一度、彼女のふんわりと花が咲くような微笑みを見られないのを長谷までなんだか残念に思うようになっていた。

伊藤早知子《さちこ》さんというのが彼女の名前だった。常連客が「サチコちゃん」と親しみをこめて呼んでいるのを耳にし、胸についている名札をさりげなく見てフルネームを知った。平政はたぶんもっと早くから名前を知っていたはずだ。平政の中で顔が浮かぶ二人の〝イトウ〟の一人が彼女だったというからくりだったのだ。伊藤さんはよく年配の常連客に摑まって世間話につきあわされていたから、平政はその会話を聞きかじって彼女の結婚の話も知ったようだった。

春江町の西春江駅は三国芦原線のだいたい真ん中あたりにある。三国からの帰りはいつも平政がここで先に降り、長谷は福井口駅まで乗っていって勝山永平寺線に乗り換えて自宅への帰路につく。

「今からうちに飯食いに来るけ？」

思いついて誘ってみた。クラスメイトが家で一人で缶ビールだかチューハイだかをちびちびやってるかと思うと今晩中自分のほうが気になりそうだ。

「いいんか？　……と言いたいとこやけど、やめとくわ」

断られるとは予想していなかったのでちょっと面目を潰された思いで「なんで？」と訊き返してしまった。「遠慮してるんやったら別に」

「おまえ運動部やし、おれみたいなダチ連れて帰ったら親がひっくり返るやろ」

クラスメイトの親に対して平政がそんな気をまわす奴だったことが意外だったような、しかしこの一週間のつきあいでなんとなく納得する部分もあった。

親に対しては普段どおり部活に行っているふりを装っているが、父はまだしも母はいくらなんでも察しているはずだ。十年以上も毎日欠かさず汗だくの道着を洗濯機に放り込んでいたのに、日曜以降道着を洗濯にだしていないのだから。しかし今のところ父には伝わっていないようだった。シャークから父にチクってもおかしくはないと思っているが、それもまだのようだ。

自然に振る舞える自信もないのでこの一週間は飯どき以外なるべく父と顔をあわせないようにしていた。だが平政を連れて帰ったらいよいよ父の知るところになるかもしれない。長谷が連れ帰った学校の友人を外見で評価するような親ではないと思っているが、一週間も柔道を休んでるなんてもし父に知られたら……なにが起こるか長谷にだってわからない。

「無理せんでいいって。おれんちと長谷んちは違うんやで。ほんならここでな」

平政が荷物を担いで立ちあがった。「平政」と慌てて呼んだが、「気持ちはありがたくもらっとくわ」と平政は肩越しにひらりと手を振ってさっさと電車を降りていってしまった。

長谷の他には三国の高校に通っているのであろう男子学生一人を車内に残し、電車は小さな無人駅をあとにした。窓ガラスに額を張りつけて後方を見やったが、ホームの灯りの届かない暗い夜道へと平政の姿はすぐに消えていった。

溜め息をついて座席に座りなおしたとき、ズボンのポケットの中で携帯電話が震えた。

別れたばかりの平政からメールだった。

〝言い忘れ。明日は一時間早いのに乗れや〟

当然のように明日を約束する文面を見てほっとした。

明日を楽しみにしながらも、ちくりとした後ろめたさがつきまとう。親父にバレる前に道場に戻れよ、なんていう囁きが自分の声で脳裏に聞こえた。うるせえ、とまた別の自分の声が退《しりぞ》けたが、どうにも説得力に欠ける半端な声色だった。


福井口駅で長谷も平政に貸してもらっているロッドケースとクーラーボックス、自分のエナメルバッグを担いで座席を立った。

ドアがあくとさらりとした夜気が吹き込んできた。学ランの襟の中に顎を引っ込め、ホームに降りようとしたときだった。

「長谷先輩」

横合いから聞こえた声に不意打ちを食らった。ドアの縁に蹴躓《けつまず》いて前のめりにホームに降りたってから、顔をあげてきょろきょろすると、ホームの片隅に古賀あゆみが立っていた。

男子の学ランとつがうプレーンな黒のセーラー服姿で、足もとにエナメルバッグが置かれていた。部活帰りに遭遇してもおかしくない時間ではあるが、古賀の家はこっちの方向ではないはずだ。

「待ち伏せみたいなことしてすいません。六限抜けて毎日どこか行ってるって聞いて……」

固まっている長谷の恰好に古賀が信じられないものを見るような目になった。一見して長いものを収めていることがわかる黒いケースを背に担ぎ、クーラーボックスを肩にかけてキャップまでかぶった風体《ふうてい》を見れば遊びに出かけていたとしか思えないだろう。

「な、なんや、こんなとこで。家こっちでねぇやろ」

「長谷先輩に話したいことあって、待ってました……」

古賀が目を伏せて腹の前で両手の指をもじもじと擦りあわせる。最大限クールな態度を繕《つくろ》って
「次の乗り換え来るまでやぞ」と長谷が頷くと、古賀が「はいっ。ありがとうございます」とお辞儀をした。古賀を形作るなにかの要素が足りないと思ったら、感情にあわせて頭のてっぺんでいつも揺れているちょんまげをほどいて前髪をおろしているからだ。

「新人戦、ほんとにでんのですか……？」

その話以外のわけがなかった。一瞬変な期待をした自分に舌打ちした。

「わたしが先輩に勝ってもたでですか？　わたしのせいなんやったら、わたしが柔道部やめたら

戻ってきてくれますか」

「なに筋違いなこと言ってるんや。強なりたいで柔道部入ったんでねぇんか。ほやったら勝ったことに責任感じたりすんなって。勝って気持ちよかったやろ？」

驚いたように古賀が顔をあげた。

「はいっ……」瞳孔が開き、ふわっと頬が上気した。「すっごい、気持ちよかったです」

そうなんだよ……一度あの味を知ったら、もうやめられるものじゃない。もっともっと強さを欲するはずだ。どんなにきつくたって耐え忍べるんだ。

乗ってきた電車が消えていった方向から新たな電車のヘッドライトが近づいてきた。乗り換えの勝山行きだ。〝海方面〟と〝山方面〟の乗り換えの待ち時間がないようにうまくダイヤが組まれているのだが、今だけは早すぎるだろと文句を言いたくなった。

「……おまえが帰るやつが来るまでやぞ」

咳払いして猶予を仕切りなおした。

待合ベンチに移動して荷物をおろし、わざとどかっと音を立てて座った。自分の荷物を拾ってついてきた古賀が二人分の距離をあけてちょこんと座った。膝頭を包む両手の指の何本かにテーピングがされているのが見えた。道場で見るときの古賀は確実に部員の中で一番華奢《きやしゃ》だ。しかしこうして制服姿になるとやはり普通の女子よりも身体つきはしっかりしていた。男子にまじってそれだけハードな稽古をやっている証拠だ。

「わたし昔から運動音痴やったんで、体育もずーっと嫌いやったんです。ほれやのに中学の体育で柔道あって、地獄やって思ってました」

「ああ。おれんとこは柔道と剣道の選択やったな」

昔は柔道の授業があるのは男子だけだったと聞いたことがあるが、今は女子もなにかしら武道の授業が必修なのだ。

「最初に教わった受け身からしてもぉ、怖くって痛くって。柔道の授業ある日はおなか痛《いた》なるくらい憂鬱《ゆううつ》でした。長谷先輩は運動神経いいしずっと柔道やってるで、あほらしいと思いますよね」

「ほんなことも別にねぇけど……おれは剣道取ってたけど、向いてえんかったな、剣道は」道場でも部活でも柔道は死ぬほどやっていたし、体育では他の武道を取って幅を広げろというのは父の指令だった。「手と足の動きぜんぜんあわんし、ひっでむつかしかったわ。剣道のほうはリズム感とかいるんでねぇんかな」

「えっ、ほやけど長谷先輩の、パーンって引っこ抜く一本背負いとか、スカーンって体落《たい》とし引っかけるんとかはリズム感いるんでないんですか？」

ちょっと興奮気味に古賀が言う。そう言われると悪い気もしないので「ほ、ほうかな」と長谷は鼻の下をこする。

「ほやけどまあ、リズム感も運動神経もない奴でも強なれるんが柔道なんや」

謙遜《けんそん》と言いたいところだがこれはほとんど事実だ。スポーツ全般なんでもござれという柔道選手もどこかにはいるだろうが、福蜂の現役柔道部員は柔道以外に特技がないという奴ばかりだ。ボールを持ったらとんちんかんな動きになる者多数。創作ダンスなんかやらせたが最後目もあてられない惨状を繰り広げることになる。

「やっぱりそうなんですか！　増先輩も同じこと言ってたんです！」

「増？」

いきなり会話の中に登場した増の名前に長谷は眉をひそめた。

「増先輩と同中《おなちゆう》なんです、わたし。ほんで二年のとき、三年生の柔道部員の人が体育の授業の手伝いに来るっていうのがあったんです。そんときに、クラスで一番鈍《どん》くさくて、どう見ても嫌々っていう感じでやってたわたしに、増先輩が教えてくれたんです。運動苦手な奴でも強なれるんが柔道なんやぞ、せっかく古賀って苗字なんやし、もうちょっとやる気になってみんかー、って。増先輩って優しいですよね。ね？」

「まあ気ぃ優しすぎてヘタレなんが玉に瑕《きず》やけど……」

……ん？　話が妙な方向に向かってきてないかと、急に顔を輝かせてまくしたてるように言いはじめた古賀の勢いに圧《お》されつつ嫌な予感がした。おい、この流れって……。

「四月の新歓で柔道部の発表見ました。あのとき増先輩が長谷先輩に投げられて、すっごい痛そうな音したのに、増先輩すぐ起きあがって、ぜんぜん表情変えんでちゃんと礼して……柔道ってかっこいいな、って思いました。わたしなんかにも、生まれて初めてやってみたいスポーツっていうのができたんです」

やにわに古賀が立ちあがり、スカートをひるがえして長谷の正面に立った。繰り返し擦り剝《む》けて皮膚が硬くなった膝小僧がスカートの裾《すそ》から一瞬見えた。

「増先輩、長谷先輩がえんあいだ部をまとめんとって気ぃ張ってますけど、ひっで苦労してるんです。自分じゃみんながついてこんって毎日落ち込んでます。お願いします、長谷先輩。増先輩のために戻ってきてもらえませんか」

ちょんまげはついてないのに、頭のてっぺんで一緒にお辞儀するちょんまげがありありと目に浮かんだ。

増てめえ……話が違うじゃねえかと、脳内で増を摑まえてどりゃあーと海に投げ込んだ。

ぜーったい部活戻ってやらーん！

5

平政にメールで指示されたとおり翌日の土曜は福井駅十三時三十九分発、三国港行きの電車に福井口駅から乗車した。

今日のアテンダントは伊藤早知子さんだった。「こんにちは。今日もご乗車ありがとうございます」綺麗な姿勢でドアの脇に佇んで乗客を迎える伊藤さんに微笑みかけられると未だ緊張してしまい、長谷は小さく頭を下げただけで乗り込んだ。伊藤さんは深すぎず浅すぎずのいつもどおりの品のいい角度で、しかしいつもより長く頭を下げていたように思った。

西春江駅のホームで平政が待っていた。

猫背気味にドアをくぐって乗り込んできた平政を伊藤さんが福井口駅でと同じように会釈《えしやく》で出迎えたが、平政は伊藤さんの前を素通りしてこっちに歩いてきた。

ボックス席から首を伸ばして見ていた長谷と目があうと「おう」と何食わぬ顔で言い、隣のボックス席に大荷物と大柄な体軀《たいく》を落ち着けた。「おう」と長谷もなるべく何食わぬ顔で返し、斜向かいに座った平政の顔色をそっと窺った。二日酔いを引きずっているような顔はしていなかったので一応安心した。土曜の今日は授業がないので平政は先週の日曜と同様に玄人の釣り人然とした服装だ。釣りに行ってももちろん馴染むがこの足で三国の競艇場に行っても咎められずに舟券を買えそうである。

長谷のほうはウインドブレーカーにジーンズにスニーカーという恰好にキャップをかぶってい

る。ちなみに先日平政に言われた陽焼けのことを出がけにふと思いだし、父のサングラスがあったはずだと家の中を探してみた。サングラスはあるにはあった。とても高校生がかけて似合うものではない、濃い茶色のレンズのティアドロップという形のやつだった。これをかけて違和感がない父には部活のことを知られたくないとあらためて恂慄《しゅんりつ》したものである。

思い返して軽く身震いがでたところで、平政が一人で乗ってきたことに遅ればせながら疑問を持った。

「ん？　ゲストって一緒やないんけ？」

「あいつは家が三国のほうやで現地集合なんや。基本忙しい奴なんやけど土曜の午後だけ休みやで、ときどき一緒に釣っててな」

「へえ。タメなんか？」

「おれやなくて長谷とタメやな。家が漁師なんや。あいつも高校卒業したら親父手伝って漁師になるんやと」

偉い奴だなと素直に感心した。進学しないで家業を手伝うなんて長谷の中にはない選択肢だ。でも、親父と同じ道を進むっていう意味では同じだな……。どんな奴なんだろうと少々興味を抱いた。

「困りますっ……」

と、そのとき小さな声が車輛の前のほうで聞こえた。即座に平政がはじかれたように立ちあがった。長谷も怪訝《けげん》な顔でそちらに首を伸ばした。

ドアの脇に設《しつら》えられたベンチ席の前に伊藤さんの姿が見えた。「困りますから」と抑えた声で言いながら中腰になって後ずさろうとしているが、ベンチ席に座った乗客に手を摑まれているようだ。平政が気色《けしき》ばんで通路に踏みだした。怒らせた肩から凄まじい怒気が膨れあがるのを目の前で感じて長谷はぎょっとしたが、以前伊藤さんが迷惑客に絡まれた話をすぐに思いだした。

ベンチ席に座っているのは白髪頭にパーマをあてたばあさんだった。

「サチコちゃんにはほんとにお世話になったでぇ、こんくらいのことさせてのぉ」

ばあさんが白い封筒を伊藤さんの手に押しつけ、伊藤さんが頑《かたく》なに拒んでいるという状況だった。長谷自身は今のところ馴染みのあるものではないが、金銀の紐《ひも》がごてごてとかかったそれはどうやら結婚式で渡す、あれだ、あれ——祝儀袋だ。

「お客様をご案内するのは業務ですから。お気持ちだけありがたく頂戴《ちょうだい》いたします。金銭をいただくのは困りますので……」

「サチコちゃんは孫みたいなもんやと思ってるでの。幸せんなんねの。あんたは幸せにならんとあかんでの……」

しまいにはさめざめと泣きはじめたばあさんを伊藤さんが心底困り果てた様子でなだめる。

平政が舌打ちしてもとの席に座りなおした。座席が荒っぽく軋《きし》む音に伊藤さんが驚いて顔を向けた。今すぐ飛びだしていって迷惑客を取り押さえんという体勢で長谷も身構えていたが、ばつが悪い顔で伊藤さんに一礼し、すごすごと平政に倣って座った。

「変な客でなくてよかったな」

座席の陰で首を伸ばして囁く。

「ほうけ？　ふん、おれは変な客やったらよかったと思った」

窓のほうに顔を向けて平政が吐き捨てたことに耳を疑った。

「おいおい、失恋して自棄《やけ》になったかっていくらなんでも……」

「前んたな迷惑な男の客やったら、最後に逆転劇が起こるかもしれん……二回も助けられたらおれに恩感じて、結婚相手よりおれのこと好きになってくれるかもしれん、なんてな……。そんなうまい話、一瞬本気で期待してもた。これこそ映研が作りそうな話やな」

自虐的に笑った平政が表情を消してつと口を閉ざした。ヒールの靴音が遠慮がちに近づいてきたので長谷も自分の座席に姿勢を戻した。

「こんにちは……あの」

「終点まで」

礼を言おうとしたのだと思う。しかし伊藤さんが続きを口にする前に平政がぶっきらぼうに言って定期を見せた。伊藤さんが一瞬表情を曇らせたが、すぐに営業スマイルを取り戻して「はい。三国港までですね」と応じた。

伊藤さんの華奢な白い手と、平政の潮風と陽に晒されたごつい手のあいだで手書きの切符と小銭がやりとりされる。きっと長谷が一緒に乗るようになるずっと前から繰り返されてきたのであろうやりとりが今日も繰り返されるのを長谷はすこし焦れた思いで見つめる。

長谷のぶんの乗り越し手続きも終え、制服の上から斜めがけにしたポシェットに小銭をしまうと、

「それじゃあ、今日も釣り気をつけてくださいね」

と伊藤さんは今日も最後にそう言って二人それぞれに微笑みかけた。長谷がぎこちないはにかみ笑いを返す一方で平政はずっと顔を背けていた。平政の非礼な態度に伊藤さんが傷ついたようにわずかに顔を歪めたが、黙って目を伏せ、座席を離れていった。

「……今日までなんやと」

彼女が立ち去ってから、不貞腐《ふてくさ》れたような口調で平政が呟いた。意味が汲《く》み取れず目顔で長谷が問うと、

「今日で退職なんやと。これが三国行きの最後の乗務ってわけや。明日からはもう、乗っても二度と会えん」

「今日って、まじか」

たしか結婚したら大阪に行くという話だった。寿退社というやつだ。

彼女の手書きの字がボールペンで書き込まれた切符を指先で折りたたみ、壊れやすい物をそっと収めるかのような手つきでポケットにしまって、平政がぽつりと。

「この切符、持って帰れんかな」

未練たらったらじゃないか。

「そんなんやとおまえ、後悔するぞ。けじめつけたほうがいいんでねぇんか」

「けじめってなんじゃ。もうそんなもんついてるやろ。とっくに撃沈してんのに、ごめんなさいされるためにわざわざ告《コク》れってか」

平政の声色に苛立ちが滲む。学校ではクラスメイトに敬遠される鋭い眼光で睨まれても今さら長谷も怯《ひる》みはしない。

「ほりゃほやけど、そんな態度やと伊藤さんに誤解されたまんまになるぞ。ちゃんと祝福してやれや。そのほうがおまえもすっきりするし、伊藤さんも安心するんでねぇんか」

「あのばあさんみたいに金でも渡せってことけ」

「金とは言ってえんやろ。なんか他の……あるやろ、たとえばやっぱ、花とか」

「おまえな、おれにどんなツラして花なんか渡せっちゅうんじゃ。あっちはもう結婚相手がいる

んやぞ。変な意味になるようなもん渡して相手の男が気ぃ悪なったらあの人の立場が悪なるんやぞ」

「そんな細けぇこと気にするか？」

「ったく、これやで脳みそまで筋肉野郎は……」

骨太な外見に反して平政は長谷なんかよりよほど繊細にものごとを考えている。平政の口ぶりからしてご祝儀なり花なりを贈ることなんてとっくに想像した上で、伊藤さんを困らせるところまで想像していたのだろう。そこまで平政が考えているのなら、そもそもそういう経験値のない長谷にはもうアドバイスできることはない。

「長谷がそんなに気ぃ揉《も》まんでもいいやろ」

平政の声と目つきから険がやわらいだ。

「不思議なもんやなぁ。先週の日曜に長谷と会ったんも偶然やったけど、そっからこうやってもう一週間もつるんでるんやもんな。最後の一週間、長谷がいてくれたでいいこともあったんやぞ。長谷がいるぶん乗り越しの手間かかるで、ちょっと長く足とめてくれるやろ」

でかい図体《ずうたい》して、そんなちっちゃい幸せ噛みしめて、自己満足した気になるなよ。

「そんなんで、そんだけで、いいわけないやろ……」

やっぱりこのままなにも起こらずに終わっていいとは思えなかった。このままだと彼女がいなくなったあと平政の気持ちだけが地縛霊のようなものになってこの電車に残ることになりそうで、歯痒《はがゆ》さが募った。

ばあさんも途中駅で下車し、観光客は終点の一つ手前の三国の港町を散策する駅でみんな下車したので、終点の三国港まで乗っていったのは長谷と平政だけだった。

釣り道具を手分けして担ぎ、駅舎を抜けてから、どちらからともなく肩越しに振り返った。

ここがえちぜん鉄道の北端になる。待合所を兼ねた平屋建ての駅舎はたいていの時間駅員も客もいない無人駅になる。折り返しの福井行きとなる電車の脇で伊藤さんと運転士が業務連絡と思しきものを交わしていたが、駅舎の公衆便所からでてきた釣り人風の男が運転士と親しげに立ち話をはじめたので、伊藤さんのほうが一礼して距離を取った。

平政が担いだ荷物を揺らして進行方向に向きなおった。後ろ髪を引かれる思いながら長谷もあとに続いた。

そのときだった。

「あのっ、待ってくださいっ」

呼びとめる声とともに、若干危なっかしくヒールで駆ける足音が追いかけてきた。

軽く息を切らせて立ちどまった伊藤さんを長谷は驚いて振り返ってから、隣の平政の顔を見あげた。平政は身体半分だけ振り返ったところで、信じられないという顔で目を見開いて固まっていた。

「すみません、急に呼びとめて。あの、これ……よかったらもらっていただけませんか」

伊藤さんが腰のポシェットに手をやり、白い薄紙の袋を引きだした。

袋の表に『御守』と印字されていた。虚空を凝視したまま固まっていた平政が訝《いぶか》しげに目線だけを袋に向けた。

「なんだよ……」

いつも繕っている不機嫌さが抜け落ち、驚きで掠《かす》れた声だった。

「ずっとお礼を考えていたんですけど、ちょうどいいものがなかなか思いつかなかったんです。大阪の、今度住む街の近くに住吉大社っていうところがあって、先週のお休みに彼とそこへお参りしたときに、あっ、これだ！……って、やっと見つけて」

実際にそのときのことを思いだすように伊藤さんの顔がふわりとほころんだ。

伊藤さんの細い手指から、その倍くらい太くて骨張った平政の手指がどこかおっかなびっくり、顕微鏡に載せる薄いガラス板でも扱うかのように袋をつまみあげた。一緒にどうぞというように伊藤さんが目配せしてくれたので長谷も袋を開く平政の手もとを覗き込んだ。

「わ……」

平政の口から素の声が漏れた。

青い小魚を模したルアーだった。いや、ルアーの形をしたお守りだ。

「住吉大社は海の神様を祀ってるんですって。よかったら、持っていてください」

表面に書かれた『釣人守』という字に、往路で会うたびに伊藤さんが平政にかけていた言葉が重なった。

今日も釣り気をつけてくださいね――これからはもう言うことができないその言葉のかわりに平政に渡していく、伊藤さんの気持ちなのだと思った。

なるほど〝ちょうどいいもの〟だ。平政が気にしていた〝変な意味〟を伊藤さんのほうも気にしていろいろ考えあぐねていたのかもしれない。結婚を控えたおとなの女性の節度のようなものを感じ、伊藤さんを好ましく思うと同時に、

〝彼と〟、か……。

やはり平政の想いが実る可能性はないんだなと、友人の失恋の痛みが長谷の胸にも沁みた。

本物のルアーに比べたらそのお守りはまったく精巧な作りのものではない。しかし平政は手のひらに載ったそのぴかぴかした青い魚を食い入るようにしばらく見つめていた。思わずといったように握りしめようとしたが、閉じかけた指を開き、入っていた袋に黙って戻した。まさか突っ返すつもりかと長谷は一瞬危ぶんだ。

しかし平政はライフベストの胸ポケットに袋を収めると、身体の向きを正して伊藤さんと向きあった。身体を傾けて座っている平政に伊藤さんがかがんで応対するというのがいつもの構図だったので、正対すると森で出会った熊と少女みたいな感じで、平政が覆いかぶさるくらいになる。伊藤さんが目をぱちくりさせて平政を見あげる。

平政が一つ息を吐き、吸った。勇気を振り絞るように身体の横で右手を握り込んだ。いがらっぽい低い声が、いつものぶっきらぼうではなく、一音一音、丁寧に絞りだされた。

「結婚、おめでとうございます。幸せに……なってください……」

いつも控えめな笑みで車内を見守っている伊藤さんの丸顔に、乗務中は一度も見たことのなかった、華やかな〝満開〟の笑みが広がった。

「はい。ありがとうございます」

平政も照れくさそうに少々歪んだはにかみ笑いを返した。

ふとなにかに引っ張られたような気がして長谷はホームへと目をやった。白にブルーとイエローの線が入った爽やかな配色の車輛が線路の終端に停車している。車輛に縛られていた半透明の幽霊が、屋根をすり抜けて空へと消えていくのが、長谷の目にだけ浮かんで見えた。

伊藤さんが表情をやや引き締め、身体の前で右手に左手を百三十度の角度に重ねて恭《うやうや》しくお辞儀をした。

「本日までのご乗車、誠にありがとうございました。元気でいてください」

*

眼前に広がる日本海が沸騰しているかのようなぎらつく光を放って視界を焼いた。風は強いがよく晴れた日だった。十一月に入ると北陸の空は曇天《どんてん》が多くなる。抜けるような秋晴れを拝んでおけるのは十月までだ。

肩を並べて歩く二人の足音に釣り道具が揺れる音がリズミカルにシンクロする。平政は初日に竿をだした駅前の漁港を通り過ぎ、波止に沿った細い道をさらに進んでいった。河口を腕で抱くかのように三日月形に湾曲したコンクリートの波止が沖へ向かって延びている。顔にあたる海風は冷たく、風よけの役目を果たしてくれているウインドブレーカーがばさばさと鳴る。

「あーあ。もう六限サボってえち鉄乗る理由もねぇしなぁ」

平政がでかい声をあげ、大げさな身振りで伸びをした。

「三国にこだわらんでもいいし、今度は川釣り行ってみるか？　川やったら海より陽にも焼けんぞ。シーズンやったら鮎《あゆ》釣り連れてってやりたかったんやけどなぁ」

「ん、ああ……」

平政の空元気が痛々しく、どうも気のない返事になってしまった。平政が両手をおろし、

「川釣り興味ねぇか？」

「そんなことねぇって。川釣りもいいな。楽しみやなあ」

おぇ〜〜〜

張り切って歩調を速めて平政の前にでたときである。清々《すがすが》しい秋晴れの空に雄叫《おたけ》びとも悲鳴ともつかない奇妙な声が響き渡った。

目に突き刺さる反射光に顔をしかめつつ前方を見やると、道の下に積みあがった四本脚の消波ブロック帯に人影があった。夕方になると増えてくる釣り人の姿も今の時間帯はまだ少ないので周囲に他に人影は見えない。

「なんじゃこれぇ、いっけぇのかかってる気ぃするけどどうすりゃいいんやぁー？」

切迫しているのにどこか呑気な、よく言えば穏和だが悪く言えば頼りない声は紛《まご》う方なく聞き慣れたものだった。のっぽで痩せ型の男が危なっかしい手つきで釣り竿を構えて「おんちゃーん、しょんべんまだっすかぁー？」とどこぞ明後日《あさって》のほうに向かって喚《わめ》いている。

「増？　なにやってんじゃ？」

増が振りあげた竿の先がみしみしとしなっていたのではっとして「おい、折れるって、無茶すんなっ」上の道に釣り道具がまとめて置いてあった。担いでいた荷物をその近くにおろして長谷は消波ブロック帯に飛びおりた。一度ぐらついたが腕を振りまわしてバランスを取り、増がいるところまでぴょんぴょんと渡っていく。ブロックの股にうまく嵌まるようにバケツとスタンドが設置されていた。上にあった道具といい、どう考えても増のものではない。

「竿折れるって。寝かせろ。寝かして巻くんやって」

横合いから竿に飛びつくと、「は、長谷ぇー」と増が涙目になって振り返った。

「巻くってどっちが巻くほうや!?」

「落ち着けって。一方向にしか巻けんやろ」

増の手の上からリールを手前に巻く。強い抵抗があって糸が張った。「おわっ、ビンビン来てる！　絶対でけぇのかかってるげな!?」増が興奮した声をあげる。これは本当に大物かもしれないと長谷も胸を高鳴らせつつ、努めて冷静に教える。「寝かして巻くんや。急がんでいいで普通の早さで。ほや、ほんぐらい。ほんでしゃくる。この繰り返しや」「お、お、おう」

長谷が手を離しても増は獲物の動きにあわせてなかなかうまくリールを扱いはじめた。柔道でも相手にあわせた押し引きがうまい増だ。長谷はそのあいだに近くに用意されていた玉網を持《たも》ってきた。大物だったら海面にあがった瞬間掬《すく》う必要がある。消波ブロック帯の突端までおり、足場をたしかめて玉網を構える。

「すげぇな……」

竿を持つのに必死だと思っていた増がぽつりと呟いた。

「サマになってんな」

褒め言葉のはずが、責められているように感じて胸が疼《うず》いた。

「……ほんなことねぇって。おれも大物なんか釣ったことねぇし」

ブロックの脚を片手で摑んで半身を乗りだし、増が寄せてくる仕掛けへと玉網を伸ばす。と、コツンという音がして糸の巻き取りが止まった。「あれ？　なんか引っかかった」と増がぐいぐいと竿をしゃくった。

「あっ、あほ、待て、切れる——」

慌てて制したとき、大きくしなった竿の穂先が跳ねあがった。

黒い魚影が海面から躍りでた。「でけぇっ……！」二人の声が重なった。

体長五十センチはあろうかという大物の、黒い——

黒い、ゴム製の長靴――が、空に向かって跳ねあがったあと、長谷の目の前でバンジージャンプみたいに揺れはじめた。

「わはははっ。こりゃほんとに大物やげ！」

上の道で見物を決め込んでいた平政の爆笑が聞こえた。

「おれでもなかなか釣れん大物や。魚拓とっとくけ？」

「平政ぁー……。わかってたで手ぇ貸さんかったな？」

腹を抱えて笑っている平政を恨めしげに振り仰ぎ、仕方なく長靴をぶら下げた釣り糸を摑み寄せた。

増は竿を両手で構えたまま尻もちをついていた。まともに顔をあわせたのは先週の土曜の部活が最後だったから、あれからちょうど一週間。

「こんなとこでなにやってんじゃ……おまえは」

立ちあがった増が竿の置き場を探すようにきょろきょろしたので増の手から竿を摑み取ってスタンドに立てかけた。長靴の〝ゲスト〟の口から針を外してひっくり返すと、中に溜まった海水と一緒に小魚が一匹逃げていった。

「いやぁ、あのなぁ、ここにいたおんちゃんがしょんべん行きたいでちょっとこれ持っといてくれって」

「部活はどしたんや。副主将までサボったら示しつかんやろが」

消波ブロックの股に増の部活用のバッグが挟まっていた。赤地に黒のラインが入った四角いエナメルバッグの全部の角と辺が擦《す》り切れている。赤と黒は県内に名を轟かす運動部の強豪・福蜂工業のカラーだ――柔道部に関しては、鷺南学園の藤色のほうが畏怖されているが。

「古賀と昨日会ったんやってな。ほんで三国のほうに釣り行ってるみたいやって聞いたで……」

増がビビりがちな視線をちらりと波止の上に投げた。さっき駅の便所からでてくるのが見えた釣り人がちょうど戻ってきたところで、置いてあったクーラーボックスを勝手にチェックしていた平政が「シマダイ釣れてるげ」と気易く釣り人に話しかけていた。

「ほんで？　こんなとこまでおれを説得しに来たってわけか」

「なあ長谷。シャークに謝らんけ。おれも一緒に行くで。頭下げて新人戦だしてくれるように頼もっせ。おまえがでれんとうちは準優勝かって危ういぞ」

「ほりゃほやろな」

横柄《おうへい》に長谷は肯定する。

「な？　ほやで一緒に謝りに行こっせ」

「なんでおれが謝らなあかんのじゃ。先におとなげないこと言ったんはあっちやろ」

長谷からシャークに歩み寄る気にはまだなれなかった。自分も顧問に向かって無礼千万《せんばん》を言ったとは思う。だけどシャークだって……。

親父のところに行けばよかったって、本気でシャークは思ってるのか？　おれが福蜂にいらないっていうんだったら、戻る場所なんてない。

「主将は増、おまえに譲る。おれはもともと主将の器でもねぇしな。部のことに目ぇ配って部員のフォローしたりするんは得意でねぇし。そういうんはおまえのほうが向いてるやろ」

長谷が主将になったのは単に学年で一番強いからで、それ以外の理由はない。「強い奴が偉い」は絶対的な原則である。だが、それと主将にふさわしい器量があるかは別の話だ。大会前に顧問と衝突して部全体に迷惑をかけ、強豪校としての伝統を危機に陥れるような自分勝手な部員は主将失格だ。

「そんなことねぇって。長谷でねぇと駄目なんや。おまえは部に目ぇ配れる主将でなくていいんや。ほんでもおまえが強ければみんなついていく。エゴイストでいいんやって、それがかっけぇんやで。おれじゃみんながついてこんのや。おれだけでない。この一週間でみんな感じてる。みんな待ってるんやぞ」

「おれをあほやと思ってるやろ。その手は食うか」

自尊心をくすぐる増の熱弁に気持ちが揺れないこともなかったが、つんとして突き放した。

「あほやなんて思ってえんって。急にどしたんや？」

「おれはなぁー、もうおまえには乗せられんのじゃー」

古賀が昨日わざわざ福井口で待っていたことは聞いたようだが、この様子だと釣りの話以外は聞いていないのだろう。自分は人畜無害ですって顔しやがってと、昨日の話を思い起こしてあらためて増への恨みが募ってきた。な、に、が「誰か一人のためにクッキー作ってきたんかもしれん」だ。その一人がいるとしたらおまえのことだろ。なにかにつけ長谷を持ちあげてその気にさせるようなことを言っておいて、古賀がずっと見てたのは増だったというオチだ。

「長谷ぇー、どうしたら戻ってきてくれるんやー」

「ぐうの音もでんくらいおれを完敗さして首根っこ摑んで道場に引きずってでもいくんやな」

拝み倒してこんばかりの増の困窮ぶりにも同情の余地はない。無理難題をふっかけて大いに困らせてやる。

「ここで勝負するんか？　ほしたら道着いるな」

と、そこへ闖入《ちんにゅう》してきたのは平政の声だった。増ともども上の道を振り仰ぐと、平政と釣り人との釣り談義にいつの間にかもう一人、新たな人物が加わっていた。

「道着持ってきてるんやろ、貸してやれや。階級同じやしちょうどいいやろ。シュート」

平政に話を振られたその人物が「まあ持ってきてるでいいけど……」と不思議そうに首をかしげた。

坊主頭にキャップをかぶり、自転車にまたがった小柄な男だ。ジャージの上にはおった藤色のウインドブレーカーと、自転車の籠《かご》に押し込まれている揃いのカラーのエナメルバッグがトラウマのような打撃で長谷の脳を揺さぶった。大会会場の武道場で、あのウインドブレーカーの集団をこれまでに幾度、苦渋を噛みしめて福蜂の集団の中から見送ったか。バッグに印字された『Ｓａｇｉｎａｍｉ』という筆記体のロゴを網膜に焼きつけが起こるほど睨みつけてきたか。

颯爽《さっそう》と帰陣する〝王者〟の集団の中から、長谷の眼光に気づいていつもちらりと目をよこしていく選手がいた。６０kg以下級で身長は１５５cm——長谷よりも背が低く、どっしりした感じの体型に丸っこい童顔が乗っている。首から上だけなら中学生にしか見えないようなそのあどけない坊主頭の下に強靭《きょうじん》な筋肉がついた身体と驚異の柔道センスを備えた——伊藤秀人だ。

「あれっ、鷺南の伊藤？」

やや呑気に驚いてみせたのは増で、長谷は驚きのあまり声もでなかった。

竹刀《しない》袋みたいにたすき掛けにしている二本の細長い袋は釣り竿のロッドケースだ。クーラーボックスとツールボックスが自転車の荷台に重ねてくくられ、端にはバケツまで結ばれていた。この装備でこの場になにをしに来たかは一目瞭然だ。

「今日のゲストって、まさか……」

「ほやほや、こいつ。小坊《しょうぼう》んときからの釣り仲間なんや」

「い、伊藤のことやったらなんでそうと先に言わんのじゃっ」

「ん？　言ったげな？　顔浮かぶイトウいるって」

などとすっとぼける平政に長谷は歯軋《はぎし》りする思いだった。秀人の話を初めてしたとき、顔が浮かぶイトウが二人いるとたしかに平政は言っていたが、だからといって伊藤早知子さんじゃないほうのもう一人が当の秀人だったなんて、予想できるわけがない。

「ガッコで釣り仲間できたって洋が言うで驚いたんやけど、長谷と増のことやったなんてなあ。考えてみれば洋も福蜂やもんな」

長谷の衝撃をよそに秀人が屈託なく笑った。「ヨウ」は呼びかけではなく平政の下の名前のことだと一拍かかってから繋がった。その平政洋は秀人の横で事態を面白がるようににやにやしている。

「福蜂も土曜は昼までなんか？　鷺南《うち》も土曜の午後だけはオフなんや」

思わず長谷は増と顔を見あわせた。それから、

「ああ……ほや、うちもオフなんや」

見栄を張った。

「ほうかあ。お互い息抜きできんのは土曜半日だけやなあ」

秀人が顔をくしゃっとさせると、もしかしたら稽古で折れたのだろうか、前歯が一本欠けていた。誰が見ても男前とは評せない顔だ。

「道着貸すんはぜんぜんかまわんけど、なんの勝負や？」

「いや、そっちに話すようなことじゃ……」

単純に興味本位という澄んだ瞳で秀人に訊かれて長谷は返事を濁した。と、「伊藤からも長谷

を説得してくれんか。こいつ月曜から部活」「あほかっ」隣で増が正直すぎることを言いだしたので飛びかかって首根っこを押さえつけた。主将が一週間部活を休んでて副主将が説得に来てるなんていう事態になってることを積年のライバル校に知られるなど不体裁もいいところだ。

「おれとおまえ、二人の話やろ。柔道部は関係ねぇ」

耳もとで脅しつけるように声を低くし、増を突き放した。よろけた増の鼻先に人差し指を突きつけ、

「古賀とつきあいたかったら、まずおれを倒してからにするんやな」

口走った、というのが実に正しい。

他人事《ひとごと》だと思って平政が口笛を吹いて煽った。「おお、女絡みか。やるげ柔道部」

「いや、ちょっ……なんの話や!?」

話についていけていない増が狼狽《うろた》えて顔を赤くした。

おれだってなんの話だこりゃって思ってるわ。この場をごまかすための思いつきと、あとは腹いせだ。

左胸に極太の毛筆体で『鷺南学園』と縫い取られた道着を半裸にはおると洗剤のいい匂いがした。他人の使用後の臭い道着になど袖を通したくないのが人情だが、秀人に借りた道着は洗いたてで真っ白だった。午前と午後の稽古用にいつも道着を二着持っているらしく、今日は午前のみだったので一着余りがあったのだ。その一方で帯は一度水に浸して絞ったんじゃないかというくらいの汗で濡れていた。左襟を上にして前身ごろをあわせ、腰で帯をふた巻きする。固結びにし

て両端をしっかりと引き絞る。灰色に近いくらいまで褪《あ》せた黒帯の一方の端に『伊藤』、もう一方の端に『鷺南』と黄色の糸で刺繍《ししゅう》されていた。

まさか平政と関わった結果自分がこの道着を着てこの帯を締めることになるとは、なんて因果だ。

対する増の道着の左胸には長谷も馴染んだ『福蜂工業』の名が縫い取られている。

三国のビーチのど真ん中で相対する『鷺南学園』と『福蜂工業』。その脇に見届け人のような形で秀人と平政が立った。今の時間は波はここまで来ていないが、足もとの砂は湿り気を孕《はら》んでいる。体重をかけて地面を踏みしめると粒子の細かい砂が指のあいだにめり込んだ。普通の服の襟を摑んで投げたりしたら服のほうが破けるので本気でやるなら道着は必須だが、女性サーファーの姿もあるビーチでパンツになって着替えるのもなんなので上衣をはおっただけで下はズボンのままだ。自前の道着をバッグの中に持ってきていた増も上衣だけをはおっている。

「いまいち話ようわかってえんけど、福蜂の柔道部羨ましいなあ。うちは女子柔道部完全に別やもんなあ」

秀人が歯が欠けた顔で朴訥《ぼくとつ》な感想を述べた（ちなみに鷺南は女子柔道部も強い。というか強いを通り越して屈強だ）。

「ま、ほれはほれとして、とにかく福蜂の主力の試合見物できるんはラッキーや」

「伊藤。見物ついでに審判やってくれや。変なことに巻き込んですまんけど」

自然体で増と相対しつつ長谷は秀人に頼んだ。平政と並んで見物する体《てい》だった秀人が快く中央に進みでた。畳の縁は無論見えないが、五間《けん》（約九メートル）四方の試合場のちょうど角のあたりに立った平政が携帯電話を手にし、

「ほんなら試合と同じ四分でいいけ？」

と時計係を買ってでた。

ここに至って増だけが逃げ腰だった。昨夜の古賀の話を洗いざらい教えてやったが「嘘やろ？古賀が新歓で見たっていう憧れの先輩がおれやって……ほんとに長谷でなくてか？　だっておれあんとき負けたげ？」とまだ半信半疑である。

「古賀に直接たしかめればいいやろ。中学の体育で親切にしてもらったんを覚えてたんやと。おまえ古賀と同中なんやろ」

だいたい中学で古賀とそんなやりとりがあったなら想像くらいするだろ。自分が自惚《うぬぼ》れやすいほうだという自覚は一応あるが、増が長谷の半分でも自惚れ屋だったら古賀の気持ちに勘づいたはずだ。おまえが鈍いからおれが無駄な恥掻いたじゃねえか。

っていや、おれだって真に受けてたわけじゃないからな。ましてその気になってたわけじゃないからな。なのにこっちが失恋したみたいな気分にさせられてるのが一番納得いかない。両想いになろうがなんだろうが好きにすればいいが、とりあえず増は投げとかないと腹の虫が治まらない。

「はじめ！」

ざばんっ
秀人の歯切れのいい声があがると同時に、四人の横合いで白波が高く立った。

「っしゃ！」

気合いの一声を発して長谷が一気に詰める。強引に組むなり足技で牽制する。「おわっ、待っ、待ったっ」増が慌ててケンケンで下がる。「下がんなや、指導やぞ！」怒鳴って長谷はまた足技をだす。

一週間ぶりの柔道だ。こんなことになったのはただのなりゆきだが、はじまってみると俄然《がぜん》血が滾《たぎ》った。畳の上じゃないのはこの際仕方ない。逃げ腰だった増も覚悟を決めたようでまわり込んで前進に転じる。タッパのある増は長い脚を活かした大外刈りや大内刈りで相手を崩し、寝技に持ち込むのを得意とする。大外刈りは右組みの場合、右足で相手の右外から右踵を刈る技になる。相手を大きく回して倒せば見映えがする大技だ。大外に対して大内刈りは相手の足のあいだから右足で相手の左踵を刈る。

増が長谷の右横に素早く踏みだして大外刈りをかけてきた。長谷が右足をあげてこれをすかすと、増が長い脚を鎖鎌《くさりがま》のように伸ばして大内刈りに転じる。増の手の内なんて知り尽くしている。長谷も仕掛けられるのをただ待ってはいない。増の懐に飛び込みざま180度身体をまわして背負い投げに行く――と、増の右足がヒュッと股に入り込み、身体を跳ねあげられた。

内股!?　視界がぐるんとまわった。とっさに身をひねって肩から砂の上に落ちた。

「技あり！」

秀人の声があがった。増が絞め技に来るのを察し、古賀に絞め落とされたときのことが頭をよぎった。危うくうずくまってカメになる。増がのしかかってきてひっくり返そうとするのを歯を食いしばってこらえる。

「まて」

がかかった。

……今のはちょっと危なかった。

平政がまたひゅうと口笛を吹いた。「けっこうおもろなりそやな」

両者立ちあがって中央へ戻り、再び向きあう。増は早々に汗びっしょりになっていたが、最初の攻防で優位に立ったことにほっとしたのか表情に余裕が表れた。

「一週間分なまってる奴に一方的に負けるわけにいかんしな。やれるだけのことはやるわ」

「いつもの稽古でもほんぐらい積極的に向かってこいや」

内心若干の焦りを覚えつつ長谷は鼻を鳴らして煽った。

「はじめ」

今度は増から積極的に組みに来る。長谷はあえて増に釣り手を取らせてがっぷり組んだ。背の高い増に奥襟を取られて上から押さえつけられる形になる。

また増が大外刈りをだしてきた。刈り足をすかしつつ長谷は釣り手を絞って増の上体を引き込み、「っりゃ!」背負い投げに行こうとしたところを、さっきと同様増が大内刈りと見せかけて内股に転じる。二度も通用するか――!　股を跳ねあげようとしてきた増の右足をまたぎ越してすかした。

次の瞬間、とっさにかけたのは体落としだ。背負い投げと似ているが、釣り手と引き手で相手を引きあげつつ相手の軸足の前に足をだし、足を支点に引っかけるようにして前に回す技だ。

上半身と下半身のバランスを完全に崩された増がハンドルを大きく切るように綺麗に回った。

長身が背中から砂に落ち、ざんっと砂が高く波立った。

「一本!」

秀人の声があがっても長谷は中腰のましっかりと増の袖を摑んでいた。

手を放して上体を起こし、息をはずませながらも平静な表情で襟を整える。

「一分五秒……で、長谷の一本勝ちーっと。今の体落とし、完璧なタイミングやったな。さすがいいセンスしてんなあ」

携帯で時間を計っていた平政が感心したように言った。

「くそー、さっき合わせ一本取れてればなあ」

増が仰向けに寝そべったまま顔を覆った。増にしては珍しいほど悔しがっているのは、今の連絡技に増なりに自信があったからだろう。

「甘いんじゃ。一週間のブランク程度でおれ様が負けるわけねぇやろ。まあ内股まで連絡してきたんは褒めちゃる」

高飛車に言い放ったものの心臓がちょっとどきどきしていた。あの内股で危うく一本取られるところだった。増に追い込まれるとはな……。

けれど、そのどきどきは一週間ぶりの柔道に対する心臓の高鳴りでもあった。気持ちよかった。あの攻防の中でとっさの身体反応で決まった体落とし。あれこそ経験とセンスの融合だ。だからやめられないんだ、柔道は。

「ほんなら勝ち抜きで、次おれな」

目の前で突然ばさりと道着がひるがえった。いつの間にか半裸になっていた秀人が自前のもう一着の道着に袖を通していた。

「増、タッチ」

目を白黒させて起きあがった増に秀人がプロレスのタッグマッチみたいなノリで手を差しのべる。増がつい応じた手に小気味よい音を立てて手のひらをあわせ、「あとすまん、帯は一本しか持ってえんでそれもタッチ」「へ？　お、おう」当たり前みたいに話を進めるので押されると引く性格の増が言われたとおりに帯を解いて手渡した。

「伊藤？」

「見てたらおれもやりたなったんや。いいやろ？」

前歯が一本欠けた顔で笑っても間抜けなだけだった。だが、秀人の強さを知っている者ならいかにも朴訥なその笑顔にこそ戦慄《せんりつ》を覚えるだろう。

背筋に冷たい汗が滲んだ。しかし長谷は眉を引き締め、「……ああ」と頷いた。

こんなところで秀人とやれるなんて、願ってもない。

伊藤秀人がたとえば、うちに勝てないくせに女子部員に浮き足立ってるなんて余裕だななどと冷笑するようないけ好かない奴だったらまだよかった。だが60kg以下級王者に君臨する伊藤秀人はその王座にあぐらを掻いているような驕《おご》った奴ではなく、腹黒いところもない。ついでに言えばイケメンでもない。

だから余計に劣等感をつつかれるのだ。純粋に〝柔道の強さ〟で負けていると思い知らされるから。

「はじめ」

胸を借りる側だ。審判をかわった増の声と同時に長谷から前にでた。

相手の襟を摑む手を釣り手、袖を摑む手を引き手と呼び、釣り手と引き手の駆け引きで有利な組み手を争う。釣り手が左の秀人は左組み、釣り手が右の長谷は右組みなので喧嘩四《よ》つの組み手になる。互いに相手の釣り手をはねのける形で襟を取りにいく。

素早い攻防の末釣り手を取った。即、長谷は釣り手で秀人の胸を押し込みつつ大内刈りを仕掛ける。だが入りが浅いのを読まれていた。踵をわずかにずらしただけで秀人が長谷の刈り足をいなし、重心が崩れたところをすかさず小内刈りで掬いにくる。危うく長谷は足を踏ん張ってこらえる。ぱんっと秀人の土踏まずに踵をはたかれ、電流を受けたような痺《しび》れが足首に走った。踏ん張った足を軸に次は長谷が大内刈りを飛ばす。一瞬でまた攻守が入れ替わる。だが秀人が足を引いて躱《かわ》した。

内心で舌打ちがでた。並の相手ならこれで容易に崩せる攻撃を繰りだしているというのに秀人はさすがの反射神経でことごとく対応してくる。

まだ長谷の足はとまっていない。逃げた秀人の足を追いかけて内股に転じる。さっき増が見せたばかりの連絡技だ。素早く身体をまわしつつ秀人の股に足を引っかけて投げに入る。刹那、秀人が釣り手を放した。目の前から一度消えた釣り手が背中からまわり込んできて、腰を持ちあげられた。「うお!?」裏投げ!?

いわゆるバックドロップだ。投げられまいと長谷は宙に浮いた足を秀人の足に絡ませる。と、後ろに投げられるかと思ったら、長谷の腰を抱えたまま秀人が身体をひねって無理矢理前に投げてきた。裏投げからの、移り腰だと——!?

背中から落とされるのをブリッジで耐えた。ダンッと足に衝撃が走った。

「……ゆ、有効!」

一瞬息を呑む間があって増の声。だが、まだだ——組み手はまだ離れていない。ブリッジから全身のバネを使って起きあがりざま長谷は秀人の腕を抱え込み、かなり強引に背負い巻き込みに持っていく。

くっ……砂が……! 足場が滑り、長谷のほうが潰れる形になった。すぐにカメになって抑え込みに耐える。小柄なくせにものすごい力で秀人が帯を吊りあげてひっくり返そうとしてくる。手がかりなどない砂に長谷はしがみつき、砂に歯を立てて噛みつくようにして「まて」がかかるまで耐える。

抵抗も虚しく徐々に身体が浮かされ、とうとうひっくり返された。

「抑え込み！」

倍も体重差のある重量級とやっているかのような重圧が胸にのしかかってきた。足をあげて跳ね返そうとするが、畳と違って足の裏が砂に埋もれるだけで反発力を得られない。歯を食いしばる。口中に入った砂が奥歯で磨り潰された。

開始直後のめまぐるしい攻守の交代から一転、防戦の時間がじりじりと過ぎる。腕に残った力がじりじりと蝕《むしば》まれる。

「二十五秒、技あり。四、三、二……」

平政のコールで気持ちが折れた。最後は脱力し、

「一本！」

増が宣言した。

秀人の身体が胸から離れてから、長谷は胸を上下させて咳き込んだ。抑え込まれていた三十秒間、いや、開始からずっと息をとめていたような感覚だった。酸素を使い切ったかわりに全身に溜まった乳酸で腕一本、指一本すら動かせないくらいだった。

ああ、くっそ……。あっという間に負けた。

「おいおいすげぇな、五十秒やそこらで技何個でたんや？　しかも移り腰とかあんま見んやつまで飛びだしたぞ」

「こいつら二人ともあほみたいに技持ってるんやって……」

平政の軽い口調に増がげっそりした声で答えるのが聞こえた。一分もない試合時間で審判の増

が一番疲弊したみたいな声になっていた。

まだ仰向けになっていると顔の前に手を差しのべられた。ロボットアニメみたいにどっしりした短い足が視界の端に立っていた。

勝者に情けをかけられたくはない。手振りで秀人の手を辞して長谷は砂にめり込んだ背を引き剝《は》がした。立ちあがるとき若干ふらついた。

「畳の上やったら返せてたでな」

仏頂面で負け惜しみを口にした。秀人がきょとんとしてから、皮肉《ひにく》るでもなく「ほうかもな。ほしたら次は畳の上でな」と不敵に笑った。余裕こきやがって。

波打ち際まで歩いていき、くちゃくちゃと口中で唾を転がして砂を吐き捨てた。砂を捨てても舌の上で小石のようなものがごろついていた。舌でさわると右の奥歯が欠けていた。磨り潰されたのは砂ではなく奥歯のほうだったようだ。それも海に吐き捨てた。

すでに帯は帯たる役目を放棄して道着は完全にはだけていたが、どこに溜まっていたのか帯をほどくと砂が大量に落ちた。道着も脱いで砂を払う。借り物だからこのまま返さねばならない。

道着を手にぶら下げ、じっとりした目で平政を振り返った。

「……平政。おまえやってたやろ。柔道」

さっきから違和感を持っていたのだ。体落としや移り腰なんて技名が素人の口からでるとは思えない。だいたいあの速い展開の中で決め技がなんだったかなんて素人の目で判断できるものでもない。何気ない流れで時計係を買ってでたが、テレビで見ていたとしてもオリンピックやなんかの試合は五分間が多い。高校のルールが四分間だなんて、興味がなければ知るはずもないだろう。

「なぁにが柔道ってそんな面白ぇか、じゃ。すっとぼけて訊きやがって」

「小六まで道場行ってただけやって。今は見る専門やで素人同然や」

「ん？　なに言ってんや今頃？　知らんわけねぇやろ？」

無垢《むく》な顔で口を挟んできた秀人に長谷は驚いて目をやった。

「おれらの一コ上にいたやろ。洋と知りあったんも道場の合同練習んときやもんな。柔道やって釣りも趣味なんて奴えんかったで、すぐ仲良なって一緒に釣り行くようになったんやげなあ」

「一コ上……!?」

県内の道場に所属している小学生の合同練習や合同試合というものはときどきあったが、その中に平政がいた覚えなんてない。おぼろげな記憶を懸命に遡っていると、

「思いだしたわ！　ヒラマサってヘイセイやろ!?」

と、先に素っ頓狂な声をあげたのは増だった。

「六年にいたわ、ヘイセイ。おれタッパ同じくらいやったけど、ひっで強かった奴」

「ヘイセイって……あいつか……！」

記憶の奥底から半紙に滲んだような楷書体の文字が浮かびあがってきた。小学生にしては大柄な背に縫いつけられた姓と所属道場名。「平政」という姓に馴染みが薄かったせいだろう、長谷たちは「平成」だと思い込んでいて——。

滲んでいた『成』の字が、その瞬間『政』にくっきりと書き換わった。

増がいて。そこに秀人が来て。おまけにずっと一緒にいた平政まで……。ここにいる全員柔道経験者ってことじゃないか。

後ろめたさに苛《さいな》まれながら肩肘《かたひじ》を張って柔道に背を向けていた自分はなんだったんだと思った

ら、バカらしくなって肩の力が抜けた。

「長谷。次は畳の上なんやろ」

増が諭すように言ってきた。口を尖《とが》らせただけで長谷が返事を避けると、増が眉を八の字にして懇願するような顔で見つめてくる。

秀人への負け惜しみで口走っただけだ。新人戦の話だとはひと言も言っていない。

まだ握力の戻らない両手を見下ろす。渾身の力をして秀人の抑え込みを外せなかった。悔しさがまたこみあげてくる。長谷にも幾度かは好機があった。〝幾度か〟の〝その一瞬〟を秀人にことごとく対応されるから毎度勝ちきることができない。

だが裏を返せば、秀人のほうも一瞬の反応の遅れで負けるかもしれない緊張感に常に晒されているということだ。

秀人とやるのが結局一番面白いのだ。どうだ、これが軽量級の面白さだ、っていう柔道がやれる。互いに持てる限りの技とスピードと反射神経を駆使し、四分間に全神経を集中し、一瞬の機を制す柔道。

勝機は長谷のほうにも常にある。

自分の手もとにそれを引き寄せるのは、稽古しかない。

「あーほやほや長谷、言っとくけど釣り部は今日で活動休止やでな」

と、平政がふいに空々しく声を高くした。

「どういうことや？　今度は川釣り行こっせって……」

「どっちにしても十一月入ったらシーズンオフや。もう六限サボる理由もねぇし、おまえが放課後行くとこなんてねえぞ」

急に見捨てられたように感じて当惑する長谷に、平政がにやりとして。

「おまえに必要なんは、もう建前だけなんやろ」

目尻と口の端の片側だけを歪めたシニカルな笑い方が、ちょっと寂しげな笑顔に見えた。

「平政……」

思い返せば一週間は短かった気もする。しかし平政と竿を並べてずいぶんいろんなことを話した。平政の話も聞いたし、自分の中に溜まっていた澱《おり》も打ちあけた。険悪な空気になったこともあったが平政のほうがおとなだったからうまくガス抜きさせてくれたように思う。ときには何時間も釣り糸を垂らして待つだけという、それは釣りの〝退屈な〟特性ゆえの時間だった。

「ま、おれはちょぼちょぼどっかで釣ってると思うし、そんときたまたま暇やったら、秀人みたいにゲストでつきあってくれや」

前言をひるがえすようなことを平政がつけ加えたのでやっぱりけっこう寂しいんじゃないかと長谷は笑ってしまったが、笑いながらちくりと胸が痛んだ。

ごめんな、平政。ありがとうな……。

乗る電車を間違えて終点まで来たつもりでいた。けれどここは終点ではなく、結局自分は道場へと続く電車にずっと乗っていたように思う。ちょっと遠回りをしただけで、全部繋がっていたんだろう。

だから引き返すのではない。ここからまた先へと乗っていこう。

たまにはまた海行きの電車に乗るのもいいかもしれない。壁にぶつかって腐ることがあったとき、今いる場所から一度離れて気持ちをリセットしたくなったとき、釣り糸を垂らして退屈しに来るのもいいかもしれない。

まあ当面はサボったぶんを取り戻さなければならないが、
「また釣りも教えてくれや」

6

去年の春に入部したとき、ちょうど春休み中に古い畳を表替えしたばかりだったそうで、道場へ足を踏み入れた長谷たち新入部員の五感に最初に刻まれた感覚は真新しい畳の匂いだった。それから一年半、毎日の雑巾がけのたび、数十人の部員の身体から一日に流れる何百リットルか知れない汗が拭き取られるというよりは奥へ奥へと地層が重なるように沈積し、青々としていた畳はあらためて見るとずいぶん色褪せていた。

文字どおり自分たちの世代のみが排出した汗を吸った畳の匂いを嗅ぐと、一週間しか離れていなかったのに郷愁の痛みのようなものがつんと鼻の奥に沁みた。

約百畳の道場を四つん這いで駆けまわって隅々まで雑巾をかけた。

掃除を終えると鴨居《かもい》の上に祀られた神棚を正面に見る場所に座した。白黒写真の中から道場を見渡している講道館柔道創始者・嘉納治五郎《かのうじごろう》の厳格な顔をまっすぐに見つめ返して待っていると、戸口のほうで物音がした。

「……早いな」

驚きを含んだ声が背中に聞こえた。長谷は神棚に向かったまま畳に両手をついて頭を低くした。

「すいませんでした。自分の怠慢でした。今日から稽古に戻らせてください」

長谷から先に謝ったわけではない。折れたのは実は向こうが先だった。

昨夜シャークから電話がかかってきたのだ。

『明日の朝でてこい。根比べはおれの負けや。正副主将コンビに休まれちゃ部活動に支障が出る』

魚の内臓の苦いところを噛んだみたいな顔が電話越しに目に浮かぶような声色だった。

一方的な要請だけで切れるかと思ったが、声量をやや落としてシャークは続けた。

『親父さんのことを引きあいにだしたんは、おれが悪かった。すまん』

どっちが先に痺れを切らして謝るかなんていう根比べに勝ったところで、思ったほどの満足感はなかった。いらない意地を張っていたと思い知った。

「おれも失礼なこと言ってまいました。顧問の差とかって……」

電話口で急にシャークが咳き込んだので長谷は眉根を寄せて携帯を耳から遠ざけた。こもった咳払いが何度か聞こえたあと電話口に声が戻ってきた。なにか言い訳がましい口調になっていた。

『……正直に話す。今回しか話さんぞ。何年も鷺南に勝てん中で、おまえがうちを受けるって聞いたときは、やっとチャンスが舞い込んだと思った。親父さんが取らんかった息子をおれが育てて、鷺南を見返してやるなんてな、変に意気込んでもた。おれにも僻《ひが》みがあったんや。ほんであんなこと言ってもてな……』

シャークに言われたことは長谷の地雷だったが、長谷のほうもシャークの地雷を踏んだようだった。

畳を摺《す》る足音が背後から近づいてきた。凪《な》いでいた道場の空気を四十路《よそじ》の大男の体温と体臭を含んだ風が波打たせた。

巨魚のひれを思わせる三十センチの扁平足が長谷の横をまわり、神棚の前に立った。長谷は畳から五センチのところに額を浮かせ、その姿勢を保ってシャークの言葉を待つ。

昨日の電話でのちょっと殊勝な声はどこへやら尊大な声が頭の上に降ってきた。

「一週間も無断欠席した奴をただでは復帰させられん。ペナルティとして向こう一ヶ月、稽古中のドリンクの補充係」

「えっ、そっちからでてこいって言ったのにペナルティあるんか？」

長谷は思わず頭をあげた。

「おまえって奴は……ちょっとは殊勝なって帰ってきたかと思ったら……」

シャークのこめかみが引きつり、奥歯が軋む音が聞こえてきそうな剣幕になったのですぐまた頭を下げて「……はい。わかりました」

稽古中、実質十五秒もないインターバルごとにボトルのドリンクの残りをチェックして補充するのは一年の仕事だ。今の柔道部では学年に関係なく掃除などは全員でやるので一年がやらされる雑用といえばこのくらいではあるが、汗を拭く暇もなく水道まであたふたと往復することになる。雑用を命じられるのは長谷にとっては少なからぬ屈辱だった。

だが稽古に参加させてもらえるなら仕方ない。腐ってる暇なんかないのだ。

秀人と戦える時間はあと一年もない。

高校を卒業したら家業を手伝って漁師になる——平政からも聞いてはいたが、それがまさか秀人が柔道から離れることを意味するとは長谷の中で繋がっていなかった。

〝昔行ってた道場戻って続けるつもりやけど、今ほどどっぷり柔道やることはないと思う。長谷は大学とかで続けるんやろ？　おんなじフィールドでやることはあんまりなくなるやろな〟

秀人本人の口から昨日聞いたときには呆然《ぼうぜん》とした。

海が好きやで、と悲観しているふうでもなく秀人は明るく言った。

海と船と魚の間近で育った秀人にとっては苦渋の末の選択というわけではなく、当たり前に自分の前に延びている進路なのだ。柔道一族に生まれた長谷にとって柔道が赤ん坊のときから家族の生活に溶け込んでいたのと同じように。少なくとも現在高校二年の長谷が想像できる限りにおいて、柔道を一生続けることは自分にとって当たり前の進路だ。

そして自分の柔道人生に、年齢も階級も同じ秀人は厄介な壁としてずっと立ちはだかるんだろうと思っていた。

今年の三年はもう引退している。ということは自分たちが来年引退するまであと一年を切っている。秀人がいなくなれば自分にチャンスが巡ってくる？——冗談じゃない。秀人に勝つチャンスがあと一年もないってことじゃないか。勝ち逃げなんかされたらそれこそ一生目の前に秀人の影が立ちはだかることになる。そんなのはまっぴらご免だ。

もしかしたら長谷が腐って部活を休んでいることを秀人は平政から聞いていたんじゃないだろうかとちょっと思った。本人に訊くのも気まずいので訊かなかったが。

あと一年以内に絶対に秀人に勝つ。そして、長谷の代で福蜂を県王者に返り咲かせる。シャークを感動でむせび泣かせてありがとうなんて言わせてやったらさぞ気分よく卒業できるだろう。親父に欲されなかった自分に夢を乗せてくれた感謝も、一分《いちぶ》込めて。

「おはようございまー……す」

あえて先に声で気配を知らせるような間があってから入り口に増の顔が覗いた。シャークから呼び戻す電話があったことは昨夜のうちに話してある。長谷がちゃんと来ているのを見て増はほっとしたように笑みを浮かべ、しゃちほこばってシャークに頭を下げた。

「先生。昨日休んでもてすんませんでした。今日からまた稽古ださしてください」

「うむ」

シャークのほうも妙にしゃちほこばって頷いたのが面白かったが、シャークにぎろりと睨まれて長谷はかしこまって顔を引き締めた。

三人で引きつり気味の厳《いか》めしい顔を突きあわせていると、

「おはようございますっ」

と頭のてっぺんから抜けるような声が聞こえ、増の脇のあたりからセーラー服姿の女子部員が頭を突っ込んできた。「あ、長谷先輩！」長谷の姿を見て嬉しそうに顔を輝かせ、増を見あげて頷きあう。さっそく一緒に仲良く登校かおまえら。

朝稽古の集合時間が近づき、学ラン姿にめいめい赤地に黒いラインのエナメルバッグを担いだ部員たちが「押忍《おす》っ」と気合いの入った挨拶とともに姿を現しはじめた。

男子部員たちが道場の端で道着に着替える中、長谷が先に柔軟体操をはじめていると、一年のタケルが帯を結ぶのもそこそこに寄ってきてかがみ込んだ。

「長谷先輩、聞きましたよ。昨日のこと」

戸口のほうをちらちら見ながらタケルが耳打ちしてくる。女子更衣室まで着替えにいく古賀が増となにか言葉を交わして道場をでていくところだった。

「増先輩と古賀賭けて対決したってほんとですか」

鬱陶《うっとう》しく顔を近づけてくるタケルを長谷は柔軟しながら肘を張って突き放した。タケルが傍らに正座しなおし、心底同情したようにしみじみと、

「ほんで負けて古賀を譲ったんですね……」

「誰がじゃ。負けてはえんってのＪ

開脚前屈ついでにタケルの奥襟を摑んで引き倒した。畳に顎を押しつけられたタケルが歯の隙間から悲鳴を漏らした。長谷も畳に額をつけたまま、地の底から地獄の沙汰を言い渡すがごとく声色にドスをきかせて。

「タケル、今日の乱取りずっとおれとやるぞ」

「ええっ、嫌っすよ。長谷先輩とやとずっと投げられるだけやでっ」

ドリンク補充の雑務を言い渡されているので実際にはずっと摑まえてなんておけないのだが、そんなことは知らないタケルが縮みあがるのを見て気が晴れた。

平政といい古賀といい、この一週間で人の恋愛に立て続けに立ち会ってしまったが、当分のあいだ自分は男を投げてたほうがいい——本音と見栄を半々に、いつもの日々に帰着した。

桜のエール

ほんなら土曜日、講堂の地下でやってるでねと、なんだか東京の秋葉原とかでやってるアイドルのライブ会場に案内されるようなノリで誘われてつい約束してしまった。

1

入学して最初の一週間を終えた土曜日、午前中にあった一年生向けのオリエンテーションから解放されると、わかなは本校舎をでて特別校舎に足を向けた。月曜日に入学式をやった記憶がまだ新しい講堂は特別校舎の正面の広い階段を上ったところにある。同じ校舎の脇に、教えられたとおり地下へと続くもっと細い階段があった。階段をおりると突きあたりにガラス扉の玄関があり、木枠の下駄箱に運動靴が所狭しと突っ込まれていた。お世辞にも綺麗とは言えない、男子の大きい靴ばかりだ。

「ここでいいんかな……」

廊下の奥にある引き戸が開け放されていて、畳の部屋になっているのが見えた。なにかを叩きつけるような激しい音がひっきりなしに聞こえてくる。

「柔道場ってここっすか」

背後から突然声をかけられ、つま先立ちでおそるおそる廊下を覗《のぞ》いていたわかなは思わず飛びのこうとして玄関の段差にしたたか脛《すね》をぶつけた。

「すっすみません、わたしもよう知らんくて……」

「なんだ、あんたも一年？」

わかなと同じくまだ新しいセーラー服を着た女子が、ロングストレートの茶髪の先を人差し指に巻きつけながら首をかしげた。耳もとでピアスが光った。

福蜂《ふくほう》工業高校の女子の制服は黒のセーラー服で、白いラインが入った襟に紺のスカーフを通すけれど目の前の彼女はそのスカーフを抜いていて、セーラー服の丈はおなかが見えるくらい変に短くて、反対にスカートの裾《すそ》は足首に届くくらい長くしていた。ソックスはハイソックスではなくて短いくるぶし丈だ。きっとわかなと同じ時期に注文し、わかなと同じく三月に届いたばかりのはずなのに、わかなと同じ学校の制服とは思えなかった。

女の子もう一人誘ってるで安心して、ということだったので思い切って来てみたのだが、もう一人ってこの子のことか……。安心するどころではなく猛烈に不安が強まった。この子と気が合うとは思えない。学校の中で属する階層が違いすぎる。

やっぱりわたしなんか場違いだ……帰ろう……。

「二人とも来てくれたんやぁ！」

後ろ向きな気持ちになった矢先、はずんだ声とともに奥の部屋から柔道着を着た女の先輩が駆けだしてきた。頭の上でちょんまげみたいに結んだ前髪がよろこびを表すかのようにぴょこぴょこ跳ねてついてきた。

寄ってきた獲物は獲《と》り逃がすまいとばかりにその先輩が逃げ腰になっていたわかなの手首を掴み、もう一人の子の腕にも手をまわした。うわっ……手が熱い。それに力の強さに驚いた。鎖骨に溜まった汗がボブカットの髪を濡らしていた。

「石持《いしもち》かれんさんと、下川《しもかわ》わかなさん、やったの」

「こ、こんにちは」とわかな。

「まー一応来ましたけどぉ」と石持さんと呼ばれた彼女。

「二人、クラス違ったと思うけど友だちやったんやぁ。ほんならよかった、仲良やってけるの。ちょうど午後のアップ終わったとこなんや。ゆっくり見学してっての。さあさあ、どうぞどうぞ」

準備運動だけでこんなに汗だくになるなんて、中学でも運動部に入っていたわけではないわかなではやっぱりついていけそうにない。石持さんと仲良くやっていける気もぜんぜんしない。

「あの、わたしは……」

やっぱりやめときます、と言えずにいるうちに奥の部屋に押し込まれた。

一面に畳が敷かれた広い部屋だった。休憩時間なのか、さっきまで聞こえていた音は一時やみ、柔道着姿の男子たちがうろうろ歩いたり壁際で汗を拭いたりしている。天井付近に溜まった熱気で景色がもやっと歪《ゆが》んで見えるくらいだった。

「思ったより臭くないっすね」

石持さんが鼻をひくつかせて言った。言わなくていいことを口にだす人だ。わかなが隣で冷や汗を掻《か》く一方で女の先輩は気に障《さわ》ったふうもなくくすくす笑った。

「わたしが入る前はのー、もっとヒドかったんやけど、今はみんな気ぃ遣うようになったでの。ほやで女子も入りやすいと思うよ」

入り口で突っ立っている一年生女子二人に男子部員たちの注目が集まった。途端、おおおという低音の歓声で熱せられた空気が揺れた。「スケバンと優等生や」とちょっとよくわからない期待で目を輝かされてわかなはたじろぐ。まだ入学して一週間目なのに一年生ももう練習にまじっているようで同じクラスの男子（柔道部だとは思わなかったけど）の顔もあった。ただ誘ってくれた先輩の他には女子は一人もいないようだ。

「いらっしゃい。好きなように見学してってくれな。質問あったら古賀《こが》になんでも訊《き》いてな」

ひょろりとした長身の先輩が人のよさそうな笑顔で近づいてきた。

「古賀、わたしね。二年の古賀あゆみっていいます」女子唯一の先輩が自分を指さしてから、長身の先輩にスポットを当てるような手振りをし、「この人は三年生の増《ます》先輩。すご～く優しいんやよぉ～」赤らめた顔を両手で覆う古賀先輩。増先輩が「いやぁ」と照れる。

「わたしも未経験からはじめたし、うちの男子怖い人もえんで、あんまり心配せんでね。あっ先生はちょっと顔が怖いけど」

古賀先輩がお茶目に舌をだし、にこりと笑って、

「ね、やってみん？」

わかなの不安を汲《く》んで入部しやすいように説明してくれているのだ——優しい先輩がいるなら、と、後ろ向きだった気持ちがぐらついたとき、増先輩の背後からよく通るきびきびした声が聞こえた。

「見学者やってか？」

「ああ、長谷《はせ》。古賀が勧誘してきたんや」

また別の先輩が黒い帯に両手を引っかけ、胸を張って立っていた。縦にも横にも大きくはない、むしろ男子にしてはけっこう小柄だ。けれど……若干乱れた柔道着の襟から覗く硬そうな胸板と六つくらいにきっちり割れた腹筋をつい凝視してしまってからわかなは慌てて視線を逃がした。

ちょっとかっこいいかもと思ったが、その先輩がわかなと石持さんを鋭い目つきで一瞥《いちべつ》し、

「また初心者の女子か。うちは全国見据えてる強豪やぞ、足引っ張る気か」

不機嫌そうな言い方に心臓がぎゅうっと竦《すく》んだ。

「長谷ー。いいやろ別に。ずっと女子一人じゃ古賀かってかわいそうやし」

「もう、なんでほういうこと言うんですか。怖がってまうでしょ。長谷先輩に入部拒否する権利なんてないですからねーだ」

「主将はおれやぞ」

「わたしの目が黒いうちはそんな横暴は許しませんっ」

甲高い声で噛みつく古賀先輩に長谷先輩が顔をしかめ、わざとらしく片耳を手で塞ぐ。長谷先輩にはあきらかに歓迎されていなかった。他の先輩たちが優しそうだったから安心しかけたが、すぐにまた心がしぼんだ。

「あ、あの、わたしはやっぱり……」

「強豪って男子のことっすよね。だったらぁ、あたしが入ったら女子も強くなりますよ」

と、石持さんの気怠《けだる》げな声がわかなの声を遮《さえぎ》った。

「ちょ、ちょっと、石持さん？」

ぎょっとしてわかなは石持さんの袖を引いた。石持さんを見る先輩たちの目つきが変わり、長谷先輩も俄然《がぜん》前のめりになった。

「経験者やったんけ、一年女子」

「やったことはないですけどぉ、親父が持ってた『柔道部物語』って漫画、昨日徹夜で全巻読破してきたんで、イメトレは完璧っす」

長谷先輩があいた口が塞がらないという顔になる。意味がわからなかったわかなはリアクションの取りようがなかったが、増先輩が噴きだした。

「『柔道部物語』、ほう言われてみればきみ、読んでそうやもんなあ！　うちの部員も全員読んでるぞ！」「ほーでしょーっ!?　わたしもそう思ったんです！　ねっ、うちに入って違和感ないでしょー！」古賀先輩が誇らしげに鼻を高くして賛同する。テンションがあがる二人の先輩の傍らで長谷先輩だけが眉間に深い皺《しわ》を刻んでこめかみを押さえた。

「うちの連中とおんなじレベルのあほでねぇか……。そもそもうちのガッコにあほしかえんのか……」

苦々しげな顔はそのままながら、咳払いを一つして古賀先輩に視線を戻し、

「これで団体戦でれるやろ」

増先輩にひっついていた古賀先輩が目をぱちくりさせた。

「増から聞いてるわ。団体戦でたくて部員探してたんやろ。女子は三人で団体戦でれるでな。新人の登録せんとあかんの忘れんなや」

意味を確認するみたいに古賀先輩が増先輩を振り仰ぐと、増先輩が笑って頷《うなず》き、手で小さくオーケーの形を作ってみせた。古賀先輩の顔にみるみる輝きが広がり、

「はいっ、がんばりますっ」

両手でガッツポーズを作って身を沈めると頭の上のちょんまげも嬉しそうに揺れた。

ちょ、ちょっと待ってよ！　どうしよう……！

なんだか盛りあがる空気の中、わかな一人が蒼《あお》ざめていた。三人って、古賀先輩と石持さんと、あとはどう考えてもわかなのことだ。団体戦？　柔道の試合？　無理だ！　誘われたから見学に

来ただけなのに一足飛びに試合の話なんて、なんでこんな流れになってるの？　石持さんが大風呂敷を広げて話を進めるから……！

でも、この空気で自分は入部する気はないなんて言ったらみんなをシラけさせてしまう。

――〝わかなちゃんってノリ悪いんやね〟

――〝いややったらもっとはよ言えばいいのに。こっちかって強引に誘ったりせんよ〟

中学のときからノリが悪いと言われるキャラで、みんなをシラけさせることがあった。同じグループだった子たちからいつの間にか誘われなくなっていた。引っ込み思案の性格のせいで自分から踏み込んでいくこともできなかった。誰か誘ってくれないかなと、いつも受け身で待っている人間だった。

一人でいることそれ自体よりも、まわりがみんなグループになっているのに、自分だけがどこにも属していないことが一番気詰まりだった。

逃げるように工業高校を受験した。女子が少ない工業高校なら女子の大グループから孤立することはないと思ったから。男子が多いことの怖さ以上に、女子がたくさんいる環境のほうがわかなにとってはもっと怖かったのだ。

柔道場の端に石持さんと座って稽古を見学することになった。じわじわと痺《しび》れに蝕《むしば》まれつつわかなは我慢して正座していたが、石持さんは空気を孕《はら》んで膨らんだ長いスカートの中で脚を崩していた。ずるいと思う。とはいえじゃあ彼女みたいに極端に長いスカートを穿《は》けばいいと言われても、みんなと違う恰好《かっこう》をする度胸なんてもちろんない。

「下川わかなだっけ。じゃあわかなって呼ぶな」

もう部活の仲間になったみたいに気易《きやす》く呼ばれても迷惑だった。せめてもの反抗でわかなはむっつりと黙っていた。

目の前では乱取り稽古というのが行われていた。柔道の漫画を読んでいなくてもそれくらいは聞いたことがある。古賀先輩も男子の中に普通にまざって練習していて、今は長谷先輩と組んでいた。

長谷先輩とだったら他の先輩よりは体格差がないように見えたけれど、古賀先輩が素早く踏みだして足をかけようとした瞬間、いとも簡単に長谷先輩に投げられた。痛そうな音が畳に跳ね返ってわかなは身を竦めた。石持さんは唇をすぼめて「うひょう」なんて声をだした。古賀先輩はけれどすぐに立ちあがり、怯《ひる》まずにまた長谷先輩に向かっていく。

「一緒にやろうよ、わかな」

ふいに隣で聞こえた、すこしぽつりとした声に驚いた。

「あたしぃ、中学んとき千葉からこっちに転校してきたんだ。でもこんなんだから中学で浮いててさ。高校では居場所作れたらいいなって思ってたんだぁ。けど、やっぱまだクラスで友だちできなくてさ……」

「わ、わたしも……！」

思わずわかなは食いつくように石持さんのほうへ身を乗りだした。

工業高校は女子が少ないという予想に違《たが》わず、クラスには自分を含めて女子が五人しかいなかった（わかなが入った建築科はこれでも機械科や電気科よりは女子の比率が高いらしい）。ただ計算外だったのは、わかな以外の四人が二人ずつ同じ中学出身で、入学式の日にはもうそれぞれペアになっていたことだった。

どちらかのペアに話しかけて仲間に入れてもらえばよかったんだろう。けれど勇気をだせないでいるうちに高校生活最初の一週間が過ぎようとしていた。まわりが男子ばかりというこの環境で女子からあぶれたら、それはそれで三年間この教室に通うのは地獄だ——暗澹《あんたん》たる前途に絶望しかけていたとき、教室の前でたまたま古賀先輩に声をかけられたのだった。

「古賀。休むんやったらおれはもう組まんぞ」

長谷先輩の厳しい声が響いた。

またあっけなく投げられたあとさすがに座り込んでへばっていた古賀先輩が「やりますっ。お願いします」と立ちあがった。膝に手をついてひと呼吸し、顔をあげたときにはきりりと表情が引き締まっている。話しかけられたときは制服だったから柔道をやっている姿なんて想像できなかったけれど、今は柔道着姿がキマっている。

〝まだ部活決めてえんのやったら、見学に来ん？〟

あの日古賀先輩がかけてくれた明るい声が、わかなにとって救いの光になった。それに縋《すが》ってここに来た。

頑張ってみようか、ここで……思い切って飛び込んでみないことにはきっとなにもはじまらない。どうしたって三年間この学校に通うんだから。

居場所になるかな。なればいいな、この柔道場が。畳の匂いが。この熱気と、この音が。

「わたしも、かれんちゃん、って呼んでいい……？」

石持さんの——かれんちゃんの手が膝の上に置いたわかなの手の端に軽く触れた。わかなもそっとそちらへ手をずらした。手を握りあい、「へへ」と二人で小さく笑いあった。

最初の一歩は、お互いの隣の小さな居場所から。

2

「はじめの六十分は全体で練習して、それからブロック別に分かれて練習してます。トラックは短距離班と中長距離班、フィールドは投擲《とうてき》班と、あと高跳《たかと》びと幅跳びは種目別になってます。棒高と七種・八種は今やってる部員はえんのですよね……一昨年《おととし》は八種で荒島拓海《あらしまたくみ》先輩っていうすごい人がいたんやけどねー。一年生の皆さんはまだ種目決めんでいいんで、先輩たちを見て考えといてください。好きな種目の練習に入ってみていいでの。二、三年は一年生に自分の種目の特徴とか練習内容とか教えてあげてくださーい」

仮入部してから最初の土曜の部活で莉子《りこ》先輩と呼ばれている部長から説明があった。まちまちな練習着に着替えた部員たちが適当な距離をあけて体育座りし、「はーい」とまちまちに応答を返す。

「400大歓迎やぞー。短距離やるなら400、これ穴場やでな。そんなキツないし楽しいぞー」

男の先輩がさっそく調子のいい声で言った。興味深そうな空気が一年の中に生まれたが、

「うおい、ホラ吹くなや。400はまじで死ぬやつやで騙《だま》されんなやー。ハイジャン歓迎ー。ハイジャンをよろしくお願いしまーす」

と、別の男の先輩がその先輩の延髄《えんずい》にチョップを入れてかわって声をあげた。シューズのつま先で蹴りあいはじめた男二人を「そこ、三年二人、一年生の前でふざけない」と莉子先輩がうんざりしたように注意する。

部長が女子なんだなということに仲田《なかた》はまず驚いていた。男女比は四対六くらいで女子のほうがやや多い。全体の返事が揃ったときの声のトーンがソプラノなのが、中学時代は男ばっかりの部にいた仲田にとっては新鮮だった。

「ワタル先輩は普段ゆるいし面白ぇけど、ああ見えて去年の新人戦三位で北信越行ってるんやぞ。陸上はどの種目も鷺南《さぎなみ》と福蜂って二校に上位独占されてるんやけど、ハイジャンだけはワタル先輩いるおかげでうちの名前が食い込んでるんや」

隣に座っていた部員が尻をこっち側にずらして話しかけてきた。たしか二年だったよなと仲田は敬語で返す。

「ほーなんですか。すごいんすね」

「あとな、去年の部長とつきあってる」

「まじすか。夢ありますね陸部」

真顔で食いついた仲田に「正直な奴やな」と鼻白《はなじろ》みつつも、その二年も神妙な顔を近づけてきた。「スズカ先輩は東京の大学行ってもたで、遠恋一ヶ月目」

「東京……遠いっすね。心配でないんですかね」

「ほやほや。ワタル先輩ひっで心配してる」

「美人なんですか？　彼女って」

「ん？　んー……？」自分で振った話題のくせに二年は返事に詰まり、急に言葉を濁して「スズカ先輩が美人かどうかはなぁー、人によるっちゅうか……。っておまえ、おれが言ったってことワタル先輩に言うなや？　なんかおまえなんでも口にしそうで怖ぇけど」

仲田はワタル先輩と呼ばれた三年のほうに目を戻した。一八〇くらいあるのか、すらりとした長身だ。イケメンとまでは言わないが、犬顔というのか愛嬌《あいきょう》はある。笑い声がでかくて屈託がないのが最初から印象に残っていた。

「ハイジャンやってみたいです」

全体練習のインターバル中、柳町《やなまち》渉《わたる》というその三年に話しかけに行ってみた。

「おっまじで？　今おれ一人でやってるで空いてるぞー」

ドリンクを補給して戻ってきたところだった柳町が気さくに歓迎してくれた。脚を伸ばして地べたに座った柳町のそばに仲田は脚を折ってしゃがんだ。

「中学ではなんかやってたんか？」

「サッカー部でした」

「ああ、サッカーから陸上来る奴けっこういるでな」

目尻にくしゃっとした皺を寄せて柳町が笑ったところへ、「サッカー出身やったら走るんは御《お》家芸《いえげい》やろ。短距離来いやー。短距離っちゅうか400来いや400」とさっきも柳町とふざけていた、柳町の相方っぽい佐々木という三年が割り込んできた。「ハイジャンやりたいっちゅう奇特な新人横から掻《か》っ攫《さら》うなやー」柳町が迷惑そうにしっしと追い払う。

「いやおれ、走るん嫌いなんでー。あんま疲れんやつがいいです。ハイジャンって楽そうやと思ったんで」

「げっ、渉二世みたいな一年入ってきた」

佐々木が大げさにドン引きしたが、顔は笑っているから面白がっているようだった。柳町のほうは不本意そうに口を尖《とが》らせ、

「ちょお待て、いくらおれでも一年の四月はまだ猫被《かぶ》ってたぞ。ボロだすんやったら早くてもGWあけてからやろ？」

「涼佳《すずか》先輩には四月から一番怒られてたげ」

「おれ、そんな最初っから涼佳さんに面倒かけてたっけ？」

「涼佳さんなぁー」

にやにやして冷やかす佐々木に「おめーが呼ぶな」と柳町が組みついてネックロックをかます。そのまま二人でごろんごろんと校庭の土の上を転げて文字どおりげらげら笑い転げる。「ちょっとそこ！　うちはレスリング部やない！」と莉子先輩の声が飛んでくるまでが一セットらしい。

幅跳びの砂場のほうまでも転がっていってから、Tシャツの背を土だらけにした柳町が笑いながら戻ってきた。

「足何センチ？」

前触れのない質問に仲田はきょとんとした。

「シューズのサイズですか？　二十六です」

「おっナイス。ほんならおれが履けんくなったスパイクやるわ。まだぜんぜん履き潰してえんやつやで。一年はトラック用も買わなあかんし、新品揃えるとけっこう高いでなー。最初はトラックと一緒の使う奴も多いけど、ハイジャン専門のスパイクってほんとは特殊なやつなんや。ピンの数とかソールの傾斜とかな」

「いいんですか？　ほんなら欲しいです」

人の好意は遠慮しない主義の仲田である。陸上のスパイクシューズについては莉子部長からも説明があったが、エントリーモデルでも小遣いで買うのはやはり厳しい。親に言おうと思っていたところなのだ。

「気にすんなって。おれも最初のスパイクは先輩のお下がりもらったんや。まっハイジャンの伝統みたいなもんやな」

いかにも親切顔で言った柳町の頭を「おっまえ悪い奴やなぁ。なんも知らん一年しれっとハメんなや」と同じく土だらけになって戻ってきた佐々木がはたいた。この二人はどっちがボケでどっちがツッコミというわけでもないようだ。

「こいつは踏み切り右やでな。だいたいの奴は踏み切り左やで右用のスパイクもらっても変な感じんなるぞ。ソールの傾斜が特殊っちゅうんはそこんとこな」

そう説明されてもまともに高跳びをやったことがない仲田にはピンと来ない。サッカーでは利き足が右で軸足が左だから、高跳びの踏み切りも左でいいような気はするが……「まあどうせ今からはじめるんやし、右でやってみてもいいんでないですかね」どっちかというとタダでスパイクをもらえるという目先のメリットのほうが今の仲田には魅力が大きい。

「ほらー！　ほらみろ、一年やったらそう言ってまうやろ？」

鬼の首でも取ったみたいに柳町がでかい声をあげた。がしっと手を握ってこん勢いで迫られて仲田は思わずのけぞった。

「これ、おれが昔荒島先輩にハメられた手なんや！　うちのマットって狭いやつやで、左の奴跳んだあと右の奴跳ぶときマットの位置毎回ずらさんとあかんかったりするんや。ほやでおれにも右で跳ばしたほうが都合いいってだけの理由でやぞ？　ほんで初めて記録会行ったらほとんどの奴左やで、みんな逆やないですかって文句言ったら、助走路空いてていいやろとかしれっと言うし！　おれがまじで利き足逆やったらあの人どうするつもりやったんやろな!?」

唾を飛ばして文句を連ねられても仲田は唾がかからないところに顔を引いて「はあ」と言うしかない。

「アラシマナントカ先輩って、さっき莉子先輩が言ってた人っすか？」

「ほやほや。荒島拓海。涼佳さんには言わんけど、あの人けっこーーー自己中やったんやぞ」

「すごい人やったんでないんですか？」

「ほや」

なにやら積もり積もった恨みつらみがあるのかと思えば拍子抜けするほどあっさり肯定された。急に普通のテンションに戻って柳町が地べたに腰を落ち着け、仲田の前であぐらを掻いた。

「うちでは英雄みたいに言われてるけど、なんていうか、人間臭い人やった。そんな人がハイジャン跳ぶときな……かっけぇんやぁ、ひっでもんに。おれにとってはやっぱ英雄っていうか、おれの原点作ってくれた人なんや」

柳町がつと顎《あご》をあげ、目の前を舞いあがったなにかを追いかけるように空を仰いで眩《まぶ》しそうに目を細めた。仲田もつられて柳町の顎の線をなぞって目をあげた。

西のほうにだけ筋雲がかかっていたが、四月の午後の空はよく晴れていた。校庭を囲うフェンスと校舎の屋上以外、視界を遮るものはなにもない。まっさらな青空に向かって切り立つ高いフェンスが遠近法で描いたみたいに心なしか歪んで見える。丘の上にある明日岡《あすおか》高校の校舎を、ドーム型の青空がすっぽりと包み込んでいるかのように。

柳町の目にはなにが見えたんだろう……柳町が見た〝眩しいもの〟を、仲田はまだ想像することができなかった。

「楽そうやでって動機でも別にかまわんぞ」

柳町の声に顎を引いて視線を戻す。同じく顎を引いた柳町と目があった。

「動機はなんでもいいんや。ほやけど面白ぇぞ、ハイジャンは。おれがこれから夢中にさせてやりたいな」

ふざけているときは自分よりガキっぽいんじゃないかと思っていた柳町の愛嬌のある顔が、ふいにちゃんと二学年上の先輩の顔になった――ほどよく軟らかでほどよく強い、グラスファイバー素材みたいに弾力のある芯が通ったように見えた。

かすかにぴりっとしたものが心に走り、自然と姿勢が伸びた。

中一のとき、まだほとんど空っぽだった心に夢だけをいっぱいに膨らませてサッカー部に入部した、あのときの新鮮な緊張感とどこか似ていた。

「ハイジャン、やってみたいです」

「ん？　いや、それ前提でずっと話してたやろ？」

柳町に怪訝《けげん》な顔をされたが、二度目に口にした言葉は自分の中でさっきとは動機が違うものになっていた。

3

「みっちゃんって工業高校行ってるんやろ」

という安直な理由で、越智光臣《おちみつおみ》は近所に住む親戚によく家電の配線やちょっとした修理を頼まれた。一口に工業高校といっても情報科の越智には直接的には関係ない技能なのだが、まあ家電の配線程度ならマニュアルを見ればできる。マニュアルも見ないで人に頼ってくる親戚が多すぎだろうというぼやきは置いておいて。

が、弟までもが家の電化製品の配線を兄に任せきりにしているせいでテレビ一つ繋げられないのは、将来を考えると男児たるものどうなのかという心配はある。

「タカ。おまえもこんくらいできるようになっとかんと、来年はおれもう家におらんのやぞ」

テレビの裏でくどくどと苦言を呈しつつ百円ショップで買ってきた「ケーブルすっきりまとまる君」でケーブルを束ねていると、

「そんな几帳面《きちょうめん》にせんでもいいんでねぇの？　おれの部屋なんやし」

ベッドの上であぐらを掻いて高みの見物をしている弟が無責任すぎる発言をしやがった。

「ほっとけ。おれが気持ち悪いんじゃ」

越智とて特別几帳面なわけではない。自分の部屋の掃除なんかはあくまで人並みにやるだけだ。でも世の中にはこういう便利グッズがあるのだから、ほんのひと手間かけるだけで手軽に整頓できるのである。ぐちゃぐちゃさせとくくらいならそのひと手間を惜しむ理由はないだろ？

「ほんと損な性格してるげなぁ、みっちゃんは」

「おまえの部屋にテレビつけてやってんのにどういう態度じゃそれは」

テレビの陰から凄《すご》みをきかせるとさすがの弟もぎくりとして顔を引きつらせた。

「みっちゃんって福蜂入ってからガラ悪くなってえん？」

「おう。おまえみたいに世話かかるガキばっかりまわりにいるおかげでな」

「男マネも苦労あるんやなぁ」

男二人の兄弟だ。長男・光臣、福蜂工業高校三年。次男・高臣《たかおみ》はこの四月に蓼島《たでしま》高校の一年になったところだ。蓼島は福蜂のように運動部の強豪といった特色はないが、県で一番の進学校だ。

県トップ校は私立より公立という地方事情の例に漏れず福井県でも公立の藤島が一番偏差値が高い。

二階の兄弟の部屋はアコーディオンカーテンで仕切られている。リフォームしてちゃんとした壁を作る話がでたこともあるが、光臣が大学に進学したら家をでることがほぼ確定しているので、それまでこのままでも大して困りはしないというのが兄弟の結論になった。歳の近い兄弟にしてはたぶん仲はいいほうだろう。兄弟ともに中学からバレーボールをやっているせいもあると思う。

さて、高臣は娯楽的な理由で、光臣は部活の職務上の理由で前々から二階にもテレビが欲しいと思っていたが、なんと先日、商店街の春祭りの福引きで高臣が大型テレビを引きあてた。然《しか》して新しいテレビが一階のリビングに導入され、一階にあったテレビが二階のものになった。幸運を引きあてた高臣側の部屋に置かれることになったが、必要時にはアコーディオンカーテンをあければ光臣も恩恵にあずかれるわけである。

「それにしてもようあてたな……。うちでこういう運あるんはタカだけやな」

越智家は両親も長男もどちらかというと堅実な気質だ。そもそも懸賞やくじというものをあてにしようという発想を持っていない。

高臣は要領もよかった。兄貴が父親と衝突したり怒られたりするのを見て育ったからだろう。二年遅れで兄のあとを追う高臣は父に怒られない立ちまわり方を心得ている。次男の特権だよなと思う。長男なんて人柱だ。

傍らに置いていた携帯がメールの着信を知らせた。

「お。潤五《じゅんご》や」

ベッドの上でナマケモノみたいにだらだらしていた高臣がぴょんと跳ね起きた。

「統《すばる》くんたちもう着く？」

「ああ。すぐそこやって」

メールを一読して言ったタイミングで一階でインターフォンが鳴った。一瞬でナマケモノからすばしこい猿に進化した高臣がベッドから飛びおり「おれがでる！」と部屋をでていった。

階段を駆けおりていく裸足の足音にあきれて肩を竦め、越智も腰をあげた。ちょうどＤＶＤも見られるようになったところだ。

階段をおりていくと高臣がもう来客のために玄関をあけていた。最初に玄関をくぐって入ってきたのは高杉《たかすぎ》潤五・朝松壱成《あさまついっせい》の〝杉松コンビ〟だ。福蜂の壁と称される二人の後ろから、衛兵に先導される王様よろしく三村《みむら》統が軽く頭を下げて現れた。

「よう、高臣か。光臣追い越したけ？」

「あと一・五センチー」

さっそく三村に声をかけられて高臣が嬉しそうに答える。弟の舞いあがった顔を見ると三村と同じチームになった頃の自分と重ねてしまって越智はどうにも面映《おもは》ゆさに晒《さら》される。もっとも自分は弟のように人懐こくはなかったので自分からは距離を詰められなかったが。人懐こいのも次男の特権だよな。

「ご苦労さん。あがれや」

微苦笑して越智が言うと三村がこちらに視線を移して笑みをこぼす。と、それから家の奥にきょろついた視線を送った。母親が在宅のはずだが出迎えにはでてきていなかった。

「お邪魔しまーッす！」

家の隅々まで届かせるような大声を三村が張りあげた。「お邪魔しまーす」三村に追従する声が口々にあがり、特に豪邸でもない二階建ての住宅が賑やかになる。気を抜くと傾斜した階段の天井に脳天を擦る背丈の連中がどやどやと通過する。一階でおふくろが眉をひそめて天井を見あげてるんだろうかと、ちらりと考えた。

三村、高杉、朝松、猿渡《さわたり》、神野《じんの》。それに越智を入れて六人。新学期最初の土曜の午後、福蜂工業バレー部・新三年のメンバーが越智家に集まった。

アコーディオンカーテンを全開にして広くなった部屋にめいめい足がぶつからない距離を取って腰をおろし、設置が完了したばかりのテレビを囲んだ。

「ちょうど繋がったとこやで試しになんか再生してみるわ」

越智は自分の本棚の前でＤＶＤケースを見繕《みつくろ》った。過去の福蜂および他校の試合の記録の他、国際大会などの気になった試合を録画したものが並んでいる。一年の夏に怪我《けが》をし、マネージャーに転向してから溜め込みはじめたものだ。

「タカ。これデッキに入れて」

引き抜いたケースを掲げて振ってみせると、入るか入るまいか迷っているように戸口に突っ立っていた弟が飛んできて越智の手からケースを受け取り、テレビのほうへ走っていった。

「弟、蓼島やって？　すげぇげ」

現役部員中最長身、一九〇センチの高杉が道中で買ってきたレジ袋を提げて越智の近くに腰をおろした。

「まあな。あいつは勉強の要領もいいでな」

二リットルのお茶のペットボトル数本の中に当たり前みたいな顔でまざっている牛乳パックサイズの「いちご牛乳」を越智は横目でげんなりと見やった。

三村は越智の勉強机の椅子を引いてきて、チームメイトの頭を見下ろすように一番後ろのど真ん中に陣取っていた。高杉がレジ袋からピンク色の紙パックを摑んで朝松に手渡す。朝松がぜんぜん関係ないことを喋《しゃべ》りながら猿渡に手渡す。誰の号令があったわけでもないのにバケツリレー形式でチームメイトの手を渡って三村のもとへ届けられた。

「蓼島のバレー部どぉや？」

椅子の背もたれを胸の前で抱え込んだ三村が高臣に尋ねた。背もたれに預けた右手に摑んでいるのは一リットルのいちご牛乳。それ直飲《じかの》みするんかと突っ込むところかもしれないがここにいる連中には見慣れた光景なのでツッコミ役がいない。

「んー。まだぜんぜん始動してえん感じ。四月からすぐテストあるでせっかく土曜やのに今日も部活休みやしー」

高臣がDVDデッキにディスクを挿しつつぶうたれた。「まあ蓼島は勉強たいへんやろしなぁ」「っちゅうかほんならおまえテスト勉強せんでいいんか」と他の仲間も越智の弟に気さくに声をかけてくれる。

「部活の時間短いで、バレー部入った一年にもまだぜんぜん一体感みたいのなくて、友だちできる気せんしー……。おれも福蜂入ればよかったよ。統くんたちとバレーしたほうが絶対楽しかったもん」

自分に対する恨み節のように聞こえて、越智の胸に弟のぼやきがちくりと刺さった。

進英《しんえい》中での三村のような絶対的エースではとうていなかったものの、高臣は中三のときには一応レフトエースを担っていた。越智の母校でもある松本第一中の男子バレー部は最高で県三位、平均して県の上の下くらいのレベルのチームだ。

福蜂のバレー部で越智が怪我をしたせいで、両親は高臣に対してはバレーのためだけに高校を選ぶことを強固に反対した。次男気質で〝要領がいい〟高臣はあえて親に反抗しなかった。このことは越智の中で弟への若干の負い目になっている。

打楽器と管楽器の勇壮な「アフリカン・シンフォニー」がテレビの中から流れはじめた。わいわいと喋りながら自分たちの飲み物もまわしていた部員たちが誰からともなく口を閉じ、テレビに注目が集まった。

『ジャパネット杯〝春の高校バレー〟、全日本バレーボール高等学校選手権大会、男子決勝のホイッスルがいよいよ吹かれます――』

越智が高臣に渡したのは今年の一月に行われた春高《はるこう》バレー決勝戦のDVDだった。深い意味があって選んだわけではない。DVDに焼いてから一度も見ていなかったと思っただけだ。

アーチ形に並んだ照明が煌々《こうこう》と灯る大体育館の天井を煽《あお》りで映していたカメラがゆっくりと下方へチルトする。三階スタンド席、二階スタンド席、特設アリーナ席へと、応援団と観客で満員御礼の客席と誇らかに張られた決勝進出校の横断幕を舐め、それらに囲まれたバレーコートが俯《ふ》瞰《かん》で映しだされる。スカイブルーのシートの中央に描かれた、ぴかぴかと輝くオレンジコート――春高のセンターコートが。

この瞬間にコートに送り込まれた二チーム十二名の選手たちが試合開始を待って軽く跳びはねている。福井県代表・福蜂工業の深紅のユニフォームは、そこにはいない。

この大会、二年生ながら三村をエースに据えた福蜂は二日目のトーナメント二回戦で敗退した。五日間ある会期の最後まで東京に滞在することはできなかった。テレビで生放送された決勝戦は、福井に帰陣してからチーム全員で学校に集まって見た。

一年のときはまだ単なる観戦気分で見たように思う。二年のときには、あのコートに自分たちが届かなかったことの責任に身を切りつけられた。最初から最後まで生々しく襲ってくる悔しさを噛みしめてテレビ越しの試合を見つめていた。

「……さて。三年や」

三村の声が、知らず知らず沈黙していた全員の意識をこの場に立ち返らせた。一人だけ椅子の上から仲間たちの顔を見まわす三村に視線が集まる。

「やりなおしがきく試合なんかないってことなんて、頭ではそりゃわかってるつもりやったけど、二年んときはまだどっかに余裕があったんやと思う」

自分を囲む仲間たち一人一人の視線を受けとめて三村が笑みを浮かべる。神経が研ぎ澄まされているときほど三村の顔には笑みが乗る。チームメイトの全幅の信頼を集め、その信頼を勝利へと繋ぐ責を負う、エースの表情だ。

「いよいよ崖っぷちや。必ず今年、おれたちはセンターコートに行く」

口調は明朗なまま、重みが増した声色で三村が言った瞬間、ずしん……と場の重力が増した。決して錯覚ではない。全員がその言葉の重みを受けとめたからだ。

三村の言葉を引き継いで口を開いたのは高杉だった。

「掛川《かけがわ》はテクニカルやないけど、ビハインドでも焦らんと高いトスをあげれる肝の太さがある。スパイカーの力を信じてくれるいいセッターや。ほやであとはおれたちスパイカー次第や」

頼もしい援護射撃を得た三村が高杉と目をあわせ、二人が頷きあった。

春高までは一学年上のセッターがコート上のプレーヤーをまとめてくれるという安心感があった。しかし今年から正セッターを担うことになるだろう掛川は一学年下だ。

高杉も一年前から変わったなと、越智は嬉しく思う。中学時代は三村のライバル校のエースで、そのことに自負もプライドもあった奴だ。ウイングスパイカー向きの性格だと越智は思っていたし、高杉自身もそう思っていただろう。しかし監督の畑《はた》がミドルブロッカーに転向させてからのほうが急速に伸びた。今ではその身長でも精神的にも、チームを支えるかけがえのない骨格だ。

「越智からなんかあるか?」

三村がちょっと悪戯《いたずら》っぽい顔になってこっちに話を振ってきた。急に全員の視線が向けられたので緊張で顔が強張《こわば》った。心の準備くらいさせろと三村を恨めしげに睨《にら》んだが、腹を決めるのに時間はかからなかった。

気心の知れた顔ぶれだ。今さら気後れも、照れもない。

「このメンバーが最終学年になった今年の福蜂《うち》は、全国上位と十分渡りあえるっておれは思ってる。うちと同じで春高で二年中心やったとこは今年もレギュラーが大きく変わることないはずやでビデオももう集めてる。それ以外は夏以降やな」

期待していた言葉を得たように三村が会心の笑みになった。

「なぁ、うちのマネージャー最強やろ?」

喝采《かっさい》が起こった。普段脚光を浴びることなどない裏方の立場だ。肘《ひじ》で小突いてくる高杉や背中をつついてくる猿渡を「やめろや」と頰を染めて押し返して余計に笑いが大きくなったりしていたが、そのときふと高臣の様子に気づいた。

テレビの横で高臣がぽつんと取り残されたような顔をしていた。三村がいち早く越智の視線に気づいて振り向いたが、その途端高臣が立ちあがり「あっおれ、みんなのコップとなんかお菓子持ってくる」と自分の側の部屋のドアから駆けだしていった。

「タカ」

越智も腰をあげたが、高杉に肩を叩かれた。高杉が目顔で越智を押しとどめ、越智の側の部屋のドアをくぐって廊下へでていった。

もうすこし気にかけるべきだった。あいつは〝次男気質〟なのだ——要領がよくて親に怒られないところも、甘えん坊なところも、それに、本当は人見知りで寂しがり屋なところも。高臣が三村やチームの連中に屈託なく懐くようになったのだって、三村たちが越智の家に来るようになって、越智が高臣を部屋に呼んでやるようになってからだった。

高校生活がはじまったばかりだ。自分の二年前を思い返せば、高校に馴染《なじ》めるかどうかまだ不安ばかりが大きかった頃だ。蓼島のバレー部で友だちがまだできないとぼやいていたのも本当なんだろう。

高杉のあとから越智も部屋をでると、階段の上で高杉が高臣を呼びとめていた。身長差がかなりあるせいもあって、こうして見ると高杉のほうが高臣の頼れる兄貴みたいで自分がちょっと情けない。そういえば高杉も長男だったはずだ。

高臣が越智に気づいて目をあげたが、すぐに俯《うつむ》いた。

「蓼島行けるくらいやで、中学んときもおまえ成績よかったんやろな」

「え、うん。まあね……。ほやけど蓼島ん中じゃ普通やし。全国模試で一桁入る奴とかいるんやで、しゃあないけど」

「もし福蜂来てたとしても、バレーでも普通やったんでねぇか、おまえ」

高臣の肩がびくりと震えた。思った以上に厳しい高杉の言葉に越智も少々ぎょっとした。

「中学んとき強くてイキってた奴でも、高校で強豪チーム入ったらほとんどの奴が苦労するんや。

そのまま這いあがれん奴もいる。どんな進路選んだかって、自分で自分のできること見つけて、ポジション作ってかんとあかんのは同じやぞ」

高臣が上目遣いに高杉の顔を見あげて小さくまばたきをした。

「潤五……」と思わず越智は声をかけた。高杉がちらりと振り返り、自嘲《じちょう》めいた顔で頷いた。申し訳なさとありがたさと、両方の思いで越智は頷き返した。かつて自分自身が苦しめられ、プライドの壁の下に押し込めてきたものを、弟のためにこんなふうに言葉にしてくれたことに。

「高臣ー。このあとうちの一、二年も連れて花見行くけど一緒に来るか？」

と、わざとのように軽薄な調子の声とともに三村が高臣側の部屋のドアから顔をだした。

高臣が高杉と越智の顔色を窺《うかが》うように目をきょろつかせ、「おれ……テストあるし、やめとこうかな……」と俯き加減のままおずおずと答えた。

ほうけ、とだけ三村は答え、ジャージのポケットに両手を入れて力の抜けた佇《たたず》まいで戸口に背中をつけた。

「うちに来たかったたか？　おれとか光臣と一緒にバレーしたかったたか」

高臣がはっと顔をあげた。

「福蜂に来てたらそりゃ歓迎したぞ。おれは後悔させてたとも思わんし、絶対そうはさせんつもりやった」

「統、おい……」

高杉が今示してくれた道標《どうひょう》をまぜっかえすようなことを言いだした三村を越智は訝《いぶか》しんだ。しかしまあ黙ってろという目配せをされ、口をつぐんで続きを任せる。

「ほやけど、蓼島に行くっちゅうもう一個の選択肢がおまえにはあったわけやろ。それはおまえが持ってて、おれたちにはなかった、おまえの可能性や。……これからやろ。勉強もバレーも」

不安といじけが半分ずつ同居していた高臣の顔つきが変わるのを越智は目の当たりにした。見開かれた双眸《そうぼう》に小さな光が宿るのを——それは、勇気、と呼ぶ光だ。

「統てめぇ、おれの見せ場やったのにおいしいとこ持ってきやがって」

「ひひひ。悪ぃ悪ぃ」

わりと本気で忌々《いまいま》しそうに非難する高杉に三村が右手一本で拝む形を作った。

「ったく……人をアゲる天才が」

高杉が溜め息をついて階段の下に目をやった。羽を得たように軽くなった足音が階下へと駆けおりていく。「高臣ー。甘い系もあったら持ってきてー」三村が右手をそのままラッパの形にして声を投げると「わかったー。いちごチョコ系やろー」と明るい声が返ってきた。「……おまえ引退したらまじで太ってても知らんぞ」高杉がげっそりした顔で忠告したが、三村はただへらへら笑っていた。いやおまえほんと糖尿病とかならないでくれよ。

「ありがとな……二人とも」

越智は二人に礼を言うしかなかった。

「おれにはなんもフォローできんかった……」

「礼には及ばんぞ。こいつ越智の弟にカッコつけたかっただけやで」

と互いに相手の鼻先に指を突きつけ、〝崖っぷちの年〟をともに戦うのに最高に頼もしいチームメイトたちがにやりと笑った。

4

「あのぉ、すいません。福蜂の映画研究会なんですけどー」

まで言っただけで目の前の女子グループに爆笑された。……何故《なぜ》!?

ものの十五秒で敗走することになり、右手と右足、左手と左足が一緒にでる歩き方で道の反対側で待っていた仲間のもとへと戻ってくると、祈るような面持ちで見守っていた仲間が「どーやった、剛家《ごうや》」と迎えた。

「う、うちの作品、去年の学祭で観たことあるっちゅう子もいた」

「おっ、まじで?」

「ほんで?」

仲間の表情に自信が覗く。観てくれたのならきっと楽しんでもらえたはずだとみんな思っていたし、剛家ももちろん同じだった。文化祭における自主制作映画の上映会は自校の生徒たちには絶賛されている。毎年作品を待っているファンもついているという自負があった。

「キモいって理由で……断られた……」

震える声で報告するなり剛家はその場にくずおれた。

「だいたい誰でもいいで出演してくれっちゅう根性が引くって。つきあってくれそうな女子なら誰でもいいで告《コク》るカンチガイ男の目算が透けてみえるって……」

「も、もういい剛家、もう喋らんでいい。おまえはようやった」

「あと沖縄っぽい名前ウケるって笑われた……」

「そ、そんな流れ弾まで食らって、なんて憐れなっ……」

顔を覆って泣き伏す剛家を仲間が囲んで口々に慰める。「なにやってんやろ？　やっぱ福蜂の文化系ってキモー」という女子たちの笑い声がその背に浴びせられ、機関銃で掃討《そうとう》される敗走兵のごとく全員が身をよじって膝から崩れ落ちた。新入部員第一号であり、四月現在たった一人の新入部員でもある登坂《とさか》という建築科一年生だけがノリについていけずに引いた顔をしていたが、福蜂生たるもの夏が来る頃には嫌でもこのノリに染まっているというものだ。

福蜂工業高校映画研究会には俳優も脚本・演出も撮影クルーもいるが、女優がいない。女優については外部の女子に交渉して出演してもらわねばならないというハードルがある。福蜂と同じ市内にある尋慶《じんけい》女子高校はかわいい子が多いことで有名だ。尋慶女子から女優をスカウトすることは先輩の代から受け継いだ映研の悲願だった。創部以来五十年の歴史において、尋慶女子に出演交渉して生還した者はいないと聞く。

「やっぱ尋慶女《じけじょ》は無理でないんですかね。他で手ぇ打ちましょうよ。校内の女子に声かけてもいいし」

「妥協すんでねぇ！　校内の女子なんかたいしたレベルでねぇやろ」

「というふうに、モテんくせに意識だけは高いっちゅうこじらせた福蜂生の見本が部長やでな」

二年の部員が新人登坂にもっともらしく解説した。最高学年の権威が部内にいまいち浸透していないのはいかなることか。

今や無精髭《ぶしょうひげ》をまばらに残して伸びっぱなしの長髪を結んだだけのむさ苦しい外見に堕ちた剛家だが、共学の中学を卒業したばかりの一年の頃は女子の目を意識して身だしなみにだって気を遣っていたのだ。全生徒の一割とはいえ福蜂にだって女子はいるのだし、彼女を作る夢もあった。

まわりが男だらけにもかかわらず福蜂の女子のほとんどがよその共学の男とくっつくという現実を知るまでは。

「尋慶女がいいんですよね……？」

剛家と違って学生服姿もまだこざっぱりとして瑞々《みずみず》しい登坂が周囲を見まわし、「あそこにも尋慶女の人たちいますよ」と指し示した先から、さっきの女子たちと同じ制服の女子グループが楽しげに話しながら歩いてきた。

福井市街の中心部をゆったりと流れる足羽川《あすわがわ》沿いの河川敷に見事なソメイヨシノの桜並木が続き、遊歩道に立ち並ぶ露店が花見客で賑わっていた。透明カップに満たされた桜色のシェイクを手にした彼女たちが露店を冷やかしてそぞろ歩いている。思い思いのマスコットがぶら下がったラケットバッグを背に担ぎ、チェック柄のスカートから覗くどの脚も春先から薄い小麦色に焼けている。足もとに積もった花弁を白いスニーカーやローファーで踏みつけていく彼女たちの脚は弱者のケツを蹴飛ばすケンタウロスの後ろ足のごとき強靭《きょうじん》さを備えている。

「あほ。ありゃ難攻不落のテニス部じゃ」

「おれ、頼んでみます」

「っておいっ、命知らずけやおまえっ」

無知とは勇敢と同義やもしれない。大胆にも登坂がとことこと彼女たちに近づいていった。

「こんちわ、すんません。今映画のヒロイン役探してて一、話聞いてもらえませんか？」

違う高校の見ず知らずの新入生にいきなり話しかけられた尋慶女の一人が胡乱《うろん》げに足をとめた。華やかな雰囲気のグループの中でも頭一つ抜けた存在感を放っている、読者モデルの女の子も務まりそうな比較的背の高い女子だ。頭の高いところで結ったポニーテールに赤い水玉模様のシュシュが飾られている。

よりにもよって、

「おい、赤緒梓《あかおあずさ》やぞそれ!?」

赤緒梓にチョクで行くかと、剛家をはじめ彼女を知っている部員たちは蒼ざめた。

なにこいつ?という顔で彼女が登坂を指さして直立姿勢で硬直している剛家たちに視線を送ってきた。

「す、すんませんっ、こいつ新入りで赤緒さんのこと知らんで、大目に見てやってくださいっ」

登坂の首根っこを摑んで引っ張り戻しながら謝罪すると「一年生なんやぁ」と赤緒梓が納得したように眉間の皺をやわらげたが、

「知ってますよ。SNSに写真アップされてますよね?」

などと登坂がなにやら心外そうに言ったので彼女のまなざしが再び鋭くなり、声色が険を帯びた。

「梓の写真?　それなんのこと?……誰が撮ったの?」

「お、おまえなに言ってるんや、登坂!?　変なこと言いだすなってっ……」

囁き声で登坂を叱りつけ、赤緒梓にへらへらと愛想笑いして登坂を引き離す。一年一人を二、三年で包囲して土手の下まで引きずっていった。「このあほっ」「怒らしてもたらどうすんじゃ」四方八方からどつかれて登坂が「なんなんですか」と小鼻を膨らませる。

「いかがわしいサイトのことやないげな?　こないだまで中坊やったくせに、せ、先輩をさしおいておまえっ」

「いかがわしいってなんですか……。英語のサービスやけどハリウッドのセレブとか、日本の芸能人も使ってる大手ですよ」

登坂が自分の携帯をだして表示してみせたのは、剛家も目にしたことくらいはある写真投稿がメインのSNSだった。なんだここかと拍子抜けした空気が漂った。

「前からファンでフォローしてる海外のフォトグラファーがいるんですけど、その人のページで今の人の写真見たことあるんです。全部テニスの試合の写真ですけど、何枚もアップされてますよ」

「おまえなんで映研入ったんじゃ。写真部行けや」これだから建築科は洒落《しゃれ》っ気づきやがってと剛家はぶつぶつ毒づき、「そのカメラマンが赤緒梓を撮ってたってことけ。ほやけど海外のカメラマンなんやろ？」

「フォトグラファーですって。福井から世界に飛びだしてって頑張ってる、おれたちと同年代のフォトグラファーなんですよ。〝はっちさん〟っていって――」

「その話、わたしにも聞かせて」

剛家の顔を押しのけるようにして赤緒梓が輪の中に割り込んできたので男どもがきゃあと裏声の悲鳴をあげた。

「SNSのID教えますよ。〝HATCHI〟で検索しても……」

「ううん。きみから聞きたいんや」

携帯を操作しかけた登坂が不思議そうに目をあげた。

「きみがどんなふうにはっちのこと話すのかを聞きたい。きみの目線で、はっちがどんなフォトグラファーなのか教えて」

リップでほのかに赤く色づいた形のいい唇に、かわいらしいという以上にある種の風格を備えた笑みをたたえて赤緒梓が登坂を見つめる。見惚《みと》れたようにぼんやりしていた登坂が「あっ……はい」と頬を上気させた。

「世界中の写真あるんですよ。一番最近のはインドだったかネパールだったか、あっちのほうの子どもたちの写真で……。はっちさんの写真って、風景の中にも必ず人物が写ってて、おれはそこがいいなって思ってて……うまく言う言葉がでてこんのですけど、かっこいいんです。おとなもやけど、子どももかっこいいんです。たぶんやけど、はっちさんって写真撮る対象をいつも尊敬してるんやないんかなって、おれは勝手にそんなふうに思ってるんですけど」

次第に興奮したように口調が早くなり声がうわずる。すかしてる新世代めなどと剛家は登坂を評していたが、自分の好きなものについて語るときのテンションが自分たちとなんら変わらないことが、少々の驚きをともないつつ腑《ふ》に落ちた。なんのことはない、こいつも福蜂生だったのだ。映研じゃなくて写真部行けやとは、まあやっぱり思うが。

「マンゴーくん」

赤緒梓に顔を向けられ、剛家は「はいっ？」と敬礼までしそうな勢いで気をつけをした。

「撮影って何日くらいかかるの？」

急転直下の事態がにわかに信じがたかった。

「でてくれるんですか、赤緒さん!?」

尋慶女子硬式テニス部三年〝女王〟赤緒梓には剛家が入部した年から先輩たちが手を替え品を替え機嫌を取って口説き落とそうとしては毎度けんもほろろに断られている。誰でもいいという根性があかんと最初の女子グループにダメだしされたが、正直言って赤緒梓だけは別格だった。

「二週間……いや一週間、いや、五日でいいです！」

「三日」人差し指から薬指まで、三本の指をぴんと立てて突きつけられた。「ほれやったら部活の隙間で都合つけてあげる。あくまで梓はテニス優先やでの」

「三日でなんとかします！」

二つ返事で受諾した。

「マンゴーの後輩くんに免じてやでの。感謝するんやざ」

「登坂ー！　映研に入ってくれてありがとう！　愛してる！」

両手を広げて抱きつこうとすると「ちょっと部長、キモっ」と登坂が逃げ腰になったが、暴れる登坂を摑まえて無理矢理抱きついた。

「あっ、潤ー五っ」

赤緒梓が道の先に誰かを見つけ、はずんだ声で呼んだ。

二十人ばかりの福蜂生の集団が土手の上をぞろぞろと歩いてきた。学ランを着ている者もワイシャツ姿の者も、また福蜂のカラーを象徴する赤のジャージをはおった者もいるが、低い枝なら頭がつかえそうな総じて長身で細身の体型の集団の中心に、福蜂運動部の有名人の一人、男子バレー部三年主将の三村の姿があった。尋慶女テニス部の女子たちが買っていたのと同じ甘ったるい色のシェイクのカップが何故か右手に収まっている。

「よぉ映研」

「よぉ男バレ、花見け。相変わらず揃うとでけぇな」

「そっちは撮影？　次回作楽しみにしてるぞ」

「おう、期待しとけや」

福蜂の最大勢力は運動部だが、剛家を含めた様々な文化系ジャンルのいわゆるオタクも根を張って棲息《せいそく》している。ほぼ男子校の工業高校という特性からくる風土なのか、おそらく共学の普通校に比べたら剛家たちのような者も虐《しいた》げられていない。

「潤五ー。ニュースが二つあるんやけど、どっちから聞きたい？」

悪戯っぽく問うた赤緒に「なんじゃそれ？」と訊き返したのは、ただでさえ人ごみの頭を一つ飛び抜けている長身の集団の中でも最長身の高杉だ。

「ほんなら一つ目から教えてあげるの。梓のー、福蜂の映研の映画にでることになったでー」

「はあ？」

気を取られた拍子に案の定、突きだしていた枝に額をはたかれて高杉がのけぞった。「ほんで二つ目のニュースはのー」「待て、話の繋がりが見えん」見る間に赤くなる額を押さえて目を白黒させる高杉の反応に赤緒がけたけたと悪魔がよろこぶような笑い声を立てる。

「なんや男バレ、赤緒さんと知りあいなんやったらはよ教えろや。ずっと外から壁突き崩そうとしてたんやぞ。ツテあったらもっとはよオトせてたのに」

「潤五の個人的な知りあい。おれたちは知らんって」

剛家が文句を言うと、三村の陰から越智が鼻白んだような顔を突きだして答えた。

「おい、映研」

ドスのきいた声とともに頭上から振りおろされた腕にネックロックをかまされた。物理的にだけでなく、たぶんいくらか心理的な意味でも赤らんだ顔を高杉が突きつけてきて、

「まさかエロいシーンとかあるやつでねえやろな？」

「ねぇって」仮にやりたくても「文化祭で上映できんわそんなもん」

女子校のマドンナへの片想いからはじまる純愛青春映画（赤緒梓がやってくれるならテニス部

のマドンナに脚本を書き換えてもいい）……と思わせて、ストーリーが進むにつれ薄ら寒い真実が浮上し最後は殺人鬼に変貌した彼女に追いかけられるというホラー映画だったりする。赤緒梓なら面白がって演《や》ってくれるような気がする。

「よぉ男バレ。そっちも今日が花見け」

バレー部の集団とは別の方向から張りのある声がかけられた。

「……と、映研もか。次回作楽しみにしてるぞ」

「おう、期待しとけや」

柔道部三年の長谷がこれまた二十人ばかりの部員を伴って歩いてきた。坊主頭や五分刈りの学ラン姿の男の中に、セーラー服の女子が三人まじっているのを見て剛家は目を剝《む》いた。一人いるだけでも奇跡と去年から言われていたのに「女子増えてるげ、柔道部!?」

「ああ。今日から二人入ったでな」

男子顔負けの食いっぷりで焼きそばに舌鼓を打っている女子三人を長谷があきれ顔で見やり、

「蓮川《はすかわ》ー。陸部もか」

と道の向こうに向かって手をあげた。

「よう。どこの部も今日が花見っぽいな」

やはり部員を引き連れてきた陸上部三年の蓮川が、引き締まった色に焼けた顔に気さくな笑みを浮かべて寄ってきた。

「映研は撮影け？　次回作楽しみにしてるぞ」

「おう、期待しとけや」得々として剛家は請《う》けあったものの、三村も長谷も蓮川もホラーは大丈夫なのかどうかは……知らん。

登坂は赤緒に捕まって高杉の前に押しやられていた。ふと気づいて視線を巡らせると、示しあわせたわけでもないだろうに他の部の連中まで周辺一帯に集まってきていた。福蜂の校舎から徒歩十分も歩けばでられるこの河川敷は福蜂生の縄張りのようなものだ。部活単位の集団が一つ、二つ、三つ、四つと、シャボン玉がくっつくみたいに合流し、大集団に膨れあがって芋を洗うような混雑になりはじめる。

桜並木から散り積もった花弁が土手の斜面を白く染めあげ、足羽川と並行するもう一条の川面のように春風に運ばれてさらさらと流れていく。はしゃぐ福蜂生たちの足に花弁が搦《から》み、隙あらば靴底を掬《すく》おうとする。

「おい、今日カメラ持ってきてえんのか」

「持ってきてえんっす。遊び用のハンディやったらありますけど」

「貸せ」

撮影スタッフの部員が戸惑いつつリュックからハンディビデオカメラをだした。

この瞬間を収めておきたい衝動にふと駆られた。剛家もまた三年だ。福蜂生としてこのバカ騒ぎに身をゆだねるのはこの春が最後になる。

電源を入れて手渡されたカメラを右手で構える。映像を撮りはじめたのも束《つか》の間、人ごみに押されてたたらを踏み、液晶画面の中の映像が揺れる。それにすら身をゆだねて剛家はカメラをまわし続ける。

「陸部はどんな感じや？　鷺南の一コ上が卒業したで今年は全国行けそうなんやろ」

「ほんなに楽にはいかんくなったな。去年は鷺南の伊勢谷《いせや》がダントツやったけど、今年のハイジャンはおれと鷺南の森《もり》と、あと明日岡の柳町の三強って感じやな。北信越抜けるんが相当厳しなるぞ」

男バレ、柔道、陸上、まざりあった三つの部の中心で三村、長谷、蓮川が気軽に近況を報告しあう。苦笑いして話す蓮川に長谷が「ほうなんか……運悪いな、今年に限って強ぇ奴が揃うなんて」と同情的になったが、

「いや、ほうは思ってえんけどな」

と蓮川のほうは憂えたふうもなく、言葉涼しく言い切った。

「全国の100傑の上位に福井がずらずら並ぶことになったらすげぇげ。おれたち三人が三年になった今年がそのチャンスや。おれは幸運やと思ってる」

長谷が驚いた顔で口をつぐんだ。

蓮川が軽い手振りで二人に別れを告げ、周囲の部員に声をかけた。一つに融合していた大集団から陸上部だけがごく自然と分裂し、小集団が切り離される。フレームから消えていく陸上部を見送る長谷の肩を「ほんならな」と三村が叩いた。

「三村」

同じく分裂し移動をはじめたバレー部を、長谷が声を厳《いか》めしくして呼びとめた。肩越しに振り返った三村に向かって、

「今年はうちも行くぞ、全国。鷺南一強時代は終わったって言わしちゃる」

突然ぶつけられた宣言に三村が一瞬虚を衝《つ》かれたような顔になったが、あらためて身体《からだ》ごと振り返って長谷と正対した。受け取りようによってはバレー部に対する皮肉《ひにく》だ。バレー部のほうはこの数年県内では他校の追随を許さず、まさに「福蜂一強時代」を築いている。

「口で言うほど簡単でねえぞ。強ぇとこに強ぇ奴が集まる。一強には一強で勝ち続けんとあかん

理由がある」

　直接ぶつかることはあり得ないフィールドなのに、三村のほうも真っ向から受けて立つように言い返した。

「行くだけやなくて、全国で勝てや。簡単に負けて帰ってくるだけなんやったら、鷺南にチャンスやったほうがましってことになるぞ」

　カウンターパンチのような台詞《せりふ》を食らった長谷が口を引き結び、頬を紅潮させた。空気が張り詰め、両者が一時睨みあう。

　が、三村が頬をゆるめてにやりとすると、長谷のほうも笑みを浮かべた。

「そっちこそ、最後の年にチャンス逃すんでねえぞ」

　交換するというよりは全力で振りかぶって投げつけあうような、忌憚《きたん》のないエールを交わして両主将が背を向ける。それぞれに属する部員がそれに従う。柔道部もまた集団から分離してフレームから消えると、カメラはフレームに残ったバレー部を追う。

　口先にストローをくわえて悠々と歩く三村を先頭に、高杉や越智らがその周囲を固め、溺れるほどの花弁で埋め尽くされた花筵《はなむしろ》を踏みつけて威風堂々と進んでいく。

〝強者《きょうしゃ》たち〟の壮途を祝福する紙吹雪を空からばらまいたように、フレームの中を桜が降りはじめた。

【初出】

強者の同盟 ―――――――――――― 「小説すばる」 2015年 6月号
空への助走 ―――――――――――― 「小説すばる」 2015年11月号
途中下車の海 ―――――――――――― 「小説すばる」 2016年 5月号
桜のエール ―――――――――――― 書き下ろし

【主な参考文献】

『Volleypedia バレーペディア[2012年改訂版]』日本バレーボール学会・編／日本文化出版
「満天下別館」http://sports.geocities.jp/sss_manabe/
『陸上競技ルールブック2015年度版』日本陸上競技連盟
『ローカル線ガールズ』嶋田郁美・著／メディアファクトリー

装画／三月薫
装丁／川谷康久（川谷デザイン）

本書の執筆にあたり、
以下の皆様をはじめ多くの方々のお力添えをいただきました。
大阪府立北野高等学校バレーボール部ＯＢ・竹山真人様
東京都立杉並高等学校陸上部の皆様
北陸学園北陸高等学校柔道部、バレーボール部、陸上部の皆様
福井県立高志高等学校バレーボール部、陸上部の皆様
フィッシングポイント　今田武様
福井県農林水産部の皆様
宮沢龍生様
また作中の方言については福井県出身の夫に助言をもらいました。
お世話になった皆様にこの場をお借りして深く感謝を申しあげます。

著　者

壁井ユカコ（かべい　ゆかこ）

沖縄出身の父と北海道出身の母をもつ信州育ち、東京在住。学習院大学経済学部経営学科卒業。

第9回電撃小説大賞〈大賞〉を受賞し、2003年『キーリ　死者たちは荒野に眠る』でデビュー。

著書に「2.43　清陰高校男子バレー部」シリーズ、「五龍世界」シリーズ、『K -Lost Small World-』『サマーサイダー』『代々木Love&Hateパーク』他多数。


本書のご感想をお寄せください。

いただいたお便りは編集部から著者にお渡しします。


【宛先】〒101-8050　東京都千代田区一ツ橋2-5-10　集英社文芸書編集部『空への助走』係

空《そら》への助《じょ》走《そう》　福《ふく》蜂《ほう》工《こう》業《ぎょう》高《こう》校《こう》運《うん》動《どう》部《ぶ》

2016年10月10日　第1刷発行
2020年７月８日　第5刷発行

著　者　壁井《かべい》　ユカコ
発行者　徳永　真
発行所　株式会社集英社
東京都千代田区一ツ橋2-5-10　〒101-8050
電話　【編集部】03-3230-6100
【読者係】03-3230-6080
【販売部】03-3230-6393（書店専用）
印刷所　凸版印刷株式会社
製本所　ナショナル製本協同組合

ISBN978-4-08-771013-7　C0093